NHK俳句

俳句文法心得帖

中岡毅雄

俳句文法心得帖　目次

本書は二〇〇五年四月号から二〇〇九年三月号までの四年間、「ＮＨＫ俳句」に連載したものを加筆、再構成したものです。

序章

俳句と文語文法

1
文語文法への誘い

俳句と文語文法

俳句は口語文法ではダメなのか

これから、俳句を始めようと思っている方、あるいは、俳句を始めて間もない方の中で、「文語文法」に悩まされている人は、結構多いのではないでしょうか。

どうも、この問題は、今日に始まったことではないようです。たとえば、今から、八十年近く前、昭和七年に、浅野信『音韻上より見たる俳諧文法論』（中文館書店）、松本仁『俳句文法六十講』（立命館出版部）などが刊行されています。すでに、戦前から、「俳句文法入門書」のニーズはあったようです。

ただ、ここで、素朴な疑問が湧いてきます。二十一世紀の今日、なぜ、俳句は文語なのか。どうしても、文語でなければならないのか。現代社会に即応したかたちで、口語を用いてはいけないのか。

結論から先に言います。

俳句は、必ずしも、文語である必要はありません。口語を使って、ユニークな作品を作っている人はたくさんいます。

がんばるわなんて言うなよ草の花

これは、坪内稔典《つぼうちねんてん》氏の作品です。「頑張るわ」と言った相手に対して、「そんなに肩肘《かたひじ》張って、無理しなくてもいいじゃない。もっと、気楽にいこうよ」と呼びかけているわけです。

季語は、「草の花」。秋のさまざまな草花のこと。目立たないように、野に咲いている草花は、押しつけがましくない、作者の思いやりの心情を象徴しています。

坪内氏は、口語俳句を積極的に作っている作家の一人です。他には、

三月の甘納豆のうふふふふ
桜散るあなたも河馬《かば》になりなさい

などが有名です。意味はよく分かりませんが、一読後、思わず、吹きだしてしまうような言葉遊びの句です。

その坪内氏が感心した、若い人の作品を紹介してみましょう。

起立礼着席青葉風過ぎた

作者は若手俳人の神野紗希《こうのさき》さん。高校生の時の作です。

この句は、最後の「過ぎた」が口語表現になっています。授業の始まり、学級委員の「起立、礼、着席」の号令が教室にひびいた瞬間、窓の外をさあっと、青葉を揺らしながら、一陣《いちじん》の初夏の風が吹いていった。清新な句です。

試しに、この作品を文語文法で表現してみます。

起立礼着席青葉風過ぎぬ

「ぬ」は完了の助動詞の終止形。一句が表している意味は変わりません。しかしながら、これでは、神野さんの作品のように、フレッシュなイメージが伝わってこないでしょう。それどころか、定年退職を控えた教師が、「あーあ、俺の教員生活も、あと、一年か。考えてみれば、あっという間だったなあ」と、人生を回想しているような、わびしげな句になってしまいます。

文語表現には、どのような効果があるか

このように、文語表現を用いなくても、おもしろい俳句は、いくらでも作れます。それでは、なにも、わざわざ、難しい文語文法を使う必要はないではないか。口語文法で構わないではないか……ということになりそうです。しかし、そうは、いかないのです。

帚木《ははきぎ》に影といふものありにけり

高浜虚子《たかはまきょし》の代表作。季語は「帚木」。夏の句です。

帚木は、細い枝を多数出して、円錐《えんすい》状になりながら伸びてゆきます。はじめは、緑色をしています

が、だんだん、赤味を帯びてきます。昔、箒《ほうき》を作るため、中国から渡来したそうです。
その帚木に影があった。一句の意味は、それだけです。別に大した内容ではありません。しかし、その影からなんとも言えない存在感が伝わってくる。実体があるようでない、ふわふわとした感触が残る不思議な作品です。
この句について、仁平勝《にひらまさる》氏は、「俳句に関する十二章」(「俳句研究」平成十五年十月号)の中で、興味深いことを述べています。
もし、これを改作して、口語的な表現にすると、
帚木に影といふものありました
となる。けれども、それでは、一句の価値は、ほとんど、なくなってしまう。ということは、この作品の魅力は、ただ単に、帚木に影があるという視覚上の発見だけにあるのではない。むしろ、帚木に影があるという内容を、五+七+五=十七音という韻文《いんぶん》のリズムの中に、「けり」という切字《きれじ》を用いた文語表現で、収めたところにある。
この仁平氏の意見に賛同した小川軽舟《おがわけいしゅう》氏は、『魅了する詩型—現代俳句私論』(富士見書房・平成十六年十月)で、一句の表記を、
帚木に影というものありました
という現代仮名遣いにしてしまうと、さらに、面白味が失せてしまうことを指摘しています。
散文は「歩行」のようなものだが、韻文は「舞踊」のようなものだ。これは、フランスの詩人ポール・ヴァレリーの有名な言葉ですが、俳句の場合、特によく当てはまると思います。散文では、相手に、意味を明確に伝えることが大切だけれども、韻文では、意味よりも、言葉のひびき、肌触り、ポエジーを感じさせることがポイントになる。俳句のように、わずか十七音しかなければ、言葉の意味伝達機能としての役割は、ほとんど、期待できない。むしろ、言葉の質感や言外のイメージの方が、鑑賞のポイントとなるわけです。

くろがねの秋の風鈴鳴りにけり

飯田蛇笏《いいだだこつ》の有名な句です。風鈴は、本来、夏の季語ですが、秋になっても外されることなく、軒

に吊《つ》られたままになっている風鈴のひびきに、ハッとした思いを表現しています。この作品は、ひとえに、文語表現のイメージの喚起《かんき》力で成り立っています。

鉄製の秋の風鈴鳴りました

では、荘重《そうちょう》な趣《おもむき》がなくなってしまい、何の感動もありません。

俳句文法攻略の決め手はなにか

さて、ここからが、本題です。

それでは、具体的には、一体、どうやって、文語文法を学んでいけばいいのでしょうか。

実は、文語文法を学んでいく際に、「つまずき」となってしまう、お決まりの三つのハードルがあるのです。

一つ目は、「用言＝（動詞・形容詞・形容動詞）」の活用（＝かたちの変化）。

二つ目は、「助動詞」の意味と活用。

三つ目は、「敬語表現」。

学生時代、文語文法がマスターできず、「古典」の授業が嫌いになった人は、必ず、この三点のどこかで、つまずいています。

一つ目の「用言」の活用の内容自体は、それほど、難しくありません。一覧表にまとめたら、二ページほどの分量です。普通、高校の授業では一学期前半で説明が終わってしまいます。進度の速い学校だったら、半月程度しか費やさないでしょう。

ただ、注意しなければならないことがあります。ルール自体は簡単なのですが、「用言」の活用については、すべて、暗記しなければならないのです。

ご年配の読者の中には、「自分は、年をとっているから、暗記なんか、無理」と思われる方もいらっしゃるかもしれません。しかし、われわれは、別に、受験勉強をしているわけではありません。俳句を趣味とするため、文語文法をマスターしようとしているのです。焦る必要は、まったくないのです。この講座では、これ以上、ゆっくりやさしく説明することはできないというくらい、丁寧に説明していく予定です。

二つ目の「助動詞」の意味と活用。これも、暗記項目です。ただ、注意しておかなければいけないのは、「助動詞」の活用のルールは、「用言」の活用のルールに基づいているということです。「用言」のマスターが、いかに大切かということが分かると思います。

三つ目の「敬語表現」。これは、古文読解には、必ず、マスターしておかなければなりません。特に『源氏物語』など平安時代の文学では、主語が省略されるケースが多いので、「敬語表現」をマスターしておかなければ、内容を把握することができません。

しかしながら、幸いなことに、俳句実作の場合には、「敬語表現」の習得を急ぐ必要はありません。なぜなら、俳句は、音数が極度に制限されているため、「敬語表現」を用いる場合は、極めて少ないのです。

作品鑑賞のためにマスターしておいて、損になることはありませんが、とりあえず、「用言」と「助動詞」を、しっかりと身につけていくこと。それが、俳句実作のための文法攻略のポイントなのです。

俳句と文語文法 2

品詞を分類してみよう

「言語」とはなんだろう

さて、具体的な俳句文法の解説をスタートするわけですが、最初に、頭の準備運動のため、クイズを出題します。気楽に考えてみてください。制限時間は三十秒です。

問　次の文字を音読し、意味を答えよ。
りけにひかをわくちのんでおでにびんこ

いかがでしょうか。答えられた人は、かなり柔軟な感性の持ち主ですね。尊敬します。しかし、分からなくても、別に気にすることはありません。だって、「コンビニでおでんのちくわを買ひにけり」をひっくり返して書いただけなんですから。「ふざけるな！」ですって？　ま、抑えて、抑えて……。

「こんびにで…」は、音（文字）に意味が含まれています。このように、「音声または文字を手段として、人の思想・感情・意思を表現・伝達し、また理解する行為。また、その記号体系」のことを「言語」といいます。しかしながら、「りけにひかを…」とひっくり返して読んでしまうと、意味をなさなくなる。これは、単なる「音」に過ぎず、「言語」ではないわけです。

「文法」とはなんだろう

さて、もう一回、「コンビニで」の句に戻ることにします。

「コンビニでおでんのちくわを買ひにけり」

これを、できるだけ、小さな言葉の単位に分割していきます。そうすると、「コンビニ」「で」「おでん」「の」「ちくわ」「を」「買ひ」「に」「けり」となる。「に」は完了、「けり」は詠嘆《えいたん》の意味。「買ひにけり」で、「買ったんだなあ」という意味になります。

この句は、これ以上、細かく分けることはできません。「コンビニ」を「コン」「ビニ」には、分割できないでしょう。

　このように、「文法の上で意味を持っている言語の最小単位」を、「単語」といいます。

　それでは、「単語」の意味さえ理解できれば、「言語」として、コミュニケーションが成立するのでしょうか。残念ながら、まだ、不充分なのです。さきほどの「コンビニ」の句に使われていた単語を、アットランダムに並べ替えてみますよ。

「けりに買ひでちくわのコンビニをおでん」

　うーん、なんだか、頭がオカシクなってくる。「ちくわのコンビニ」って何？　「ちくわ」しか売ってない「コンビニ」のこと？　意味不明ですよね。また、「買ひ」「に」「けり」は、必ず、「買ひにけり」という順番に並びます。単語の並べ方・繋《つな》がり方・組み合わせ方に一定の規則がある。この規則を文法というのです。

「文法とは、意味を有する小さな単位（単語）から、大きな単位（文）へ構成していく手段・方法のこと」である。

　これは、私が言ったのではありません。橋本進《はしもとしん》吉《きち》博士が、『国語学概論』（岩波書店）の中で言っていることです。

どうやって、単語を分類していくか

　この「単語」を、どのような方法で分類していくのか。文法上の性質により、分けていった語の分類を「品詞」といいます。品詞は、次の三つの基準で分類していきます。

①自立語か、付属語か

「自立語」とは、「コンビニ」「おでん」「ちくわ」「買ひ」など、単独で意味が通じる言葉のこと。

　一方「付属語」とは、「で」「の」「を」「に」「けり」など、単独では意味が通じない言葉のこと。たとえば、「で」は、それだけでは、意味がハッキリしない。「コンビニ」という語と繋がり、「コンビニで」となることにより、「場所」を示すことになります。

②活用するか、しないか

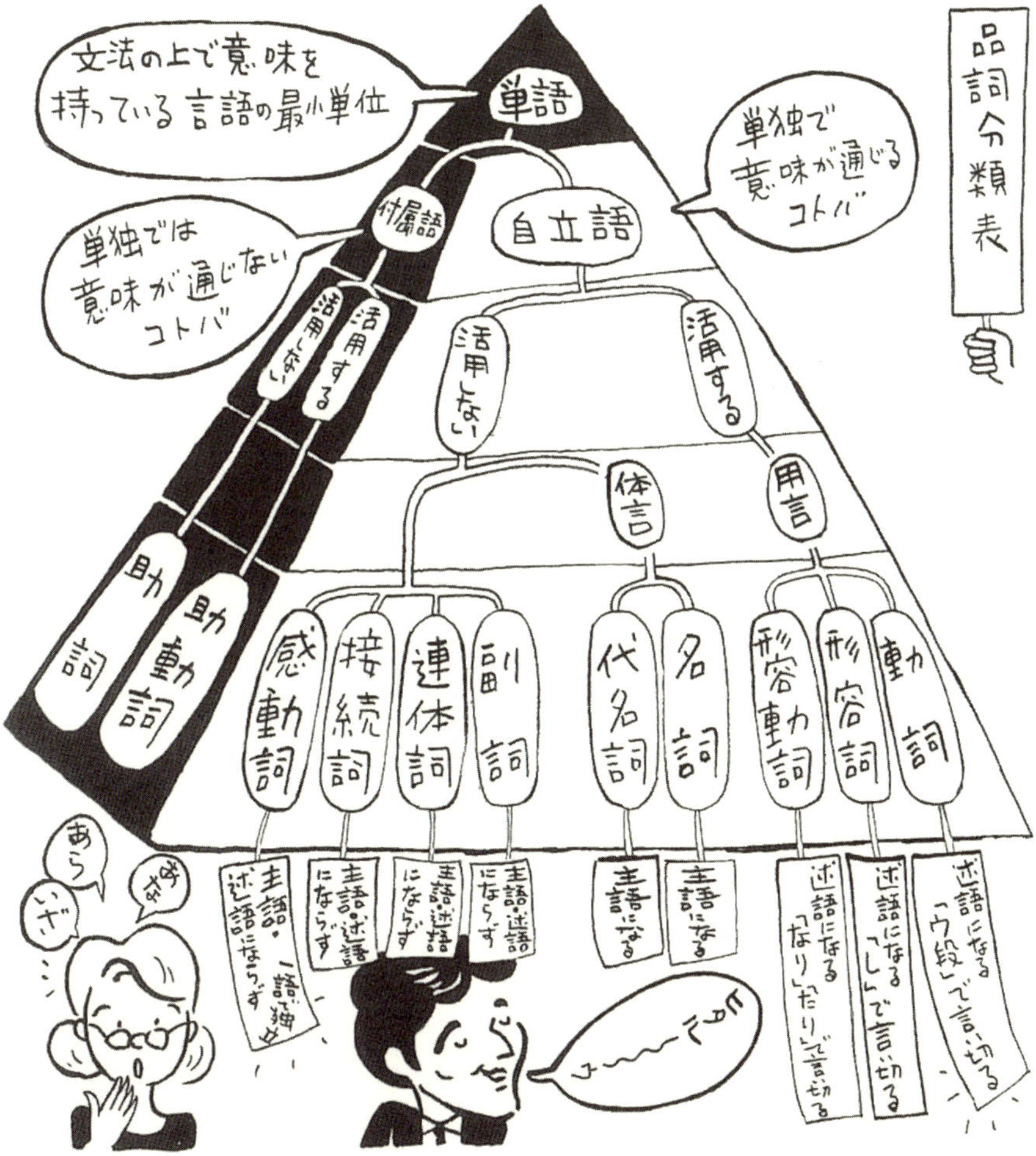
品詞分類表
単語
文法の上で意味を持っている言語の最小単位
自立語
単独で意味が通じるコトバ
付属語
単独では意味が通じないコトバ
活用しない
活用する
体言
用言
感動詞
接続詞
連体詞
副詞
代名詞
名詞
形容動詞
形容詞
動詞
助詞
助動詞
主語・述語にならず 単独で一語
主語・述語にならず
主語・述語にならず
主語・述語にならず
主語になる
主語になる
述語になる 「なり」「たり」で言い切る
述語になる 「し」で言い切る
述語になる 「ウ段」で言い切る
あら
いや
まあ

「活用」とは、語の形が変化すること。
「買ひ」は、「おでんを買はず」とか、「おでんを買へ！」とか、形を変えます。こういう語を「活用語」といいます。でも、「コンビニ」は形が変化しない。「コンビナ」「コンビヌ」とはならない。こういう語は、「活用しない」というのです。

③文を作る上で、どのような役目をするか

これについては、あとで、具体例を挙げながら、説明していきます。以上、①→②→③の手順で、さまざまな単語を分類していきます。そうすると、動詞・形容詞・形容動詞・名詞・代名詞・副詞・連体詞・接続詞・感動詞・助動詞・助詞の十一種類に分類することができるのです。

品詞の具体的な説明

それでは、「自立語」から説明していきます。
まず、「活用する」単語から。

▼動詞…述語になる。「ウ段」で言い切る。

夏の河赤き鉄鎖《てっさ》のはし浸る　山口誓子《やまぐちせいし》
（主語↓述語）

真夏の川岸、赤く塗られた鉄の鎖の一端が、水中に浸っている。動詞「浸る」は、主語「はし」の述語になっています。言い切りの形（終止形）を長く伸ばして「ヒタルー」と読むと、「ウ」の音になりますよね。

▼形容詞…述語になる。「し」で言い切る。

白菊のしづくつめたし花鋏《はなばさみ》　飯田蛇笏《いいだだこつ》
（主語↓述語）

白菊を花鋏で剪《き》った時、飛び散った雫《しずく》が冷たかった。形容詞「つめたし」は、主語「しづく」の述語。口語文法では、言い切りの形は、「つめたい」と、「い」になるのですが、文語文法では、「つめたし」「あかし」「うれし」のように、「し」で終わります。

▼形容動詞…述語になる。「なり」「たり」で言い切る。

海へ去る水はるかなり金魚玉《きんぎょだま》　三橋敏雄《みつはしとしお》
（主語↓述語）

「金魚玉」は、夏の季語。中に金魚を入れ、軒先などに吊《つ》るガラス製の器のこと。金魚玉を見ながら、海へ流れ去る水に思いを馳《は》せています。作者は船員さんですからね。
　形容動詞「はるかなり」は、主語「水」の述語。形容動詞の言い切りは、「はるかなり」「堂々たり」のようになります。このように、「自立語で、活用がある三つの品詞」＝「動詞＋形容詞＋形容動詞」は、**用言**ともいいます。

＊

次は「自立語」で「活用しない」単語です。

▼**名詞**…主語になる。

滝の上に水現れて落ちにけり　後藤《ごとう》夜半《やはん》

（主語→述語　述語）

ダイナミックに滝の動きをとらえた秀句。名詞「水」は、「現れ」「落ち」という動作の主語になっていますね。

▼**代名詞**…主語になる。人や事物の名をいう代わりに、直接それらを指す。

春の暮老人と逢ふそれが父　能村《のむら》研三《けんぞう》

春の夕暮れ、薄闇《うすやみ》の中を老人が歩いてくる。よく見ると、自分の父親だったという驚きが、一句になっています。「それ」は、上の「老人」を指していますが、述語「父（なり）」の主語にもなっています。
　このように、「自立語で活用がなく、主語になることのできる二つの品詞」＝「名詞＋代名詞」は、**体言**ともいいます。

▼**副詞**…主語・述語どちらにもならず、用言（動詞＋形容詞＋形容動詞）を修飾する。

遠雷のいとかすかなるたしかさよ　細見《ほそみ》綾子《あやこ》

（修飾語→被修飾語）

遠くに雷が聞こえる。その音は、非常に（＝いと）かすかであるけれど、確かに鳴っている。「かすかなる」の言い切りの形は、「かすかなり」。先ほど説明した形容動詞です。副詞「いと」は、用言「かすかなる」にかかっていき、状態の程度を表しています。

▼**連体詞**…主語・述語どちらにもならず、体言（名詞＋代名詞）を修飾する。

斯《か》く行きてかかるところが河豚《ふぐ》の宿　阿波野《あわの》青畝《せいほ》

（修飾語→被修飾語）

このように（＝斯く）行ってみると、こんな（＝かかる）ところに河豚鍋を食べさせる宿があった。連体詞「かかる」は、体言「ところ」にかかっていき、どんな場所なのか、意味を限定しています。

▼**接続詞**…主語・述語にならず、修飾の働きもなく、前と後の文・句・語の関係を示す。

蛙の目越えて漣又さゞなみ　川端茅舎《かわばたぼうしゃ》

ユーモラスな句ですね。蛙の目を漣《さざなみ》が越えていった後、また、新たに小さな波が寄せてきた。接続詞「又」は、「漣」「さゞなみ」が「並列」の関係にあることを表しています。

▼**感動詞**…主語・述語にならず、修飾の働きもなく、一語で独立して用いられる。

あな幽《かす》かひぐらし鳴けり滝の空　水原《みずはら》秋櫻子《しゅうおうし》

感動詞「あな」はひぐらしの声に気がつき、思わず、口をついて出た言葉。「あ！」という意味。

感動詞には、「あら」（あっ）、「いざ」（さあ）などがあります。

＊

今度は、「付属語」です。

「付属語」は、二つだけです。

▼**助動詞**…活用する。

冬の水一枝の影も欺《あざむ》かず　中村草田男《なかむらくさたお》

助動詞「ず」は、「…ない」という打消の意味。波一つない冬の水面に、枝の一本一本がはっきり映っている状態を、擬人法で表現しています。「ず」は、「欺かぬ時」とか、「欺かねど」とか、形が変化します。

▼**助詞**…活用しない。

鉛筆で指さす露の山脈を　加藤楸邨《かとうしゅうそん》

助詞「で」は、「手段、方法」の意味。こちらの方は、形が変化しません。「露」は秋の季語。「露の山脈」で、澄みきった連峰が眼に浮かんできます。

俳句と文語文法 3

「五十音図」と「活用形」

「老い」なのか？「老ひ」なのか？

　俳句の文語文法についてとっても刺激的な本があります。池田俊二『日本語を知らない俳人たち』（ＰＨＰ研究所）。帯のコピーも、挑発的です。「あなたのお師匠さんは大丈夫ですか？」。

　この本は、俳人の文語文法の知識が、いかにいい加減であるか、徹底して、批判糾弾《きゅうだん》しています。たとえば、中村汀女《なかむらていじょ》先生は、俳人協会「俳句カレンダー」に、「老ひたもふ」と染筆《せんぴつ》されたそうです。正しくは、「老いたまふ」なんですけどね。これ、現物で確かめたかったんですが、無理でした。二十年以上前のカレンダーなんですよ。

　読者の中には、なぜ「『老ひ』じゃダメなの？」、「古文では、『い』を『ひ』と書くんじゃないですか？」と思われる方もあるかもしれません。でも、そうはならないんです。「老い」はヤ行上二段活用の動詞「老ゆ」の連用形なんですね。そう言われて、ピンとこない方も、いらっしゃるでしょうけれども、別に気にする必要はありません。この「老ひ」というのは、初心者の方が、よくやる間違いなんです。これから、ゆっくり説明していきますからね。

要注意！「五十音図」

　さて、本格的な動詞の学習に入る前に、問題をひとつ出します。紙と鉛筆を用意してください。準備は、いいですか？

問　歴史的仮名遣いの五十音図を書け。

「簡単すぎる」ですって？　ま、そう言わずに、一応、書いてみてください。

あ　い　う　え　お
か　き　く　け　こ
さ　し　す　せ　そ

たちつてと
なにぬねの
はひふへほ
まみむめも
やいゆえよ
らりるれろ
わゐうゑを
ん

五十音図では、縦の関係を「行」と言います。

「あいうえお」は、「ア行」。

「かきくけこ」は、「カ行」。

「ワ行」の「ゐ」と「ゑ」。正しく書けますか?

拡大して書いておきますね。

ゐ　ゑ

一方、横の関係は「段」と言います。

「あかさたなはまやらわ」は、「ア段」(「ん」は省く)。

「いきしちにひみいりゐ」は「イ段」。

ここで、問題になってくるのは、「ア行」「ヤ行」「ワ行」です。

あいうえお(ア行)
やいゆえよ(ヤ行)
わゐうゑを(ワ行)

五十音図の「ア行」「ヤ行」「ワ行」というのは、国語学史上、大問題だったんです。

江戸時代前期、契沖《けいちゅう》という学者が、『和字正《わじしょう》濫鈔《らんしょう》』という本を書きました。書名は、それまでの仮名遣いの「濫《みだ》れを正す」という意味。当時、五十音図は混乱し、「やゐゆゑよ　わいうえを」などというデタラメなものが横行していた。その誤りを契沖が正したんですね。

ところが、その契沖先生にして、「ア行」と「ワ行」の仮名遣いは、誤ってしまい、

あいうえを(ア行)
わゐうゑお(ワ行)

としてしまった。

これを訂正したのが、江戸時代中期の本居宣長《もとおりのりなが》です。宣長は、『字音仮名用格《じおんかなづかい》』の中で、

あいうえお(ア行)
わゐうゑを(ワ行)

が正しいことを論定しました。

このあたりの歴史的なプロセスに興味をお持ちの方は、築島裕『歴史的仮名遣い』(中公新書)、馬渕和夫『五十音図の話』(大修館書店)をお読みください。詳しく書いてあります。築島氏の本は絶版のようですので、図書館か古書店で探してみてください。

活用・語幹・語尾について

さて、五十音図を頭に入れたところで、品詞の分類について復習をします。

問　品詞分類上、動詞とは、どのような言葉か。

答　自立語で、活用があり、述語になり、ウ段で言い切る。

大丈夫ですよね。自立語とは、「単独で意味が通る語」。活用とは、「語形が変化すること」。

たとえば、「おもふ」という動詞。これは、現代語では、「おもう」となりますが、古語では、「おもふ」となります。そして、「おもはず」「おもひて」「おもふとき」「おもへば」というように変化します。

この動詞を、よく見てみてください。「おも」の部分は変化しません。変化するのは、その下の「は」「ひ」「ふ」「へ」の部分だけです。

活用語で、「おも」のように、変化しない部分のことを、「**語幹**《ごかん》」と言います。

一方、「は」「ひ」「ふ」「へ」のように、変化していく部分を、「**語尾**《ごび》」と言います。

変化する部分(語尾)は、「ハ行」ですね。だから、「おもふ」は、「ハ行」で活用する動詞です。「書く」だったら、「書かず」「書きて」「書くとき」「書けば」のように、「か」「き」「く」「け」と変化していく。「カ行」で活用する動詞になります。

「活用形」とはなにか

このように活用によって変化した語形を、「活用形」といい、用法上、次の六種類に分類することができます。「未然形《みぜんけい》」「連用形《れんよう》」「終《しゅう》止《し》形」「連体形《れんたい》」「已然形《いぜん》」「命令形《めいれい》」。

特に、注意してほしいのは、五番目の、「已然形」。

現代語の場合は、「已然形」の代わりに、「仮定形」というのがあります。しかし、「已然形」と「仮定形」は、まったく意味用法が異なります。
具体的に、ひとつずつ説明していきましょう。

【未然形】

老いゆくを罪と思はず百日紅《さるすべり》　横山白虹《よこやまはくこう》

「未然形」とは、「未《いま》だ然《しか》らざる形」＝「まだ、そうなっていない形」。「思はず」は、「思わない」という意味。この「思は」の語形は、まだ、「思うという行為が実現していない」ということを表しています。

【連用形】

さま〴〵の事おもひ出す桜かな　芭蕉《ばしょう》

「連用形」とは、「用言に連なる形」。
「用言」ってなんでしたっけ？
「用言」＝「動詞・形容詞・形容動詞」のことでしたね。この「思ひ」は、「出す」という動詞（用言）に繫《つな》がっていく語形です。

【終止形】

年玉を妻に包まうかと思ふ　後藤比奈夫《ごとうひなお》

「終止形」は簡単です。文が終わる形、句点（マル）で終わる形です。動詞は、「ウ段」で言い切ります。「書く」「着る」「死ぬ」のようにね。

【連体形】

ふと春の宵《よい》なりけりと思ふ時　高浜虚子《たかはまきょし》

「連体形」は、「体言に連なる形」。
「体言」＝「名詞・代名詞」のこと。
「思ふ時」「思ふ人」「思ふところ」というように、名詞に繫がっていく語形です。
「あれ？　終止形と連体形とは、同じ？」と思った人、ありませんか。
「思ふ」という動詞の場合は、「終止形」と「連体形」は同じ形なんです。でも、たとえば「死ぬ」という動詞の場合、連体形は「死ぬる」となって形が違ってくるので、別の語形として分類しています。

【已然形】

今思へば皆遠火事のごとくなり　能《の》村《むら》登《と》四郎《しろう》

「已然形」、これがもっとも手強《てごわ》い、くせものです。「已」という字に注目してください。「己《こ》」「巳《み》」とは、別の字です。

已

「コ」の部分にかかっている三画目が、半分間が空いているでしょう。これは、「已《すで》に」という意味です。つまり「已然形」とは、「已にその事柄が実現している形」です。

　現代語の「仮定形」の場合、「思えば」は、ある事柄を仮定していて、「もし、思えば」という意味になる。「思う」という行為は、実現していない。ところが、古語の「思へば」は、既に「思う」という行為が成立してしまっているんです。だから、「思うと」「思うので」というような意味になります。

　よーく、注意しておいてください。

【命令形】

いつぽんの冬木に待たれゐると思へ　長《は》谷《せ》川《がわ》　櫂《かい》

「命令形」は、そのまま。「命令する形」です。「思ふ」の場合は、「已然形」「命令形」も同形ですが、さっきの「死ぬ」の場合だったら、已然形「死ぬれ」、命令形「死ね」のように別の語形になります。

　ここまで、説明してきたことをまとめると、次ページのイラストのような表になります。これを「活用表」と言います。

「語幹」「語尾」。「未然形」「連用形」「終止形」「連体形」「已然形」「命令形」。

　このキーワードは、絶対、覚えておいてください。

已然形
●已にその事柄が実現している……形
古語「思へば」行為が成立している
現代語（仮定形）「思えば」行為は実現していない
連用形
●用言に連なる形
思ひ出す
未然形
●未だ然らざる形
（行為が実現していない）
連体形
●体言に連なる形
思ふ人
行
ハ行
基本形（終止形）
思ふ
語幹
おも
語尾（変化する部分）
未然形
は
ズに続く
連用形
ひ
テ・タリに続く
終止形
ふ
言い切る
連体形
ふ
トキ・コトに続く
已然形
へ
ドモに続く
命令形
へ
命令の意で言い切る
続く言葉

第一章

動詞

動詞 1

変格活用① ナ行・サ行変格活用動詞

活用の種類

前章までの内容を、簡単に復習しておきますね。

動詞とは、どんな言葉でしたっけ。

「自立語で、活用があり、述語になり、ウ段で言い切る」。

ピンポ～ン♪

それでは、活用する語で、変化しない部分と、変化する部分のことを、どのように呼びましたか。

「活用語で変化しない部分＝語幹」。

「活用語で変化する部分＝（活用）語尾」。

ピンポ～ン♪

たとえば、「思ふ」という動詞で、語幹は、「思」の部分。活用語尾は、「ふ」の部分になります。

語尾は、「は・ひ・ふ・ふ・へ・へ」と変化するんでしたね。

質問を、もうひとつ。

「活用形＝活用によって変化する語形」の種類を答えてください。

「未然形《みぜん》・連用形・終止形・連体形・已然形《いぜん》・命令形」。

ピンポ～ン♪

「已然形」を「仮定形」と、答えた方はありませんか。「仮定形」は、口語文法ですよ。

さて、ここで、19ページで学習した「五十音図」を思い出してください。

「行」というのは、五十音図の縦の関係でしたね。「あいうえお」は、ア行。「かきくけこ」は、カ行です。動詞「思ふ」の語尾は、ハ行で変化します。

それに対して、五十音図の横の関係は「段」と言いました。「あかさたな…」は、ア段。「いきしちに…」は、イ段。「うくすつぬ…」は、ウ段。以下同様に、エ段、オ段となる。

この「思ふ」の活用語尾は、「は」＝ア段、「ひ」

＝イ段、「ふ」＝ウ段、「へ」＝エ段の四つの段で、変化していきます。

　したがって、動詞「思ふ」の**活用の種類**は、**四段活用**と言います。

　行とセットにすれば、ハ行四段活用の動詞です。

　文語文法の動詞には、全部で、九種類の活用があります。

四段活用
上一段活用
上二段活用
下一段活用
下二段活用
カ行変格活用
サ行変格活用
ナ行変格活用
ラ行変格活用

　この活用の種類には、覚える順番があります。

　まず、四つの「変格活用」を覚える。次に「上一段」「下一段」を覚える。最後に、「四段」「上二段」「下二段」をマスターしていきます。

　変格活用と上一段・下一段に該当する動詞の数は、極《きわ》めて限定されています。数が少ないものから手をつけていくほうが、効率的ですからね。

ナ行変格活用

　最初は、**ナ行変格活用**から、いきましょう。ナ行変格活用の動詞は、二つだけです。

「死ぬ」
「往《い》ぬ（去《い》ぬ）」＝立ち去る、過ぎ去る

　ね、簡単でしょう。

「死ぬ」の場合、語幹は「死」。

「死なず」「死にて」「死ぬ」「死ぬる時」「死ぬれど」「死ね」と変化します。

　活用語尾だけピックアップすれば、「な・に・ぬ・ぬる・ぬれ・ね」。

　これは、覚えてくださいよ。

「死ぬ往ぬ、死ぬ往ぬ、死ぬ往ぬ」って十回くらい言えば、頭に入りますよね。

　あと、「な・に・ぬ・ぬる・ぬれ・ね」。活用表を見ながら、念仏を唱えるように、ぶつぶつ繰り

ナ行変格活用

行	基本形(終止形)	語幹	未然形	連用形	終止形	連体形	已然形	命令形
ナ行	死ぬ	死	な	に	ぬ	ぬる	ぬれ	ね
続く言葉			ズに続く	テ・タリに続く	言い切る	トキ・コトに続く	ドモに続く	命令の意で言い切る

返して言ってみてください。

俳句では、次のような使われ方をしています。已然形は、適当な例句がなかったので、省略していますが。

【未然形】

てんと虫一兵われの死なざりし　安住《あずみ》敦《あつし》

「死なざりし」は、「死ななかった」の意。作者は、戦争へ行ったにもかかわらず、命ながらえることができたんです。てんとう虫を見ながら、自分の生命を、しみじみと感じています。

【連用形】

春《しゅん》愁《しゅう》の昨日死にたく今日生きたく　加藤《かとう》三七子《みなこ》

春というのは、なんとなく、気分がさえなくて、沈みがちになったり、情緒不安定になったりするもの。五七五の下五《しもご》の部分が、字余りになっていて、心の揺らぎを感じさせます。

【終止形】

鳴きそめしつくつくぼうしいづれ死ぬ　齋藤《さいとう》玄《げん》

鳴きはじめた法《ほう》師《し》蟬《せみ》も、遠からず死んでしまう。

身を振り絞るような蝉の声に、心動かされています。

【連体形】

念力のゆるめば死ぬる大暑《たいしょ》かな　村上鬼城《むらかみきじょう》

「大暑」は、新暦七月二十三日の頃。暑さが最も厳しい時期です。張りつめていた気持ちがゆるんでしまうと、死んでしまうような極暑《ごくしょ》。じりじりと責めさいなまれるような暑さの実感が表現されています。

【命令形】

死ねといふ風のぺんぺん草がいふ　石田勝彦《いしだかつひこ》

「死ねといふ」で、意味の上では切れます。風に吹かれるぺんぺん草が「死ね」と言っているように聞こえる。作者は、なにか、自責の念にかられる思いに悩んでいるのでしょう。

ちょっと困った曖昧《あいまい》用例

ここからは、応用編になりますが、じつは、この「ナ行変格活用」には、ちょっと困った問題が存在しています。口語文法「死ぬ」（五段活用）と、文語文法「死ぬ」（ナ行変格活用）の混用が、結構、見られるんですね。

死ぬものは死にゆく躑躅《つつじ》燃えてをり　臼田亜浪《うすだあろう》

動詞「死ぬ」は、名詞「もの」に続いている連体形です。したがって、文語文法では、「死ぬるものは」となるのが正しい。リズムを整えるために、口語の「死ぬ」の連体形を使ってしまっています。

母死ねば今着給へる冬着欲し　永田耕衣《ながたこうい》

これは、非常に有名な句です。『驢鳴集《ろめいしゅう》』の「昭和二十五年一月十七日　老母九十一歳　十三句」という前書きのある連作の五つ前の作品。つまり、この句の時点では、まだ、母は死んでいない。「もし、母親が亡くなったら、今、着ていらっしゃる冬着が欲しい」という切実な母恋いの句なんです。

ところが、文語ナ行変格活用「死ぬ」には、「死ね」という形は、命令形しかない。だから、「もし、母が死ねば」という意味にするなら、「母死なば」としないといけないんです。「着給へる」は、あきらかに文語なので、表現の統一という観点からすると、これは、口語と文語を混用した誤用です。

なんで、こんな間違いが生じたかというと、口語五段活用「死ぬ」の仮定形は、「死ね」なんです。口語だったら、「母死ねば」で、「もし、母が死ねば」という意味になるんですね。

名人ゆえの破格表現と言うこともできるかもしれませんが、とにかく、みなさんは、まず、「な・に・ぬ・ぬる・ぬれ・ね」を、頭に叩《たた》き込んでください。

サ行変格活用

サ行変格活用。これも二つだけです。

「す」＝する

「おはす」＝いらっしゃる（「あり」「行く」「来」の尊敬語）

サ行変格活用は、「せ・し・す・する・すれ・せよ」と変化します。したがって「おはす」の場合には、「おは」が語幹になりますが、「す」の場合は、語幹と語尾の区別がありません。

例によって、活用表を見ながら、覚えてください。

なお、サ行変格活用では、注意しなければならないことがあります。

動詞「す」は、「愛」「対面」「恋」などのように、体言や体言に準ずる語の下について、「愛す」「対面す」「恋す」などという複合動詞を作ることがあるんですね。名詞「死」の下について、「死す」という複合動詞を作る場合もあります。

さっき、ナ行変格活用で「死ぬ」っていう動詞がありましたよね。そう、「死ぬ」と「死す」は、別の動詞なんです。「死す」は、「死せず」「死して」「死す」「死する時」「死すれど」「死せよ」と活用します。

「死ぬ」＝ナ行変格活用

「死す」＝サ行変格活用

例句を、いくつか、あげておきます。

【未然形】

百日紅《さるすべり》この叔父《おじ》死せば来ぬ家か　大野林火《おおのりんか》

【連用形】

僧死してのこりたるもの一炉かな　高野素十《たかのすじゅう》

【終止形】

雪渓《せっけい》に山鳥花の如く死す　野見山朱鳥《のみやまあすか》

【連体形】

長き夜や孔明《こうめい》死する三国志　正岡子規《まさおかしき》

暗記事項が、いくつかありました。ひとつひとつの知識を、確実に覚えていくことが、文語文法の完全マスターにつながります。復習しておいてくださいね。

サ行変格活用

行	基本形（終止形）	語幹	未然形	連用形	終止形	連体形	已然形	命令形
サ行	す	（す）	せ	し	す	する	すれ	せよ
続く言葉			ズに続く	テ・タリに続く	言い切る	トキ・コトに続く	ドモに続く	命令の意で言い切る

動詞 2

変格活用② カ行・ラ行変格活用動詞

カ行変格活用

カ行変格活用の動詞は、ひとつだけです。

「来《く》」＝来る

活用の仕方は、

「こ・き・く・くる・くれ・こ／こよ」

となります。命令形は、「こ」「こよ」の二つ。

語幹と語尾の区別はありません。

それでは、いつものように、

行	基本形(終止形)	語幹	未然形	連用形	終止形	連体形	已然形	命令形
カ行	来	(く)	こ	き	く	くる	くれ	こ・こよ
続く言葉			ズに続く	テ・タリに続く	言い切る	トキ・コトに続く	ドモに続く	命令の意で言い切る

「来《く》」

「こ・き・く・くる・くれ・こ／こよ」と、声に出して、覚えてしまってください。

それでは、例句を見ていきましょう。

【未然形】

賀状うづたかしかのひとよりは来ず　桂《かつら》信子《のぶこ》

年賀状が高く積み上げてある。一枚一枚、読んでいく。お正月の楽しみのひとつですよね。しかし、あの人からは、来なかった。あの人とは誰なんでしょう。普段から、安否《あんぴ》を気遣っている人かもしれませんし、恋しく思っている相手かもしれません。そのあたりは、読者の想像にゆだねられています。

【連用形】

夏草に汽罐車《きかんしゃ》の車輪来て止る　山口誓子《やまぐちせいし》

現在は、「止まる」と書きますが、原典の表記は「止る」となっています。昭和初期の、山口誓子の代表作です。

今日では、「汽罐車」というとレトロな感じがしますが、当時は、モダンなイメージだったのでしょう。表現法も斬新《ざんしん》です。普通の俳人ならば、「夏草に汽車の車輪の止まりけり」というように、平坦《へいたん》に詠《よ》んでしまうところですが、「キカンシャノシャリン」と一音字余りにしておいて、「来て止る」と動詞を畳《たた》みかけ、クローズアップされた車輪の迫力を表現。夏草は、自然の生命力を表し、汽車の車輪のイメージと拮抗《きっこう》しています。

【終止形】

初蝶《はつちょう》来《く》何色と問ふ黄と答ふ　高浜虚子《たかはまきょし》

この句の上五《かみご》の「初蝶来」の「来」は、「こ」とか「き」とは、読みません。終止形「く」と読みます。なぜなら、上五でいったん切れるからです。「初蝶来／何色と問ふ／黄と答ふ」となります。「初蝶」は、春になって、初めて目にした蝶。「あ、初蝶だ」というつぶやきに、傍にいた人が、「何色?」と尋ねたのですね。「黄色」。

何気ない日常会話の中に、春の訪れを感じさせる作品です。

【連体形】

虹の中を人歩きくる青田《あおた》かな　松本《まつもと》たかし

印象鮮明な光景。稲が生えてきて青々としている田の上に半円の虹の輪がかかっている。その中を、人が歩いて来ます。あたかも、虹の輪の中から現れたみたいに。「歩きくる」の「くる」は、名詞（体言）の「青田」に係《かか》っています。

【已然形《いぜん》】

手の薔薇《ばら》に蜂《はち》来れば我《われ》王の如《ごと》し　中村草田男《なかむらくさたお》

主観的な表現の句。手に持っている薔薇の花に、蜂がやってくると、自分は、王のようだと、誇張《こちょう》して表現しています。仰々《ぎょうぎょう》しい言い方ですが、作者は、童心に戻って、あたかも伽話《おとぎばなし》の王様のように振る舞っています。

【命令形】

光年は涼しき距離ぞ生まれ来よ　辻《つじ》美奈子《みなこ》

胎内にいる子どもに呼びかけている句。一光年の距離は、約九兆四六〇〇億キロメートル。茫漠《ぼうばく》とした広がりのあるこの世に、生まれ出てくるように胎児に呼びかけている作品です。「光年」という言葉の「光」の字が、一瞬、輝きや眩《まぶ》しさを連想させるため、閃光《せんこう》がスパークしたような感覚を伝えてくる瑞々《みずみず》しい生命賛歌です。

ラ行変格活用

変格活用の最後は、**ラ行変格活用**です。

ラ行変格活用には、注意すべき点があります。動詞の終止形は、すべて、「ウ段」で終わるのが原則です。「書く」「死ぬ」「す」「来《く》」のように。ただし、ラ行変格活用に限っては、「イ段」で言い切ります。

ラ行変格活用の動詞は、次の四つです。

「あり」
「をり」
「侍《はべ》り」＝お仕えする、あります、おります、…ます、…（で）ございます
「いまそがり」＝いらっしゃる（「あり」の尊敬語）

俳句でよく用いるのは、「あり」「をり」です。「侍り」には、

薪《たきぎ》能《のう》観世《かんぜ》に嫁《か》せし人侍《はべ》り　山田《やまだ》弘子《ひろこ》

などという用例があることはありますが、あまり使うことはありません。「いまそがり」を用いた

俳句は、まず、出てきません。

しかし、一応、「あり・をり・侍《はべ》り・いまそがり」で覚えておいてください。

一方、活用の仕方は、「あり」の「あ」を語幹とすると、活用語尾の「り」の部分は、「ら・り・り・る・れ・れ」と変化します。何度も言いますが、終止形が「イ段」で終わるところが、ポイントです。

それでは、具体例を鑑賞していきましょう。

【未然形】

妻二タ夜あらず二タ夜の天の川　中村草田男

草田男の句を、もうひとつ。この句は、「妻二タ夜あらず／二タ夜の天の川」と、真ん中に切れを入れて解釈します。未然形「あらず」ですから、奥さんは二晩、家を留守にしていたんですね。作者は、夜、天の川を仰ぎながら、妻の不在をしみじみと嘆じているのです。

二晩くらい、奥さんが家を空けたくらいで大げさな……と思うかもしれませんが、なにしろ草田男は、

妻抱かな春昼《しゅんちゅう》の砂利《じゃり》踏みて帰る

虹に謝《しゃ》す妻よりほかに女知らず

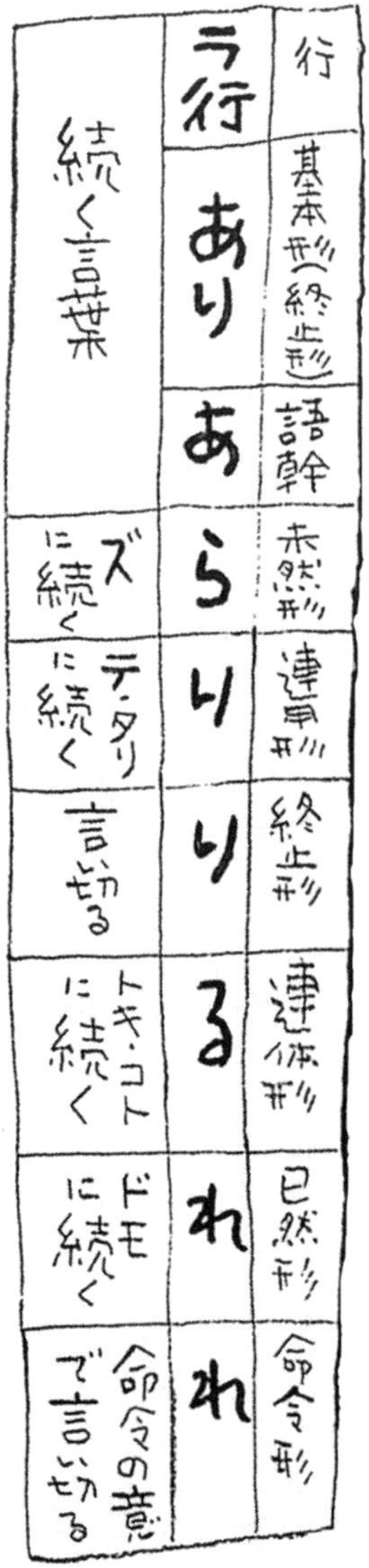

行	基本形（終止）	語幹	未然形	連用形	終止形	連体形	已然形	命令形
ラ行	あり	あ	ら	り	り	る	れ	れ
続く言葉			ズに続く	テ・タリに続く	言切る	トキ・コトに続く	ドモに続く	命令の意で言切る

というような激しく純粋な妻恋句《つまごい》を発表した人。晩年、奥さんのお葬式では、出棺《しゅっかん》の時、柩《ひつぎ》にすがって号泣したというエピソードも残っています。本当に、奥さんを愛していたのですね。

【連用形】

春燈《しゅんとう》にひとりの奈落《ならく》ありて坐《ざ》す　野澤節子《のざわせつこ》

「奈落」は、どん底。春灯は明るいものですから、この「奈落」は、心情的なものでしょう。「春燈にひとりの孤独ありて坐す」などと表現してしまうと、安っぽくなってしまうところですが、「奈落」という言葉を用いることによって、臨場感ある世界を表すことに成功しています。

【終止形】

桃青し赤きところの少しあり　高野素十《たかのすじゅう》

俳句の大切な技法のひとつに、「即物描写《そくぶつびょうしゃ》」というものがありますが、これは、そのお手本のような句。俳句は、五＋七＋五＝十七音という極めて限られた音数ですので、主観的な思いを述べ始めると、往々にして、字数が足りなくなって、説明不足になり、底が浅い作品になってしまいます。そこで、あえて、自分の主観的な感情表現は抑え、表現対象の具体描写に徹し、そのイメージの美しさの言語化に努める。それが、「即物描写」です。

素十の句は、まだ、熟していない桃の一部に、ほんのりと赤味がさしているところを発見して、伸び伸びと詠い上げています。

【連体形】

七草《ななくさ》のまだ人中にある思ひ　田中裕明《たなかひろあき》

作者の田中裕明さんは、将来を嘱望《しょくぼう》されながらも、平成十六年末、白血病のため、惜しくも四十五歳でいのちを落としてしまいました。

まず、上五の「七草」は、芹《せり》・薺《なずな》・御形《ごぎょう》・蘩蔞《はこべら》・仏座《ほとけのざ》・菘《すずな》・蘿蔔《すずしろ》。春の七草です。七草粥《がゆ》にして、食しているのでしょう。「七草の」の「の」は、切れを表しています。

普通、こういう場合は、「七草や」と「や」の切字《きれじ》を用いますが、一句の語感をソフトにするため、あえて、「の」という助詞を用いています。テクニカルな表現です。

中七《なかしち》以降の「まだ人中にある思ひ」は、回想。つまり雑踏《ざっとう》の中を戻ってきて、家の中で七草粥を食べているものの、まだ、さきほどの人波のほてりが、心の中に残っているという句です。ゆったりとした時間の流れを感じさせる秀句です。

【已然形】

花あれば西行《さいぎょう》の日とおもふべし　角川源義《かどかわげんよし》

西行の有名な歌、「ねがはくは花のしたにて春死なむそのきさらぎの望月のころ」（願うこととしては、桜の花の下、春に死にたいものだ。釈迦《しゃか》がお亡くなりになった二月十五日〈旧暦〉の満月のころに）を踏まえています。

「あれば」は、「已然形＋ば」なので、既に、その事柄が成就してしまっている確定条件です。仮定条件（もし…ば）ではありません。「花が咲いているので、今日を西行の日と思おう」という意味です。

【命令形】

いつまでも種であれよと種袋《たねぶくろ》　池田澄子《いけだすみこ》

「種袋」は、春蒔《ま》きの蔬菜《そさい》や草花の種を入れたもの。本来は、蒔いて成長させるために種を売っているわけですが、あえて、このように逆説的な表現をすることにより、新たないのちを秘めた種へのいつくしみの念を表現しています。

動詞
3 上一段・下一段活用動詞

「ひいきに見入る」か「君に好い日」か

上一段活用の動詞は、結構あります。

「射る」「鋳《い》る」「着る」「干《ひ》る（かわく）」「はなひる（くしゃみをする）」「似る」「煮る」「見る」「試《こころ》みる」「かへりみる」「居《ゐ》る」「率《ゐ》る（率いる）」「率ゐる」「用ゐる」。

これは、大変……。思わず、引いてしまった方もいらっしゃるかもしれません。

ところが、心配ご無用。一発で、覚えられる方法があります。

＊上一段活用動詞の暗記法

「贔屓《ひいき》に見入る（ヒイキニミヰル）」

これ、表記上は、厳密には、「ヒイキニミイル」なんですけどね。覚えるためのこじつけです。ご理解のほどを。要は、「ヒ」「イ」「キ」「ニ」「ミ」「ヰ」の下に、「る」をつけたら、上一段活用の動詞になるのです。

ヒ（る）＝干る・はなひる
イ（る）＝射る・鋳る
キ（る）＝着る
ニ（る）＝似る・煮る
ミ（る）＝見る（試みる・かへりみる）
ヰ（る）＝居る・率る・率ゐる・用ゐる

覚え方には、もうひと通りあります。

「君に好い日（キミニヰイヒ）」

これも、正しくは「キミニイイヒ」。暗記のためのこじつけですね。この場合も、「キ」「ミ」「ニ」「ヰ」「イ」「ヒ」の下に、「る」をつければ、上一段活用の動詞です。

キ（る）＝着る
ミ（る）＝見る（試みる・かへりみる）
ニ（る）＝似る・煮る
ヰ（る）＝居る・率る・率ゐる・用ゐる

イ（る）＝射る・鋳る
ヒ（る）＝干る・はなひる

どちらでも結構ですので、好きなほうで覚えてください。

　さて、この上一段活用の変化のしかたですが、たとえば、「見る」を例にとってみると、次のように変わります。

「み・み・みる・みる・みれ・みよ」

　これは、マ行上一段活用ですが、母音で考えると、

「イ・イ・イル・イル・イレ・イヨ」

のみで活用するわけです。語幹と語尾の区別はありません。

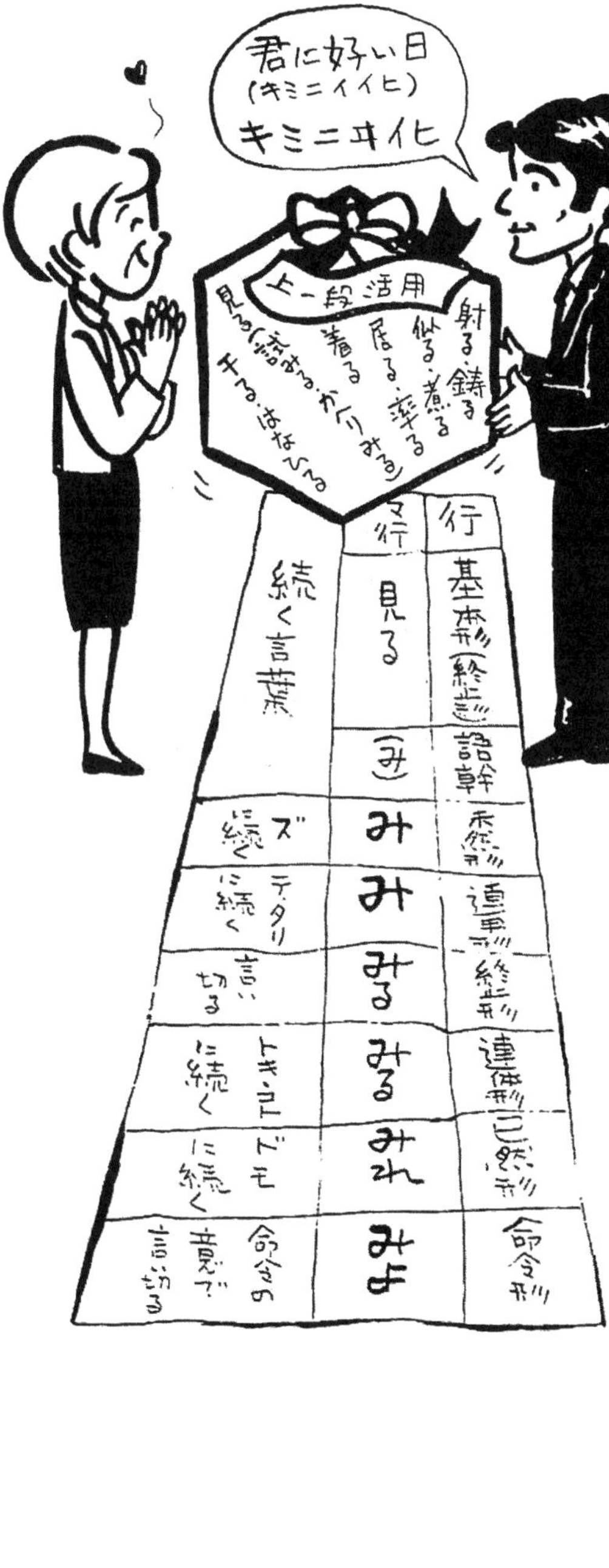

上一段活用の例句と鑑賞

上一段活用の動詞の具体例を、見ていきましょう。

【未然形】

文月《ふみづき》や六日も常《つね》の夜《よ》には似ず　芭蕉《ばしょう》

上一段活用の動詞は、未然形も連用形も同形ですが、「似」は、打消の助動詞「ず」に接続しているので、未然形。「似ない」の意になります。

「文月」は、旧暦の七月。旧暦の十二ヶ月、そらで言えるでしょうか? 睦月《むつき》・如月《きさらぎ》・弥生《やよい》・卯《う》月《づき》・皐月《さつき》・水無月《みなづき》・文月《ふづき》・葉月《はづき》・長月《ながつき》・神無月《かんなづき》・霜月《しもつき》・師走《しわす》ですね。

掲句は、七夕《たなばた》の前夜を詠った句です。七夕は、牽牛《けんぎゅう》と織女《しょくじょ》の年一度、逢瀬《おうせ》の日。当日は言うまでもないけれども、前日から、なんとなく気もそぞろになる……という意味ですね。

注意しなければならないのは、旧暦は新暦より、一ヶ月、あとへずれているということ。睦月・如月・弥生が、春。卯月・皐月・水無月が、夏。だから、「文月」は、秋。「七夕」は、秋の行事なんですね。現代の季節の感覚と、ズレを生じている例です。

【連用形】

くわゐ煮てくるるといふに煮てくれず　小澤《おざわ》實《みのる》

この句の「煮」は、助詞「て」に接続しているので、連用形になります。

「くわゐ」は、「慈姑」と書きます。春の季語。秋、長い花茎を出し、白い花をつけます。水田に栽培して、球茎が食用ということなんですが、実は、私はまだ食べたことがありません。

小澤氏の句は、軽い失望感をユーモラスなタッチで表現した作品です。

【終止形】

晩菊《ばんぎく》や母を離れて母を見る　大木《おおき》あまり

「見る」は言い切りの形、終止形です。

「晩菊」は、遅咲きの菊。秋の季語です。「晩菊」

の季語に、作者の思いを凝縮させています。「母を離れて母を見る」というのは、自分の母親の老いを、客観的に、しかし、まざまざと感じ取っている描写です。

【連体形】

白玉や虚子《きょし》に似る字も偽手紙　筑紫磐井《つくしばんせい》

上一段活用は、終止形・連体形も同じ形ですが、この「似る」は、下に「字」という名詞が続いています。名詞＝体言。したがって体言に続く形＝連体形ですね。

「白玉」は、夏の季語。白玉粉を練って作った団子。冷やして白砂糖などをかけます。白玉を食べながら、主《あるじ》が高浜虚子《たかはまきょし》の真筆と称する手紙を眺めている。立派に表装してあるんでしょうが、どうも、偽物《にせもの》っぽい気がしてならないのでしょう。

【已然《いぜん》形】

丹前《たんぜん》を着れば丹田《たんでん》しづかなり　長浜勤《ながはまつとむ》

23、37ページでも触れましたが、「已然形」は要注意です。現代語ならば、「着れば」というと「もし、着るならば」という仮定条件になりますが、古語の場合、「着れば」は已然形。已然形は、「已《すで》にそうなっている形」。したがって、「丹前を着れば」は、「もし、丹前を着れば」ではなく、「丹前を着ると」という確定条件になります。

「丹前」は、厚く綿を入れ、広袖《ひろそで》で衣服の上に覆《おお》うもの。「丹田」は、おへその下の部分ですが、ここに力を入れると健康によいと言われています。「タンゼン」「タンデン」という語呂《ごろ》合わせの句なのですが、丹前を羽織《はお》った時の、心の落ち着きが伝わってきます。

【命令形】

乱心のごとき真夏の蝶を見よ　阿波野青畝《あわのせいほ》

炎天下、乱れ飛ぶ蝶の描写です。「見よ」という命令形の呼びかけに、勢いと迫力があります。凡庸《ぼんよう》な俳人だったら、「乱心のごとく真夏の蝶飛べり」としてしまうところ。阿波野青畝は、なかなかのテクニシャンです。

上一段活用と紛らわしい語

上一段活用の動詞と、一見似通っているものの、別の活用の語には、要注意です。

子供居りしばらく行けば懸巣《かけす》居り　中村草田男《なかむらくさたお》

たとえば、この句、この「居り」の活用と活用形は何でしょうか？

「ゐ・ゐ・ゐる・ゐる・ゐれ・ゐよ」

あれ？　「居り」なんか、ないなあ……なんて、勘違いしないように。

「居り」は、「あり」「をり」「侍り《はべ》」の「をり」。34ページで学んだ**ラ行変格活用**です。

ラ行変格活用の活用、覚えていますか？

「ら・り・り・る・れ・れ」でしたね。

例句は、まず、「子供居り」で、いったん切れます。したがって、　部の動詞は、ふたつとも「ラ行変格活用の終止形」になります。

煮て干して吊《つる》して冬の支度かな　岩田由美《いわたゆみ》

それでは、この　部の動詞「干し」は、どうなるでしょうか。活用と活用形を考えてみてください。

もし、ハ行上一段活用だったら、

「ひ・ひ・ひる・ひる・ひれ・ひよ」

となりますよね。「ひし」なんてありません。

それじゃ、「ひ」と「し」かな……なんて考えたらダメですよ。だいたい、「干して」は、「ひして」なんて読まない。「ほして」ですよね。

この「干し」は、終止形「干す」のサ行四段活用。「干」が語幹で「し」が活用語尾。四段活用の語尾は、「さ・し・す・す・せ・せ」と変化するんでした。だから、正解は「サ行四段活用の連用形」。

動詞の活用の見分け方については、また詳しく説明します。記憶のどこかに、留めておいてください。

下一段活用は「蹴《け》る」のみ

下一段活用は、簡単です。だって、「蹴る」一語ですからね。活用のしかたは、「け・け・ける・ける・けれ・けよ」カ行のエ段で、変化します。上一段活用同様、語幹と語尾の区別はありません。

以上で、おしまい！　こんなの、すぐ覚えられますよね。

それでは、具体的な用例を鑑賞していきましょう。でも、「蹴る」の用例は、なかなか、すべての活用形では見つからないんですね。

【未然形】

赤んぼに膝《ひざ》蹴られをり藤の昼　山本洋子《やまもとようこ》

下一段活用の動詞の未然形・連用形は、同形。ただしこの句では、「蹴」という動詞に「られ」という受身の助動詞が接続しています。

助動詞に関しては、また詳しく説明しますが、受身の助動詞は、動詞の「未然形」に接続するというルールがあります。したがって、この「蹴」は未然形になります。

赤ちゃんを抱こうとしたら、小さな足をバタバタさせたんでしょう。思わず、膝を蹴られてしまった。しかし、別に痛いわけでもないし、腹が立つわけでもない。かえって、愛らしい気持ちが湧いてきますよね。

「藤の昼」は、「藤の花」が咲いている昼。藤の花は、春の終わりくらいから房になって咲いているのを、あちらこちらで見かけることができます。作者ののどかな気持ちが、季語に託されています。

【終止形】

墓参《ぼさん》の子ひっきりなしにものを蹴る　岸本尚毅《きしもとなおき》

終止形・連体形、どちらも同じ形になりますが、一句が動詞「蹴る」で終わっているので、この場合は終止形。

「墓参」は秋の季語。家族でお参りに行ったのですが、男の子でしょうか、墓地に転がっているものを、ひっきりなしに蹴っている。軽妙な作品です。

【連体形】

よろこんで名月を蹴る赤子かな　仙田洋子《せんだようこ》

もうひとつ、赤ん坊の句。

こちらの「蹴る」は、「赤子」という名詞に続いているので連体形です。

なぜか分からないんですけど、赤ん坊って「たかい、たかい」をすると喜びますよね。その喜んだ坊やの足が、仲秋の名月を蹴っているように見えたんです。

動詞 4

上二段活用動詞

上二段活用の活用

上二段活用の学習の前に復習です。

上一段活用は、イ段のみで活用するんでした。

「見・見・見る・見る・見れ・見よ」

というふうにね。

上二段活用は、五十音図のイ段とウ段で活用する動詞です。

たとえば、タ行上二段活用の「落つ」だったら、

「落ち」（未然形）
「落ち」（連用形）
「落つ」（終止形）
「落つる」（連体形）
「落つれ」（已然《いぜん》形）
「落ちよ」（命令形）

と変化します。語幹は「落」。活用語尾はタ行イ段「ち」、ウ段「つ」で変化します。

「ち・ち・つ・つる・つれ・ちよ」

というように。

それでは、バ行上二段活用の「詫《わ》ぶ」は、どのように活用するでしょうか？

語幹は「詫」。活用語尾はバ行イ段「び」、ウ段「ぶ」で変化します。

「び・び・ぶ・ぶる・ぶれ・びよ」

ですね。

上二段活用の例句と鑑賞

上二段活用の例句を見ていきましょう。

【未然形】

滴《したた》りの玉となりつつなほ落ちず　鷹《たか》羽《は》狩行《しゅぎょう》

「滴り」は、岩壁などより滴り落ちてくる水滴。涼味を誘う夏の季語です。今にも滴ろうとしている水の玉。だんだんと膨らんでくるのだが、まだ

落ちてこない。静かな緊張を孕《はら》んでいる句です。「落ち」は打消の助動詞「ず」に接続していますので、未然形です。

【連用形】

黙示録《もくしろく》閉ぢてこの世の蝶と逢ふ　橋本榮治《はしもとえいじ》

「ヨハネの黙示録」は、「新約聖書」巻末の一書。キリストの再来、神の国の到来、地上の王国の滅亡を叙述しています。

読み耽《ふけ》っていた「黙示録」を閉じて顔を上げると、ふと、目の前を一匹の蝶が過《よぎ》っていった。凄惨《せいさん》な「黙示録」の描写と、蝶の眩《まぶ》しさが対照的です。「閉ぢ」は助詞「て」に接続していますので、連用形になります。

【終止形】

香取《かとり》より鹿島《かしま》はさびし木の実落つ　山口青邨《やまぐちせいそん》

香取神宮は千葉県香取市、鹿島神宮は茨城県鹿嶋市。どちらも、軍神を祀《まつ》っています。広大でさびしげな鹿島神宮に比べて、香取神宮は絢爛《けんらん》とした小社。木の実が落ちる音を聞きながら、両社のイメージを、心の中で対比しています。「香取」「鹿島」の「カ」の音が、一句の中で、ひびきあい、余韻《よいん》を生じています。「落つ」は言い切りの形で、終止形です。

【連体形】

日に幾度《いくど》電車の過ぐる古巣《ふるす》かな　依光陽子《よりみつようこ》

雛《ひな》を育て終わった巣は放置され、翌年の春、顧《かえり》みられることは少ない。しかし、時によっては、昨年の巣を修繕をして用いている場合もあります。どことなく哀感の漂う「古巣」ですが、その近くを走っている鉄路。電車が通り過ぎるときには、束《つか》の間《ま》の喧騒《けんそう》がもたらされます。「過ぐる」は名詞（体言）「古巣」に接続しているので連体形です。

【已然形】

正月や過ぐれば只《ただ》の日数《ひかず》のみ　石塚友二《いしづかともじ》

お正月は心改まり、親戚《しんせき》同士が集《つど》いあい、普段とは異なる華やかな雰囲《ふんい》気《き》に包まれます。しかしながら、三が日が過ぎてしまうと、また通常の生活が戻ってきます。

「過ぐれ」は已然形なので、「已《すで》にそうなっている」形。「過ぐれば」は、「過ぎると」という確定条件。「もし、過ぎれば」という仮定条件ではありません。

【命令形】

煙突の林まつすぐ星落ちよ　八木《やぎ》三日女《みかじょ》

煙突が林立している。工場の景か、あるいは北国の眺望《ちょうぼう》なのか。ただ、この句の場合は、あまり具体的なシチュエーションにこだわらず、星空に影をなして立つ煙突の群を、心に浮かべればよいのではないでしょうか。

「まつすぐ」の一語は、「煙突の林」が「まっすぐ」立っているの意と、「まっすぐ」に星が落ちるように呼びかけている意が、重なるように配置されています。「落ちよ」は言い切って命令する形なので命令形です。

なお、秋の季語に「流星」「星流る」がありますが、この句は無季として鑑賞すればよいと思います。

要注意！　ヤ行上二段活用

上二段活用には、要注意の語があります。

「老《お》ゆ」「悔《く》ゆ」「報《むく》ゆ」

のヤ行で活用する三語です。

ちょっと、考えてみてくださいね。ヤ行上二段活用ですから、どのように活用しますか。五十音図（19ページ）を思い出してください。

ヤ行は、

「や　い　ゆ　え　よ」でしたね。

上二段ですから、「い」と「ゆ」で変化します。

したがって、

「老い」（未然形）

「老い」（連用形）

「老ゆ」（終止形）

「老ゆる」（連体形）

「老ゆれ」（已然形）

「老いよ」（命令形）

となります。語幹は「老」。活用語尾は、

「い・い・ゆ・ゆる・ゆれ・いよ」

です。

よくやる間違いは、「い・い…」とくるので、ア行と間違って、「老う」としてしまうパターンですね。

「い・い・う・うる・うれ・いよ」

これは間違いです。あと間違えやすいのは、ハ行上二段活用と混同してしまうパターン。

「ひ・ひ・ふ・ふる・ふれ・ひよ」

これは、アマチュアの俳人のみならず、お弟子さんをとって句会指導をされている自称プロ俳人でも、分かっていない人がいます。

「老ひにけり」とか、「老ふるとき」とか。間違いですからね。

その他に、上一段活用と混同してしまっている人がいます。

口語文法では、上二段活用は、上一段で活用するんですよ。だから、現代語では、「老い」（未然形）、「老い」（連用形）、「老いる」（終止形）、「老いる」（連体形）、「老いれ」（仮定形）、「老いよ」（命令形）となる。

これが、頭の中で混ざり合って、ごちゃごちゃになってしまうんですね。

ところが、すでに学習したように、文語の上一段活用の動詞は「ヒイキニミヰル」「キミニヰイヒ」でした。「ひる」「いる」「きる」「にる」「みる」「ゐる」ですね。「おいる」っていうのは、ないんですよ。

「オユ・クユ・ムクユ」が覚えられても漢字を忘れてしまいそうだっていう人は、「オユ・クユ・ムクユ」＝「小野小町《おののこまち》伝説」と結びつけておいてください。

絶世の美女・小野小町は、若いときたぐいまれな美貌《びぼう》をしていましたが、多くの男性の心を悩ませました。小町のもとへ九十九日も通ったにもかかわらず、百日目の雪の夜に思いを果たすことなく凍え死んでしまった深草少将《ふかくさのしょうしょう》なんて、あまりにもかわいそうです。

美しい女性は、たくさんの男性を傷つける。

小野小町はそうした罪の報いを受け、年老い、容姿衰えたときに、様々な苦しみを体験して後悔しなければなりませんでした。

謡曲《ようきょく》の『卒都婆小町《そとばこまち》』なんかに描かれている世界です。

「老い」て「悔い」が生じ「報い」がくる、「老ゆ・悔ゆ・報ゆ」……。

行	ヤ行	
基本形（終止形）	老ゆ	続く言葉
語幹	老	
未然形	い	ズに続く
連用形	い	テ・タリに続く
終止形	ゆ	言い切る
連体形	ゆる	トキ・コトに続く
已然形	ゆれ	ドモに続く
命令形	いよ	命令の意で言い切る

ヤ行上二段活用の例句と鑑賞

俳句では、「老ゆ」「悔ゆ」「報ゆ」の中で「老ゆ」が用いられる割合が圧倒的に多いです。例句を見ていきましょう。

【未然形】

新雪にわが影法師まだ老いず　古賀《こが》まり子《こ》

新しく降り積もった雪に、自分の影法師がさしている。まだ自分は老いていないぞ、という気概を詠ったものです。「老い」は打消の助動詞「ず」に接続する未然形です。

【連用形】

紅梅を過ぐ華やぎは老いて後　大串《おおぐし》章《あきら》

この句の内容は、前の作品と逆。紅梅のほとりを通り過ぎたとき、人生の華やぎは年をとってから訪れるものだ、という思いを語ったもの。定年退職後、自分の興味あることに打ち込むようになってから、本当の生き甲斐《がい》を感じるようになった。俳句を趣味にされている方なんか、まさにそうですよね。この「老い」は、助詞「て」に接続する連用形です。

【終止形】

芋《いも》の露《つゆ》山のむかうは知らず老ゆ　鍵和田《かぎわだ》秞子《ゆうこ》

昔は、たくさんいたのでしょう。自分の育った村を、生涯出ることなく、年老いて亡くなっていく方が。「老ゆ」は言い切りの形で、終止形となります。

【連体形】

玫瑰《はまなす》や舟ごと老ゆる男たち　正木《まさき》ゆう子《こ》

「玫瑰」は、夏の季語。わが国北部の海岸砂地に自生、紅色の五弁の花が咲きます。

漁師を詠《よ》んだ作品ですね。舟が古くなっていくのとともに、年老いていく男たち。はまなすの眩しさが、海の男の雄々しい生涯を寿《ことほ》いでいるようです。

動詞 5

下二段活用動詞

下二段活用の活用

下二段活用の動詞は、

あ　い　う　え　お

の下の二段、「ウ段」「エ段」で活用していきます。

たとえば、カ行下二段活用の「受く」だと、語幹は「受」、活用語尾は「く」。活用は、「け・け・く・くる・くれ・けよ」です。

「受け」（未然形）
「受け」（連用形）
「受く」（終止形）
「受くる」（連体形）
「受くれ」（已然《いぜん》形）
「受けよ」（命令形）

それでは、タ行下二段活用「捨《す》つ」は、どのように活用しますか？

語幹が「捨」。活用語尾は「て・て・つ・つる・つれ・てよ」ですね。

それじゃ、もうひとつ。ヤ行下二段活用の「聞《き》こゆ」は、どうなるでしょうか？

ヤ行は、

や　い　ゆ　え　よ

語幹が「聞こ」。活用語尾が、「え・え・ゆ・ゆる・ゆれ・えよ」ですね。

それでは、「受く」「捨つ」「聞こゆ」の活用のしかた、何回も声に出して、暗唱してください。

下二段活用の例句と鑑賞

【未然形】

枸杞《くこ》の実のさびしさも夜を越えざりき　加藤《かとう》楸邨《しゅうそん》

「枸杞の実」は、秋の季語。夏から秋にかけて、淡い紫色の花をつけたあと、楕円《だえん》状の実を結んで、枝をしなわせて、垂れ下がります。最初、青かっ

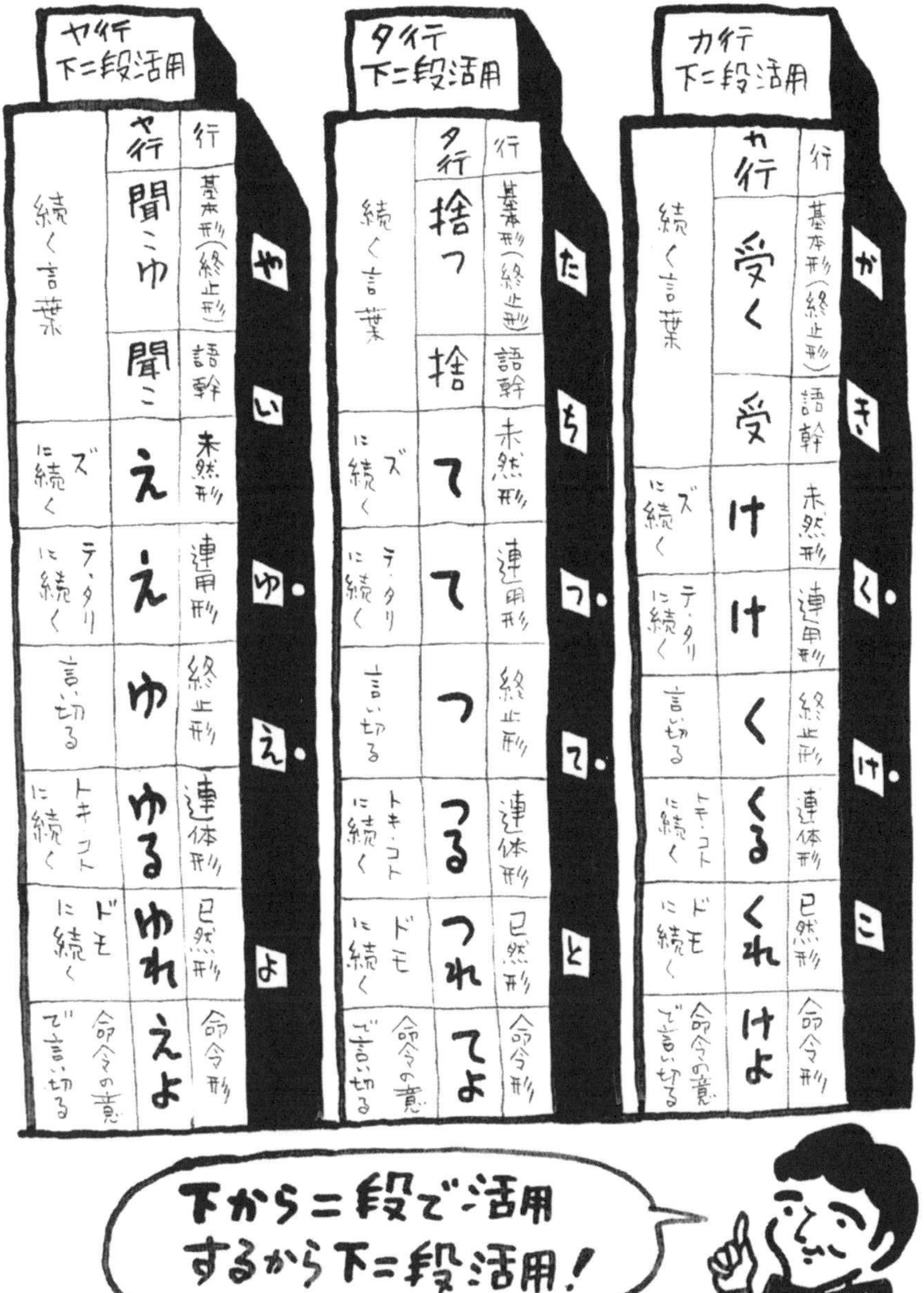
ヤ行下二段活用
行 ヤ行
基本形（終止形） 聞こゆ
語幹 聞こ
未然形 え ズに続く
連用形 え テ・タリに続く
終止形 ゆ 言い切る
連体形 ゆる トキ・コトに続く
已然形 ゆれ ドモに続く
命令形 えよ 命令の意で言い切る
続く言葉
や い ゆ え よ
タ行下二段活用
行 タ行
基本形（終止形） 捨つ
語幹 捨
未然形 て ズに続く
連用形 て テ・タリに続く
終止形 つ 言い切る
連体形 つる トキ・コトに続く
已然形 つれ ドモに続く
命令形 てよ 命令の意で言い切る
続く言葉
た ち つ て と
カ行下二段活用
行 カ行
基本形（終止形） 受く
語幹 受
未然形 け ズに続く
連用形 け テ・タリに続く
終止形 く 言い切る
連体形 くる トキ・コトに続く
已然形 くれ ドモに続く
命令形 けよ 命令の意で言い切る
続く言葉
か き く け こ
下から二段で活用するから下二段活用！

た実は、十月ぐらいになると、赤く熟してきます。「越えざりき」の「ざり」は、打消の助動詞「ず」の連用形。「き」は過去の助動詞の終止形。打消の助動詞の上には、未然形が接続するので、この「越え」は未然形。「越えざりき」で、「越えなかった」という意味になります。

【連用形】

子の臀《しり》を掌《て》に受け沈む冬至《とうじ》の湯　田川《たがわ》飛旅子《ひりょし》

冬至には、柚子《ゆず》を浮かべたお風呂に入る習慣がありますよね。作者は、小さな子供のお尻を受けとって、柚子湯に入っている。「掌に受け」の部分に、子供に対する情愛が溢《あふ》れています。

なお、動詞「受け」は、同じく動詞の「沈む」に接続しています。用言（動詞・形容詞・形容動詞）に連なっているので、「受け」は連用形です。

【終止形】

鳥雲《とりくも》に湾岸道路運河越ゆ　上島顕司《うえしまけんじ》

「鳥雲に」は、春の季語。北の国へ帰っていく渡り鳥の群が、雲の中に見えなくなること。意味は、ここで切れます。

一方、湾岸道路は、運河を越えて、空に架かっているように見える。広がりのある大景を、現代的な感覚のもとに詠っています。「越ゆ」は言い切りの形で、終止形です。

【連体形】

齢《とし》高き父より受くる屠蘇《とそ》の盃《はい》　福田蓼汀《ふくだりょうてい》

お正月に飲む薬酒「屠蘇」。延命長寿の縁起によります。その屠蘇を高齢の父親より注いでもらう。めでたい光景です。

下二段活用動詞「受くる」は、「受く」の連体形。名詞（体言）「屠蘇」に連なる形です。

【已然形】

灼熱《しゃくねつ》の鬼こそ出づれ豆打てり　辻《つじ》桃子《ももこ》

「灼熱の鬼こそ」の「こそ」は、強意の助詞。「灼熱の鬼」の意味を強めています。「こそ」は「係《かか》りの助詞」と言って、その文末の「結び」は、必ず「已然形」になります。この場合、一句は、「鬼こそ出づれ」の中七《なかしち》で切れていますので、「出づれ」が文末の已然形。つまり、もともとは、「灼熱の鬼出づ」の間に、強めの「こそ」が挟まって、文末が変化した表現なのです。

このような用法を「係り結びの法則」といいます。「係り結び」については、後で詳しく説明しますので今はとにかく、「出づれ」は、下二段活用の「已然形」なんだ。それで結構です。

下五《しもご》の「豆打てり」の「り」は、存続の助動詞で「豆を撒《ま》いている」の意味。助動詞についても後で詳しく述べますが、「り」は四段活用では已然形に接続します。

「豆打《まめうち》」「豆撒《まめまき》」は、節分の行事。新しい季節を迎えるに当たって邪気を追い払おうとするもの。掲句は真っ赤に燃えるような赤鬼の装束《しょうぞく》をつけた人が出てくる。その赤鬼に向かって、豆を撒いている。「こそ」の強めの表現が、情景の緊張感を高めている作品です。

【命令形】

春満月ざしきわらしも外《と》に出でよ　菖蒲《しょうぶ》あや

「出でよ」は、文末に来て命令する形。「ざしきわらし」（座敷童）とは、東北地方の旧家に棲《す》むと信じられている子供の姿をした家の神。顔が赤く、髪が垂《た》れているといいます。春、満月が皓々《こうこう》と照る夜、家の中に棲みついている座敷童に、「外に出てごらん。月がこんなにきれいだよ」と呼びかけている作品です。

ア行・ワ行は、要注意！

下二段活用の場合、注意しておかなければならないポイントが、いくつかあります。

一つ目は、ア行とワ行の下二段活用の動詞です。ここで、ア行・ヤ行・ワ行の五十音図を、振り返ってみてください。

あ　い　う　え　お　（ア行）
や　い　ゆ　え　よ　（ヤ行）
わ　ゐ　う　ゑ　を　（ワ行）

それぞれ、ウ段とエ段で変化します。たとえば、

ア行下二段活用の場合、活用語尾は、

「え・え・う・うる・うれ・えよ」

となります。

ヤ行下二段活用だったら、

「え・え・ゆ・ゆる・ゆれ・えよ」

ワ行下二段活用だったら、

「ゑ・ゑ・う・うる・うれ・ゑよ」

ですね。下二段活用の場合、ア行とワ行の動詞は、数が限定されています。

まず、ア行下二段活用の動詞は、「得《う》・心得《こころう》」の二つです。

「得《え》・得《え》・得《う》・得《う》る・得《う》れ・得《え》よ」

と活用します。語幹と語尾の区別はありません。「心得」の場合は、「得」の上に、「心」が接続することになります。

ワ行下二段活用の動詞は、「植《う》う」「飢《う》う」「据《す》う」の三つです。「植《う》」「飢《う》」「据《す》」が語幹、「う」の部分が活用語尾です。

したがって、左ページのイラストのように活用することになります。

それでは例句をいくつか見ていきましょう。

【未然形】

腰据《す》ゑん野分《のわき》の去りし石ひとつ　村越化石《むらこしかせき》

「据ゑん」の「ん」は、意志の助動詞。意志の助動詞の上には動詞の未然形が来るので、「据ゑ」は、未然形になります。

「腰据ゑん」は、「腰を据えよう」の意味。秋、野分（台風）の去った後、大きな石に腰を下ろし、くつろごうとする作者の心情が現れています。

【連用形】

田を植ゑて空も近江《おうみ》の水ぐもり　森《もり》澄雄《すみお》

「植ゑて」の「て」は、接続助詞。その上には、連用形が来ます。したがって「植ゑ」は、未然形・連用形とも同形ですが、この句の場合は、連用形になります。

作者の森澄雄は、近江の国、今の滋賀県琵琶湖《びわこ》へいくども足を運び、数々の名句を生み出しました。一面の植田《うえた》の果てには、琵琶湖が拡がってい

据う　飢う　植う
心得《こころう》　得う
ワ行下二段活用
ア行下二段活用
下二段活用のア行・ワ行の動詞は要注意！
行　ワ行　〃　〃
基本形（終止形）　植う　飢う　据う
語幹　植　飢　据
未然形　植ゑ　飢ゑ　据ゑ
連用形　植ゑ　飢ゑ　据ゑ
終止形　植う　飢う　据う
連体形　植うる　飢うる　据うる
已然形　植うれ　飢うれ　据うれ
命令形　植ゑよ　飢ゑよ　据ゑよ
続く言葉
ズに続く
テ・タリに続く
言い切る
トキ・コトに続く
ドモに続く
命令の意で言い切る

ます。その大景を包み込む空も、湖から上昇した水蒸気によって、いくぶん、曇っているように、見受けられます。

【終止形】

馬鈴薯《ばれいしょ》を植う汝《な》が生《あ》れし日の如く　石田波郷《いしだはきょう》

「吾子誕生日」の前書きのある句。「馬鈴薯を植う」で文意は切れるので、「植う」は終止形。日常の作業の中、自分の子供の誕生日を祝う気持ちが、素朴に表されています。

【連体形】

竹植うる安房《あわ》に雨脚はやき刻《とき》　大屋達治《おおやたつはる》

旧暦の五月十三日に竹を植えると、必ず根付くという中国の俗信があり、わが国でも古くから、この日に竹を植える習慣がありました。「竹酔日《ちくすいじつ》」「竹誕日《ちくたん》」などと言います。安房の国、今の千葉県の南部、激しい雨の降る中、竹を植える行事をしている人の姿が目に入ります。

「植うる」は、「安房」という固有名詞（体言）に接続しているから、連体形ですね。

語幹と語尾の区別のない下二段活用

あと、下二段活用で注意しておかなければならないのは、「語幹と語尾の区別のない」動詞です。三つあります。「得《う》」「経《ふ》」「寝《ぬ》」です。

「得」は、さきほど、ア行下二段活用の説明で出てきましたね。

「経」は、ハ行下二段活用です。

「へ・へ・ふ・ふる・ふれ・へよ」

と変化します。

「寝」は、ナ行下二段活用です。

「ね・ね・ぬ・ぬる・ぬれ・ねよ」

と変化します。

では、以下例句のみ掲げておきます。

【未然形】

いづくにも虹のかけらを拾ひ得《え》ず　山口誓子《やまぐちせいし》

【連用形】

枯蓮《かれはす》をめぐり一生《ひとよ》を経《へ》しごとし　鷹羽狩行《たかはしゅぎょう》

【終止形】

稲妻《いなづま》のゆたかなる夜も寝《ぬ》べきころ　中村汀女《なかむらていじょ》

（助動詞「べき」の上は、終止形接続）

【連体形】

もの書きて日を経《ふ》るほどに葉山吹《はやまぶき》　松本《まつもと》たかし

【已然形】

春の夜や寝《ぬ》れば恋しき観世音《かんぜおん》　川端茅舎《かわばたぼうしゃ》

【命令形】

其《その》銀で裘《けごろも》など得《え》よ和製ユダ　中村草田男《なかむらくさたお》

動詞

6

動詞を句に詠み込むとき

動詞の総まとめ

「動詞」の総まとめをしておきましょう。

俳句実作中、文語表現の「動詞」を一句に詠《よ》み込もうとするとき、その動詞の活用がなんであり、さらには、どのような活用形に変化させればよいのか。そのことが分からなければ、正しい表現ができませんよね。今まで、積み重ねてきた学習は、そのための基本作りだったんです。

それでは、まず、復習から入りますよ。

問　文語動詞の「活用」の種類をすべて答えよ。

「未然形」「連用形」……なんて答えてはダメですよ。それは、「活用形」。「〇段活用」とかいうのが、「活用」ですよね。

答　四段活用

上一段活用

上二段活用

下一段活用

下二段活用

ラ行変格活用

ナ行変格活用

カ行変格活用

サ行変格活用

以上の九つでした。心配な人は、27ページをもう一度読んでくださいね。

さて、問題はこれからです。

たとえば、「死ぬ」という動詞を一句の中で使いたいと思ったとします。

蜥蜴《とかげ》の目〔　　〕て青空みてをりぬ

佐野《さの》まもるという人の句ですが、この括弧《かっこ》の中に、「死ぬ」という意味の動詞を入れたい。でも、**蜥蜴の目〔死ぬ〕て青空みてをりぬ**

では、おかしいというのは、なんとなくフィーリングで分かりますよね。

それでは、いったい、どうしたらいいのでしょう。

「暗記すべき六つの活用」の動詞

正しい答えを出すためには、まず、「死ぬ」という動詞が何活用なのかを考え、判別しなければならないわけです。そして、次に、その「死ぬ」という動詞が、どのように活用（変化）されるのかを思い出し、適当な活用形に変化させるのです。

もう一回、まとめてみますよ。
①「死ぬ」は、何活用なのかを判別する。
②「死ぬ」を適当な活用形に変化させる。
まず「死ぬ」は、何活用ですか。

27ページで学習しましたね。「ナ行変格活用」＝「死ぬ」「往《い》ぬ」。

さて、ここで、また復習です。

問　暗記しておかなければならない動詞って、どんなものがありましたか？

答　ラ行変格活用＝「あり」「をり」「侍《はべ》り」「いまそがり」
ナ行変格活用＝「死ぬ」「往《い》ぬ」
カ行変格活用＝「来《く》」
サ行変格活用＝「す」「おはす」
上一段活用＝「きる」「みる」「にる」「いる」「ゐる」「ひる」
下一段活用＝「蹴《け》る」

上一段活用は、「キミニヰイヒ（君に好い日）」あるいは、「ヒイキニミヰル（贔屓《ひいき》に見入る）」と覚えるんでしたね。

この六つの活用の動詞に関しては、見た瞬間、「何活用」なのか、頭に浮かべることができないといけません。記憶が曖昧《あいまい》な人は、もう一回、26～44ページをよく読んで、覚え直しておいてください。

さて、もう一度、

蜥蜴の目〔　　〕て青空みてをりぬ

の句に戻ります。

「死ぬ」は、ナ行変格活用です。

どのように、活用するんでしたっけ。

語幹は、「死」。活用語尾は、「な・に・ぬ・ぬる・

ぬれ・ね」でした。

この句の場合、括弧の直後が、助詞「て」になっています。助詞「て」が来る場合、その直前の動詞の活用形は、どうなりますか？

助詞「て」が接続する動詞は、連用形でした。したがって、括弧の中には、「死ぬ」の連用形「死に」を入れるわけです。

蜥蜴の目〔死に〕て青空みてをりぬ

念のために、もう一問やってみましょう。

天山の夕空も〔　　〕ず鷹《たか》老いぬ

藤田湘子《ふじたしょうし》の有名な句ですが、動詞「見る」を活用させて括弧の中に入れてみてください。

手順は、先ほどの「死ぬ」と同じですよ。

①「見る」は、何活用なのか判別する。

②「見る」を適当な活用形に変化させる。

最初は①の作業。

「見る」は、「君に好い日」「贔屓に見入る」の「見る」。「上一段活用」ですね。（38ページ参照）

次に②の作業。

「見る」は、語幹と語尾の区別がなく、「み・み・みる・みる・みれ・みよ」と活用します。

括弧の下には、打消の助動詞「ず」が来ていますよね。打消の助動詞「ず」が接続する動詞は、「未然形」。したがって、「見る」の未然形「見」が入ります（39ページ・イラスト参照）。

天山の夕空も〔見〕ず鷹老いぬ

が、正解となります。

「暗記すべき六つの活用」の動詞以外

それでは、次の句はどうなるでしょうか。

みちのくの星入り氷柱《つらら》われに〔　　〕

動詞「呉《く》る」を、「ください」という意味になるよう活用させ、括弧の中に入れてください。鷹《たか》羽狩行《はしゅぎょう》の代表作なので、答を知っている人もいるかもしれませんが、ま、いいでしょう。行う作業は、さっきと同じです。

①「呉る」は、何活用なのか判別する。
②「呉る」を適当な活用形に変化させる。
「呉る」は、何活用なのか？

さあ、困った。

これは、先ほどの、暗記すべき動詞（ラ変・ナ変・カ変・サ変・上一段・下一段）の中にないいんです。このことは、ひっくり返して言えば、暗記すべきものの中に含まれていない動詞は、すべて、「四段活用」「上二段活用」「下二段活用」のいずれかである、ということになるんです。したがって、「呉る」は、「四段活用」「上二段活用」「下二段活用」の三つの活用のどれかということになります。

さて、どれでしょう？　確率は、三分の一だ！なんて言わないように。きちんと見分け方があるのですから。

「四段活用」「上二段活用」「下二段活用」の判別は、打消の助動詞「ず」を後に続けて見分けます。

たとえば、四段活用の「書く」は、語幹が「書」で、活用語尾が「か・き・く・く・け・け」と変化します。

上二段活用の「過ぐ」は、語幹が「過」で、活用語尾が、「ぎ・ぎ・ぐ・ぐる・ぐれ・ぎよ」と変化します。

下二段活用の「受く」は、語幹が「受」で、活用語尾が、「け・け・く・くる・くれ・けよ」と変化しました。

つまり、打消の助動詞「ず」を接続して、活用語尾の最後の音が、ア段になるか（四段活用）、イ段になるか（上二段活用）、エ段になるか（下二段活用）で、活用を判別するんです。

句に戻ってみましょう。

動詞「呉る」は、現代語で言えば「くれる」の意味。打消の「ず」をつけたら、どうなります？「呉らず」「呉りず」が変だってことは、誰でも分かりますよね。正解は「呉れず」です。「れ」は、ラ行「ら・り・る・れ・ろ」のエ段。動詞「呉る」は、ラ行下二段活用の動詞です。

ここまで分かれば、今度は②の作業です。

ラ行下二段活用「呉る」の語幹は「呉」。活用語尾は、「れ・れ・る・るる・るれ・れよ」と変化します。

さあ、やっとここまでたどり着きました。括弧の中には、どのような活用形が入るのでしょう。

文末なので、終止形「呉る」を入れてもよさそうなんですが、最初に断っておいたように、この句は、「みちのく（東北地方）の星が入った氷柱を私にください」という内容の作品。実際に、氷柱の中に星なんか入っていませんが、これは、作者の感じ取った詩的イメージの世界ですよね。

「ください」というのは、請求の意味ですから、「呉る」を命令形「呉れよ」に活用させて、括弧の中に入れれば完了です。

みちのくの星入り氷柱われに〔呉れよ〕

動詞を正しく表記する

今まで説明したところを、もう一回まとめます。大切ですからね。頭の中に整理して叩《たた》き込んでくださいよ。自分の句の場合には、自分で考えなければならないのですからね。

詠《よ》みたい言葉（動詞）を正しく表記する場合、次の手順で考えていくといいでしょう。

①詠み込もうとする動詞が、何活用なのか判別する。

Ⓐ暗記すべき動詞である場合

上一段活用・下一段活用・変格活用のいずれかである。

Ⓑ暗記すべき動詞でない場合

打消の助動詞「ず」を接続して、判別し、活用語尾の最後の音で見分ける。

ⓐア段になる＝四段活用

ⓑイ段になる＝上二段活用

ⓒエ段になる＝下二段活用

②詠み込もうとする動詞を、適当な活用形に変化させる。

動詞を活用させて一句の中に織り込むとき、すべて、この作業をすれば、間違いなく表現することができます。慣れてくれば、意識しなくても、ほとんど、瞬間的に①→②のプロセスが頭の中でできるようになります。要は、練習、練習です！

第二章

形容詞・形容動詞・音便

形容詞①　ク活用

1形容詞
形容動詞
音便

形容詞とはなにか

前章で、動詞の学習の総まとめが終了しましたので、今回は、形容詞について学ぶことにします。

まず、復習から始めますね。

問　「形容詞」とは、どのような言葉か。

これは、13ページの講座で学習しました。「品詞分類表」を思い出してみてください。

答　自立語で、活用して、述語になり、「し」で言い切る。

注意しなければいけないのは、『「し」で言い切る』という部分です。口語文法では、形容詞は、「赤い」「悲しい」「寂しい」のように、「い」で言い切ります。ところが、文語文法では、「し」で言い切ります。「赤し」「悲し」「寂し」のように。

動詞の活用の種類は、九つでした。それに対し、形容詞は、**ク活用**、**シク活用**の二種類です。

形容詞「ク活用」とは

はじめに、「ク活用」から説明します。

たとえば、さっき出てきた「赤し」ですが、

「赤く」（未然形）
「赤から」（未然形）
「赤く」（連用形）
「赤かり」（連用形）
「赤し」（終止形）
「赤き」（連体形）
「赤かる」（連体形）
「赤けれ」（已然《いぜん》形）
「赤かれ」（命令形）

と活用します。

「く／から・く／かり・し・き／かる・けれ・かれ」。

なんだか、ごちゃごちゃして覚えにくそうですが、

これは、どうやって、形容詞「ク活用」ができあ

がったのかという成立の問題に関わってきます。
ク活用の形容詞、たとえば、この「赤し」だったら、語幹（活用しない部分）の「赤」は、もともと、名詞だったんです。「高し」「広し」だったら、「高」「広」の部分ですよね。
この名詞「赤」「高」「広」に、「く」「し」「き」をくっつけて、「赤く」「高し」「広き」と、はっきりと形容する言葉としたものが、形容詞なんです。
形容詞の已然形の成立は、もう少し複雑です。まず連体形「赤き（akaki）」に、動詞「あり」の已然形「あれ（are）」をつけて、「赤き（コト）あれ」→「akaki + are」となった。その「赤きあれ（akakiare）」が、音の変化（akaki の末尾の i 音と、are の冒頭の a 音が、融合して e 音になる）によって、「赤けれ（akakere）」と変化して、できあがったんですね。
分かりにくい人は、要するに、形容詞は、
「赤く」（未然形）
「赤く」（連用形）
「赤し」（終止形）
「赤き」（連体形）
「赤けれ」（已然形）
という形が最初に成立した。これで、結構です。

助動詞に接続できる「カリ活用」

形容詞は、もともと、ものの性質や状態を表す言葉だったので、時間の概念とは無関係でした。古い日本語では、形容詞の後に、時間に関係のある「…だろう」とか「…だった」という助動詞を接続して、「赤いだろう」「赤かった」という内容を表す表現がなかったんですね。

ところが、奈良時代になると、漢文を翻訳したりするうえで、どうしても「時間」や「否定」に関する内容を形容詞でも表現しなくてはならなくなった。そこで、形容詞に助動詞を接続してみたんですが、どうも言葉の据《す》わりがよくないんですね。形容詞「赤く」に打消の助動詞「ず」を接続してみると、「赤くず」でしょう。赤い屑《くず》みたい。

本来、助動詞は、動詞に付いて動詞の意味を助ける言葉です。それが、直接、形容詞に続いてしまうと、言葉の流れに違和感が生じたんです。

そこで、形容詞「赤く」に助動詞「ず」を接続する場合には、両者の間に、動詞「あり」をクッションのように挟み込んだんです。そして、打消の助動詞「ず」に接続できるように、「あり」を未然形に活用して、

「赤く」＋「あら」＋「ず」

「akaku」＋「ara」＋「zu」

これで、一件落着です。

この「赤く」「あら」＝「akaku」「ara」の接続部分、「赤く」の活用語尾「ku」の「u」の音が、発音しているうちに、脱落して、「akakara」＝「赤から」という一語になったんですね。これが、形容詞「赤し」の未然形「赤から」なんです。

同じように、連用形「赤かり」、連体形「赤かる」も成立した。命令形も作りたくなって、「赤く」＋「あれ」から、「赤かれ」という表現ができた。

つまり、

「赤から」（未然形）

「赤かり」（連用形）

「赤かる」（連体形）

「赤かれ」（命令形）

というのは、「く・く・し・き・けれ・○」に、ラ行変格活用の動詞「あり」の活用したものが接続して、語形変化したものなんです。この「から・かり・○・かる・○・かれ」を、「カリ活用」と呼ぶこともあります。

この説明が、繁雑に感じられる人は、要するに、「く・く・し・き・けれ・○」という活用の成立したあとに、「から・かり・○・かる・○・かれ」という活用ができあがった。それで、構いません。

さて、先ほどからの説明の繰り返しになりますが、「く・く・し・き・けれ・○」の活用語尾には、助動詞は接続しません。

×「赤く」＋「ず」＝「赤くず」

×「赤く」＋「む」＝「赤くむ」

×「赤く」＋「けり」＝「赤くけり」

×「赤き」＋「べし」＝「赤きべし」

全部、間違いです。カリ活用に接続して、

○「赤から」＋「ず」＝「赤からず」

○「赤から」＋「む」＝「赤からむ」
○「赤かり」＋「けり」＝「赤かりけり」
○「赤かる」＋「べし」＝「赤かるべし」

基本形(終止形)	語幹	未然形	連用形	終止形	連体形	已然形	命令形
赤し	赤	(く)から	く かり	し	き かる	けれ	かれ
続く言葉		ズに続く	テ・タリに続く	言い切る	トキ・コトに続く	ドモに続く	命令の意で言い切る

口語文法では「い」で言い切る。「赤い」

文語文法では「し」で言い切る「赤し」

となります。
今までの説明を、まとめてみます。

①形容詞・ク活用は、まず、「く・く・し・き・

けれ・○」という活用が成立した。

②その後、ク活用に、「から・かり・○・かる・○・かれ」というカリ活用が成立した。

③形容詞に助動詞が接続する場合は、カリ活用に接続する。

①②の形容詞の二つの活用、

「く・く・し・き・けれ・○」

「から・かり・○・かる・○・かれ」

は、今、覚えてしまってください。

形容詞「ク活用」の例句と鑑賞

【未然形】

浴衣《ゆかた》着て少女の乳房高からず　高浜虚子《たかはまきょし》

形容詞「高から」は、助動詞「ず」に接続しているので、未然形。

「浴衣」は夏の季語。白地の木綿《もめん》に藍色《あいいろ》で柄を染めたものが多いけれど、麻や絹のものもあります。浴衣を着た少女の胸が、まだじゅうぶんに膨らんで見えない。清潔な色気を感じさせる作品です。

【連用形】

梅雨の夜の林の上の空赤く　山西雅子《やまにしまさこ》

形容詞「赤く」は句の最後に位置していますが、意味の上では、赤く（色づいている）などの動詞が省略されています。用言（動詞・形容詞・形容動詞）に続く形は、連用形でした。

梅雨の夜空。林の上が、かすかに赤らんで見え、少し、不気味な感じがします。

帆を上げしヨット逡巡《しゅんじゅん》なかりけり　西村和子《にしむらかずこ》

形容詞「なかり」の終止形は「なし」。助動詞「けり」の上には、連用形が来るので、「なかり」は、連用形。

「ヨット」は、夏の季語。「逡巡」は、「ためらうこと、ぐずぐずすること」。帆を上げたヨットが、沖を何ものにも遮《さえぎ》られることなく、爽快《そうかい》に進んでいき、青々とした夏の海が目に浮かぶようです。

【終止形】

末枯《うらがれ》のゆきわたりたる園広し　牧野《まきの》春駒《しゅんく》

形容詞「広し」は、文末で言い切っている形なので終止形。

「末枯」は、草や葉の先が枯れ始めていること。秋の季語です。広々とした庭園の隅々まで、末枯れている。秋の寂しさを感じさせる作品です。

【連体形】

春逝くや高きところに亀ねむり　桂《かつら》信子《のぶこ》

形容詞「高き」は、名詞（体言）「ところ」に接続しているので、連体形。

普通、亀は池などの水辺に見られますが、この句では、石垣や石段など、どこか高くなったところに寝ているのでしょう。晩春の趣《おもむき》と調和し、のどやかな雰囲気《ふんいき》が伝わってきます。

【已然形】

うららかに国広ければ海広し　鷹羽《たかは》狩行《しゅぎょう》

形容詞「広けれ」は、助詞「ば」に接続して已然形。文語の已然形は、「已《すで》にそうなっている形」を表す活用形でした（23ページ参照）。したがってこの句では、「広いので」という原因理由を表していると解釈すればよいでしょう。「うららかに」は、空が晴れて、穏やかに日が照る様子。春の季語です。中国で詠《よ》まれた作品ですが、広大な大陸と海原の景が彷彿《ほうふつ》とします。

【命令形】

急ぐなかれ月谷蟆《たにぐく》に冴《さ》えはじむ　赤尾《あかお》兜子《とうし》

形容詞「なかれ」は「なし」を命令で言い切る形です。命令形ですが、ここでは禁止の意味です。「谷蟆」は、「ヒキガエル」の古名。夏の季語です。蟾蜍《ひきがえる》の上に澄んだ光を放つ月ひとつ。深閑とした景を前にして、その不気味なまでの静けさを享受するよう、作者は自らの心に呼びかけています。

形容詞② シク活用

形容詞「シク活用」とは

形容詞のもうひとつの変化のしかた、**シク活用**について学習します。

「シク活用」は、「ク活用」の活用語尾の上に「し」をつけた形で変化します。

たとえば、「楽《たの》し」という形容詞は、

「楽しく」(未然形)
「楽しから」(未然形)
「楽しく」(連用形)
「楽しかり」(連用形)
「楽し」(終止形)
「楽しき」(連体形)
「楽しかる」(連体形)
「楽しけれ」(已然《いぜん》形)
「楽しかれ」(命令形)

と活用します。この活用語尾を、二系列の活用に整理してみると、

しく・しく・し・しき・しけれ・○
しから・しかり・○・しかる・○・しかれ

という形に変化することが分かりますよね。この「シク活用」の活用語尾は、別に覚える必要はありません。だって、前回、暗記しておいた「ク活用」の上に「し」をつけるだけなんですから。ただし、終止形だけは、例外。「楽しし」になんて、なりませんからね。

「ク活用」と「シク活用」の見分け方

さて、この「ク活用」「シク活用」の判別法ですが、きちんとした見分け方があります。「ク活用」と「シク活用」は、「なる」をつけて、連用形で見分けます。

「クなる」となれば、「ク活用」。
「シクなる」となれば、「シク活用」。

シク活用
基本形（終止形）
楽し
語幹
楽
未然形
（しく）
しから
ズに続く
連用形
しく
しかり
テ・タリに続く
終止形
し
言い切る
連体形
しき
しかる
トキ・コトに続く
已然形
しけれ
ドモに続く
命令形
しかれ
命令の意で言い切る
続く言葉
「高し」
「ク活用」あるものの性質や状態を表す内容が中心
ひとつの傾向として！
「かなし」
「シク活用」感情に関する内容が中心

たとえば、「赤し」という形容詞。これに、「なる」をつけて連用形にしてみると、「赤くなる」となります。「クなる」ですから、「赤し」は「ク活用」ですね。

それでは、「楽し」という形容詞に、「なる」をつけて連用形にしてみると、どうなりますか。「楽しくなる」でしょう。「シクなる」だから、「シク活用」ですね。

もう少し、やってみましょうか。

「かなし」は、「かなしくなる」だから、シク活用。

「さびし」も、「さびしくなる」だから、シク活用。

「高し」は、「高くなる」だから、ク活用。

「なし」も、「なくなる」だから、ク活用。

「をかし」は、「をかしくなる」だから、シク活用。

「広し」は、「広くなる」だから、ク活用。

大丈夫ですね。

今、例に挙げた語を整理してみると、「ク活用」のほうは、「高し」「赤し」「広し」「なし」などのように、あるものの性質や状態を表す内容が中心です。一方、「シク活用」のほうは、「楽し」「をかし」「さびし」「かなし」のように、感情に関する内容が中心です。

ク活用…性質・状態が中心

シク活用…情意が中心

これは、絶対的という基準ではありませんが、ひとつの傾向を示しています。

形容詞「シク活用」の例句と鑑賞

それでは、「シク活用」の具体的な作品を鑑賞していきましょう。

【未然形】

海の禽《とり》さびしからずや初日の出　阿波野青畝《あわのせいほ》

「さびしから」は終止形「さびし」。打消の助動詞「ず」が接続しているので、未然形。

若山牧水《わかやまぼくすい》の有名な短歌に、「白鳥は哀《かな》しからずや空の青海のあをにも染まずただよふ」というのがあります。青畝の句は、この牧水の歌を下敷きにしているのでしょう。新年の初日の出、本来、おめでたい気持ちに胸いっぱいになるはずなのですが、海鳥を見て、ふと、こころの中を一抹《いちまつ》の寂《せき》寥感《りょうかん》が過《よぎ》ったのです。

【連用形】

美しく火葬のおわる午前かな　宇多喜代子《うだきよこ》

「美しく」は、終止形「美し」。意味の上で、動詞（用言）「おわる」にかかっていくので連用形です。

普通、告別式は、お昼前後に行われることが多いのですが、この時は、朝のうちに、式が執《と》り行われ、午前中に火葬が終了してしまったのです。無季の句ですが、「火葬」の悲しさと対照的な「美しく」という形容詞が、しめやかにして、胸の内に秘められた遺族の悲哀を表現することに成功しています。

夕空の美しかりし葛湯《くずゆ》かな　上田五千石《うえだごせんごく》

「美しかり」には、過去の助動詞「き」の連体形「し」が接続しています。過去の助動詞は、連用形に接続するルールがあります。形容詞に助動詞が接続するときは、「カリ活用」が用いられるんでしたね（67ページ参照）。したがって、この「美しかり」は、連用形です。

「葛湯」は、冬の季語。葛の粉と砂糖をお湯に溶《と》いた飲み物で、身体が温まります。夕焼けが、刻々と拡がっていく空を眺めながら、心穏やかに、葛湯を啜《すす》っている光景です。

【終止形】

秋茄子《なす》ややさしくなりし母かなし　星野立子《ほしのたつこ》

「かなし」は、文末で言い切っている形なので終止形です。

「秋茄子《なすび》嫁に食わすな」というくらい美味で知られていますが、この場合の「母」はお姑《しゅうとめ》さんではなく、作者の実母でしょうか。とにかく、年取ってきた母親が、若いときよりも気性が穏やかになってきたのです。優しく親切になってきたことは悪いことではありませんが、逆に言うと、老いてきたことの証拠ですよね。「かなし」には、「哀し」「愛し」の両義がありますが、哀れさと愛《いと》おしみの感情が混ざった心境が表されています。

【連体形】

老友てふをかしき言葉若菜摘《わかなつみ》　田中裕明《たなかひろあき》

「をかしき」の終止形は「をかし」。名詞（体言）の「言葉」に接続しているので連体形です。夭折《ようせつ》したこの作者は、若くして老成した句を多く作りました。「若菜摘」は、新年の季語。外に出て、食用の若菜を摘むこと。年老いた者同士が、若菜摘をしているのですが、「老友」という言葉に、ふと、親しみと淡い滑稽《こっけい》感を覚えたのです。作者の眼差しは、若菜摘の老人に、あたたかく向けられています。

【已然形】

桃の花老の眼にこそ精《くわ》しけれ　永田耕衣《ながたこうい》

「精しけれ」の終止形は「精し」。その上に「こそ」という強調の助詞が来ることにより、活用の変化を生じ、已然形「精しけれ」と変化しています。「係《かか》り結び」という表現ですが、これについては、また、別の回にゆっくりと説明します。

「桃の花」は、春の季語。その花のひとつひとつ、花びらの一枚一枚が、老いた自分の目に、はっきりと映って見えるということ。桃の花の明るさが華やいで感じられる作品です。

形容詞の実作応用

それでは、今度は応用編です。

問1　春雷が鳴りをり〔　〕耳朶《じだ》の裏

形容詞「薄し」を、現代語で「薄い耳朶」の意味になるように活用させせよ。

作品は三好潤子《みよしじゅんこ》の句。耳朶は「耳たぶ」。

春の雷が、自分の薄い耳朶の裏側で鳴っているように聞こえるという作品です。普通だったら、自分の後ろ側で鳴っているとか、自分の耳の後ろで鳴っているとか表現するところ。「耳朶の裏」と表現しているところに、作者独自の感性が感じられます。

さて、形容詞を実際に作品の中で表現する場合、次の二つの手順を踏んで行います。

①活用の種類（ク活用かシク活用か）を見分ける。

②適当な活用形に変化させる。

①については、「なる」をつけて、連用形で見分けるんでした。「薄し」に「なる」をつけてみましょう。「薄くなる」「薄しくなる」、どちらですか？　当然、「薄くなる」ですよね。したがって、「薄し」は「ク活用」です。変化のしかたは、

く・く・し・き・けれ・○

から・かり・○・かる・○・かれ

でした。自信のない人は、69ページをもう一度見直してくださいね。

「ク活用」「シク活用」の判別法はきちんとした見分け方がある
「ク活用」と「シク活用」に「なる」をつけて連用形にしてみる！
「クなる」となれば……「ク活用」
「シクなる」となれば……「シク活用」
『薄し』に「なる」を接続して
薄くなる
薄しくなる
『恋ほし』に「なる」を接続して
恋ほくなる
恋ほしくなる
!?
さあどちらがシックリしますか？

活用の種類が判別できれば、適当な形に活用させてみましょう。括弧《かっこ》の下には、「耳朶」という語が来ています。「耳朶」の品詞はなんでしょう？　当然、名詞ですよね。名詞＝体言。すなわち、括弧の中には、「薄し」を連体形「薄き」に活用させて入れればよいわけです。

春雷が鳴りをり〔薄き〕耳朶の裏

なお、一応、確認しておきますが、括弧の中に、カリ活用の連体形「薄かる」が入ることはありません。なぜなら、カリ活用は助動詞に接続するからです。「耳朶」は名詞で、助動詞ではありませんからね。

もう一問、チャレンジしてみましょう。

問2　若菜摘む人を〔　　〕待つ間かな
形容詞「恋ほし」（恋しい）を、現代語で「恋しく思って」の意味になるように活用させよ。

これは、中村汀女《なかむらていじょ》の句です。「若菜摘」は、先ほど出てきました。

作業の手順としては同様に、まず、①「なる」をつけて、「ク活用」か「シク活用」かを連用形で見分けることから始めます。

「恋ほし」に「なる」を接続すると、どうなりますか？

「恋ほくなる」ですか、それとも、「恋ほしくなる」ですか？ 「恋ほしくなる」ですよね。「恋ほし」はシク活用です。

もし、「恋ほし」という言葉を知らなくても、「恋し」なら、分かりますよね。「恋ほし」と「恋し」は、仲間の言葉。「恋し」の連用形「恋しく（なる）」がヒントになります。

①が終了すれば、②の作業です。

「**問2**」の括弧内の言葉は、動詞（用言）「待つ」に連なり、「恋ほしく→待つ」という修飾→被修飾（修飾されること）の関係になっています。したがって、「恋ほし」は連用形「恋ほしく」に活用させて、括弧の中に挿入します。

若菜摘む人を〔恋ほしく〕待つ間かな

面倒なようでも、毎回、①→②の手順を踏んで、形容詞を活用させる練習をしておけば、やがて、スラスラと使えるようになりますよ。

形容詞
形容動詞
音便

3

形容動詞　ナリ活用・タリ活用

今回は、形容動詞について学習します。

まず復習から。

問　「形容動詞」とは、どのような語か。

答　自立語で、活用して、述語になり、「なり」「たり」で言い切る。

15ページの品詞分類表で、一度学びましたね。

形容動詞には、**ナリ活用**と**タリ活用**の二種類があります。

「ナリ活用」の語としては、「あはれなり」「おろかなり」「細かなり」「静かなり」など。終止形が「なり」で言い切る言葉です。活用のしかたとしては、たとえば「あはれなり」だと「語幹」が「あはれ」で、

「あはれなら」（未然形）
「あはれなり」（連用形）
「あはれに」（連用形）
「あはれなり」（終止形）
「あはれなる」（連体形）
「あはれなれ」（已然《いぜん》形）
「あはれなれ」（命令形）

と変化します。連用形には「あはれなり」「あはれに」の二種類があるんですね。

一方「タリ活用」の語としては、「平然たり」「悠々たり」「滂沱《ぼうだ》たり」「馥郁《ふくいく》たり」など。終止形が「たり」で言い切る言葉です。

タリ活用の語幹は、すべて音読する「漢語」になります。たとえば「平然たり」だったら、語幹が「平然」で、

「平然たら」（未然形）
「平然たり」（連用形）
「平然と」（連用形）
「平然たり」（終止形）
「平然たる」（連体形）
「平然たれ」（已然形）
「平然たれ」（命令形）

形容動詞
連用形の活用には2種類ある。忘れないように!!
こっちもだ!!

	基本形(終止形)	語幹	未然形	連用形	終止形	連体形	已然形	命令形
ナリ活用	あはれなり	あはれ	なら	なり / に	なり	なる	なれ	なれ
タリ活用	平然たり	平然	たら	たり / と	たり	たる	たれ	たれ
続く言葉			ズに続く	テ・タリに続く	言い切る	トキ・コトに続く	ドモに続く	命令の意で言い切る

と変化します。「タリ活用」にも連用形は「平然たり」「平然と」の二種類があります。

活用のしかたは、今覚えてしまいましょう。

「ナリ活用」は、「なら・なり／に・なり・なる・なれ・なれ」。

「タリ活用」は、「たら・たり／と・たり・たる・たれ・たれ」。

連用形の「に」と「と」を忘れないでくださいね。

形容動詞を認めない説もある

学校文法では、「形容動詞」を一品詞の中に数えています。したがって、今までの説明を頭の中に叩《たた》き込んでおけば大丈夫なのですが、学者によっては「形容動詞」をひとつの品詞として認めません。辞書によっては、「形容動詞」を品詞に入れていないものもあります。

たとえば、「あはれなり」は、一語ではなくて、「あはれ（名詞）」＋「なり（助動詞）」の二語であると考える説なんですね。

これが、結構説得力あるんですねえ。以下、大《おお》野晋《のすすむ》先生が『日本語の文法【古典編】』（角川書店）で説明されている学説を、一応、参考のため、紹介しておきます。頭の中が、ごちゃごちゃしてしまいそうな人は、読み飛ばしてもらって構いませんからね。

さて、67ページで、「形容詞」の成り立ちについて説明しました。

たとえば、「白し」という形容詞は、もともと「白」という名詞に「し」という言葉がついて、「白デアル」という状態の意味を表すようにしたもの。「高し」「広し」も同じです。

しかしながら時代が下ってくると、ものの状態を表す形容詞の言葉が、もっとたくさん必要になってきたんですね。さまざまな状態を表現したくなってきた。従来の言葉だけでは足りなくなってきたんです。

ところが、ここで問題が生じました。今まである言葉を使って新たな言葉を増やそうとして、たとえば「立派し」「自然し」なんて言ってみても、うまくいかないんですね。

形容詞ができた古い時代には、「し」という言葉は、「…である」という断定の意味を持っていたに違いないんです。「白し」＝「白い状態デアル」、「高し」＝「高い状態デアル」、「広し」＝「広い状態デアル」というふうにね。

けれども「…である」という意味の「し」という言葉は、平安時代になると古い形式として滅びてしまい、代わりに助動詞「なり」が、「…である」という「断定」の意味を表すようになったんです。そうなると、平安時代以降は語幹に「し」をくっつけて、新しい言葉を作ることができなくなる。そこで語末に断定の助動詞「なり」をくっつけざるを得なくなってしまう。たとえば「立派し」「自然し」ではなく、「立派なり」「自然なり」というように。それを現在、「形容動詞」と呼んでいるわけです。

これを逆に言えば、「立派＋なり」「自然＋なり」は、平安から鎌倉、室町時代にかけて、性質・状態を表す「名詞」の下に「助動詞＝なり」がついただけである。だから、別にわざわざ「形容動詞」という品詞を立てる必要はないじゃないか……というのが「形容動詞否定説」の骨子なんです。

どうです？　なるほどと思いませんか。「文法」っていうのは、言語表現のシステムに後から論理的法則性を見つけて、分類・説明していったものですから、いろいろな説が出て来る場合があるんです。

形容動詞の見分けかた

ただ、ここでは学校文法にのっとって「形容動詞」を一品詞として立てているわけですから、単なる「名詞＋なり」とを識別しなければなりません。その識別法について、説明しておきます。

「形容動詞」は、「物事の性質・状態を表す」語です。だから、「とても・たいへん・非常に」という強調の語をつけても意味が通ります。したがって、「形容動詞」か単なる「名詞＋なり」かは、強調の副詞「いと」を前につけてみて判断すればいいわけです。

①名詞＋断定の助動詞「なり」の場合

「男なり」
←識別法
「いと男なり」＝「非常に男である」
→意味不明

②形容動詞の場合

「静かなり」
←識別法
「いと静かなり」＝「非常に静かである」
→意味が通じる

例題をやってみましょう。

問　次の語が、「名詞＋助動詞『なり』」か「形容動詞」かを判別せよ。

①明らかなり　②机なり

①の「明らかなり」は、「いと」を前に接続してみると、「非常に明らかである」という意味になりますよね。したがって、「形容動詞」です。ところが、②の「机なり」は、前に「いと」を接続すると「いと机なり」＝「非常に机である」となってしまい、意味不明。したがって、「名詞＋助動詞『なり』」になります。

答　①形容動詞　②名詞＋助動詞「なり」

形容動詞の例句と鑑賞

まずは、ナリ活用から。

○ナリ活用

【未然形】

落鮎《おちあゆ》や定かならざる日の在《あ》り処《か》　片山由美子《かたやまゆみこ》

「定かなら」の終止形は「定かなり」。打消の助動詞「ず」の連体形「ざる」に接続しているので未然形です。

「落鮎」は、秋、産卵のため下流にくだってくる鮎。太陽は雲に隠れており、どこにあるのかはっきりとしない。少し寂しげな秋の情景です。

【連用形】

やませ来るいたちのやうにしなやかに　佐藤鬼房《さとうおにふさ》

この作品は、倒置《とうち》法になっています。本来、意味の上では「いたちのやうにしなやかにやませ来る」となる文脈ですが、「やませ来る」を上五《かみご》に配置し、強調しています。
「しなやかに」は、終止形「しなやかなり」。「来る」（動詞＝用言）を修飾する連用修飾の働きをしているので、連用形になります。
「やませ」は「山背風」の略。北海道や東北地方に吹く初夏の冷たい風。霧や小雨を伴い、冷害の原因になったりします。私は、実際に「やませ」の吹くところを見たことはありませんが、青森の下北半島に旅したときタクシーの運転手が、生き物のように山背が吹いてくるさまを説明してくれました。それは、まさにこの鬼房の一句に表現されている光景、そのものでした。

【終止形】

僅《わず》か焚《た》く枯菊《かれぎく》思ひあまたなり　古賀《こが》まり子《こ》

「あまたなり」は、文末で言い切る形ですので、終止形です。
作者は枯れてしまった菊を焚きながら、一年を振り返っています。たんに庭作りの記憶だけではなく、それ以外にも、いろいろな体験を思い出し、過ぎ去ってゆく年への感慨を深めています。

【連体形】

おぼろなる仏の水を蘭《らん》にやる　大木《おおき》あまり

「おぼろなる」の終止形は「おぼろなり」。「仏」（名詞＝体言）に接続する形になっているので連体形です。
「おぼろ」は、薄く曇ってはっきりしないさま。春の季語です。仏壇に供えていた水を鉢の蘭にやったのですが、「おぼろなる」の朦朧《もうろう》とした雰囲《ふんい》気《き》が、幻想的なイメージを醸《かも》し出しています。

【已然形】

年の瀬のうららかなれば何もせず　細見《ほそみ》綾子《あやこ》

「うららかなれ」は、終止形「うららかなり」。助詞「ば」が接続して、已然形になっています。
「うららかなり」は日が穏やかに照っているようすで、単独では春の季語になりますが、ここでは冒頭に、「年の瀬」という年末を示す季語が据《す》えてありますので、冬の晴れた日を表しています。

「うららかなれば」は「已然形」+「ば」なので、「もしうららかであれば」という仮定条件ではなく、已《すで》にそうなっているという確定条件になり、「うららかであるので」という原因・理由の意味。年の瀬、ともすれば慌《あわ》ただしくなりがちになるところ、ゆったりと過ごしている心持ちを表現しています。

ナリ活用の「命令形」は、あまり例句が見当たらないようです。

いっぽう「タリ活用」は、俳句では主に連用形・連体形で用いる場合が多いようです。例句のみ挙げておきます。

○タリ活用

【連用形】

エレベーター開き馥郁《ふくいく》と雪の街　奥坂《おくざか》まや

【連体形】

滂沱《ぼうだ》たる汗のうちなる独り言　中村草田男《なかむらくさたお》

「馥郁と」は、雪の良い香りが漂うさま、「滂沱たる」は、とめどもなく汗が流れ出るさまを表しています。

形容詞
形容動詞
音便

4

音便《おんびん》① イ音便

今回から、**音便**の学習をします。
説明をする前に、まず次の句を見てください。

梨《なし》食うてすつぱき芯《しん》に至りけり　辻《つじ》 桃子《ももこ》

音便とはなにか

今まで勉強してきた方のなかには、この句を見て、「あれ?」と思った人はありませんか?「食ふ」というのは、ハ行四段活用の動詞。「は・ひ・ふ・ふ・へ・へ」と活用するはず。それだったら、「食うて」じゃなくて、「食ふて」となるのではないだろうかってね。でも大丈夫。「食うて」で正しいんです。

「食う」の下には、助詞の「て」が来ていますね。「て」には連用形が接続します。だから、本来は「食ひて」となるのが正しいんです。ところが、この「食ひて」を発音しているうちに、長い間に、音の変化が生じて、「食うて」という発音と表記になりました。こういう現象を「音便」と呼びます。

音便の種類

ところでこの「音便」ですが、かなり俳歴がある人でも、マスターできていない人がいます。だいたい、学校の「古典」の授業では、「音便」については、あんまり詳しくやらないんですね。「食うて」が現代語で「食って」という意味だなんてことは、見れば誰でも分かりますからね。古文を読むためには、「音便」の種類と原則さえ分かっていたら、問題はないんです。

ところが、私たちのように、俳句実作のための文法を学んでいる者にとっては、「音便」は、原則だけ理解していてもダメなんです。実際に、正しく使いこなせなければならない。したがって、本書では、「音便」についても、ゆっくりと時間をかけて、学習していきたいと思います。
それでは、具体的な説明に移りましょう。
音便には、次の四種類があります。

●イ音便…（例）書きて↓書いて
●ウ音便…（例）食ひて↓食うて
●撥《はつ》音便…（例）読みて↓読んで
●促《そく》音便…（例）立ちて↓立つて

以下、ひとつひとつの音便を、丁寧に説明していきたいと思います。

イ音便の原理

最初は、「イ音便」です。

イ音便…四段活用動詞の連用形活用語尾「き・ぎ・し」が「い」になる。

文法の説明書には、こういうふうに書いてあるんですけどね。これでは、分かったようで分からないでしょう？

たとえば、カ行四段活用動詞「書く」の連用形活用語尾「書きて」は、「書いて」となる。ガ行四段活用動詞「つなぐ」の連用形活用語尾「つなぎて」は、「つないで」となる。これが「イ音便」です。

どうして、こういうことが生じるかというと、これは、時代が下るにしたがって音韻《おんいん》が変化していった現象なんですね。

基本的に、言語の発音というものは、時代の変遷にしたがって、「複雑」なものから「単純」なものへと変化していくという原則があります。だって、「複雑」なものより「単純」なもののほうが発音しやすいですもの。できるだけ楽をしたがるのは、古今東西の人間心理です。

さて、「書きて」をローマ字表記してみると、「kakite」となりますよね。この「kakite」の二音目、「ki」の子音「k」が脱落すると、「kakite（書きて）」↓「kaite（書いて）」となります。これが「イ音便」なんです。

「つなぎて」も同様です。ローマ字で書いてみると、「tunagite」となる。この三音目、「gi」の子音「g」が脱落すると、「tunagite（つなぎて）」↓（「tunaite」）↓「tunaide（つないで）」となります。

四段活用の連用形の活用語尾――「ki・gi・si」の子音「k・g・s」が脱落して母音の「i」のみが残った形、それが「イ音便」なのです。

それでは、例句を見ていきましょう。最初は、カ行四段活用の活用語尾「き」が「い」に変化した形です。

イ音便① 「き」が変化する形

草笛の子が近づいて遠くにも 稲畑汀子《いなはたていこ》

「近づく」の連用形は「近づき」ですが、イ音便により「近づい」と変化しています。

「草笛」は草の葉を丸めたり、麦の茎の中ほどを破って作った笛。夏の季語です。

草笛を吹いている子が近づいてくる。一方、遠くにも別の草笛の音がかすかに聞こえている。大小の澄んだ音色が一句の中で共鳴しあっています。


天涯に風吹いてをりをみなへし 有馬朗人《ありまあきと》

「吹く」の連用形は「吹き」。イ音便により「吹い」と変化しています。

「天涯」とは空の果てのこと。天の遠くには風が吹いていて、地上には黄色い女郎花《おみなえし》が咲いている。女郎花は秋の七草のひとつ。広々とした空間を感じさせます。

ひゝらぎが咲いても兵は帰り来ず　福島《ふくしま》小蕾《しょうらい》

掲句は「義弟応召」という前書きがある連作の一句。義弟に召集令状が来て、戦争に行ったのですね。柊《ひいらぎ》の咲く冬になってもまだ帰って来ない義弟を慮《おもんぱか》り、不安に思う気持ちが表現された作品です。柊の目立たない花の雰囲気《ふんいき》が、安易に口に出すことのできない哀しみをいきいきと象徴しています。「咲く」の連用形は「咲き」。イ音便によって「咲い」と変化しています。

寒の月白炎曳《ひ》いて山をいづ　飯田《いいだ》蛇笏《だこつ》

蛇笏は漢詩風の荘重《そうちょう》な作品を得意としましたが、この「寒の月」は、その中でも絶唱のひとつだと思います。冴《さ》え冴えとした寒の月が、山の稜線から白い炎を曳くように上ってきたという表現。「白炎曳いて」は、単なる比喩《ひゆ》を越えて、凄絶《せいぜつ》な幻想美を感じさせます。

「曳く」の連用形は「曳き」。イ音便によって、「曳い」と変化しています。

いかがでしょうか。「イ音便」について理解できましたでしょうか。ここまでひと通り、カ行四段活用の「イ音便」の例句を見てきましたので、次はガ行四段活用の活用語尾「ぎ」が「い」に変化した形を見てみましょう。

イ音便②　「ぎ」が変化する形

リラ嗅《か》いで青空がすぐうしろかな　宮津《みやづ》昭彦《あきひこ》

「嗅ぐ」の連用形は「嗅ぎ」。イ音便によって「嗅い」と変化しています。

注意しなければならないのは、ガ行四段活用のイ音便の場合、活用語尾の音の濁りが影響して、助詞の「て」が「で」と濁るということです。これは87ページの「つないで」も同様です。これが、もしカ行四段活用「掻《か》く」の連用形イ音便だったら、「掻いて」と、「て」は濁りませんよね。注意してください。

リラの花は、ライラックともいいますが、薄い紫色に咲きます。香りもよい花で、気品のある落葉低木です。作者は、その芳香を深く吸い込んだあと、後ろを振り向いた。リラの花にも勝るような澄明な青空が一面に広がっている。美しい作品ですね。

蘆刈《あしかり》の天を仰いで梳《くしけず》る　高野素十《たかのすじゅう》

「仰ぐ」の連用形は「仰ぎ」。イ音便によって「仰い」と変化しています。ここでも先ほどの「嗅いで」と同様「仰いで」と濁っています。

夏、真っ青に茂っていた蘆は、秋の終わりから冬にかけて、刈られていきます。蘆刈りの作業に携わっていた女性が、ふと櫛《くし》を出して、大空を仰ぎながら、自分の髪を梳《す》きはじめたのです。農作業の間の束の間の安息。空間のスケールが大きい一方、農の暮らしに従事する人々の生活臭も感じさせる名句です。

竹皮を脱いで光をこぼしけり　眞鍋呉夫《まなべくれお》

筍《たけのこ》がしだいに伸びてくると、順次毛皮のような皮を脱いでいきますが、竹皮の裏側は、白くてつやつやしています。そこに日が当たったとき、あたかも筍が光をこぼしたように見えたわけです。「脱ぐ」の連用形は「脱ぎ」。イ音便によって「脱い」と変化します。接続する助詞は、「脱いで」と濁ります。

イ音便③　「し」が変化する形

さて、残るは、「し」の変化。サ行四段活用の活用語尾「し」が、イ音便で「い」に変化した形についてです。

ところが、これに関しては、例句がほとんど見当たらないんですね。

たとえば、狂言「千鳥」の中では、サ行四段活用「はなす」の連用形「はなし《い》」をイ音便に変化させ、「はないてくだされ」とした例が見られるようですが、こと、俳句の中で用いられたことは、ほとんどないようです。したがって実作のうえでは、サ行イ音便は、さほど神経質になる必要はないようです。

形容詞
形容動詞
音便

5

音便《おんびん》② ウ音便・撥音便

ウ音便の原理

今回は、「ウ音便」から説明します。

ウ音便…四段活用動詞の連用形活用語尾「ひ・び・み」が「う」になる。

たとえば、ハ行四段活用動詞「歌ふ」の連用形「歌ひ」の活用語尾は、助詞「て」に接続して「歌うて」となる。マ行四段活用動詞「頼む」の連用形「頼み」の活用語尾は、助詞「て」に接続して、「頼うで」となる。これが「ウ音便」です。

以下、ウ音便の原理について、簡略に説明してみます。ゆっくり、じっくり読んでいくと、結構、おもしろいですよ。

まず、「歌ひて」をローマ字表記してみると、「utafite」となります。「utahite」と書かないのは、昔、日本語では、ハ行は、「fa･fi･fu･fe･fo（ファ・フィ・フ・フェ・フォ）」と発音していたからです。

もっと、古い時代には、「pa･pi･pu･pe･po（パ・ピ・プ・ペ・ポ）」と発音していたらしいですよ。

その「i」の音が脱落して、「utafte」となり、子音の「f」が発音しやすいように母音「u」に変化して、「utaute＝歌うて」と変化していった。これが、「ウ音便」です。

バ行、マ行についても、同様です。

「呼びて」をローマ字表記してみると、「yobite」となりますよね。その「i」の音が脱落すると、「yobte」となる。ただし、バ行の場合、「b」の音に引きずられて、「t」が濁り「yobde」となる。さらに発音しやすいように、子音「b」が母音「u」に変化し、「youde＝呼うで」となった。

「頼みて」の場合は、「tanomite」→「tanomte」→「tanomde」→「tanoude」と発音が変化していき、結局「頼うで」という表記になるわけです。

ウ音便①　「ひ」が変化する形

山ざくら貴船《きふね》にひとの漾《ただよ》うて　中田《なかた》剛《ごう》

「ただよふ」の連用形は「ただよひ」ですが、助詞「て」に接続することによって、「ただようて」というウ音便になっています。

山ざくらが咲く頃、京都の貴船を人が逍遥《しょうよう》している。人の往き来のさまを「漾うて」と幻想的に表現したところが、この句の見所です。

或る日小鳥空を掩《おお》うて渡りけり　数藤《すどう》五城《ごじょう》

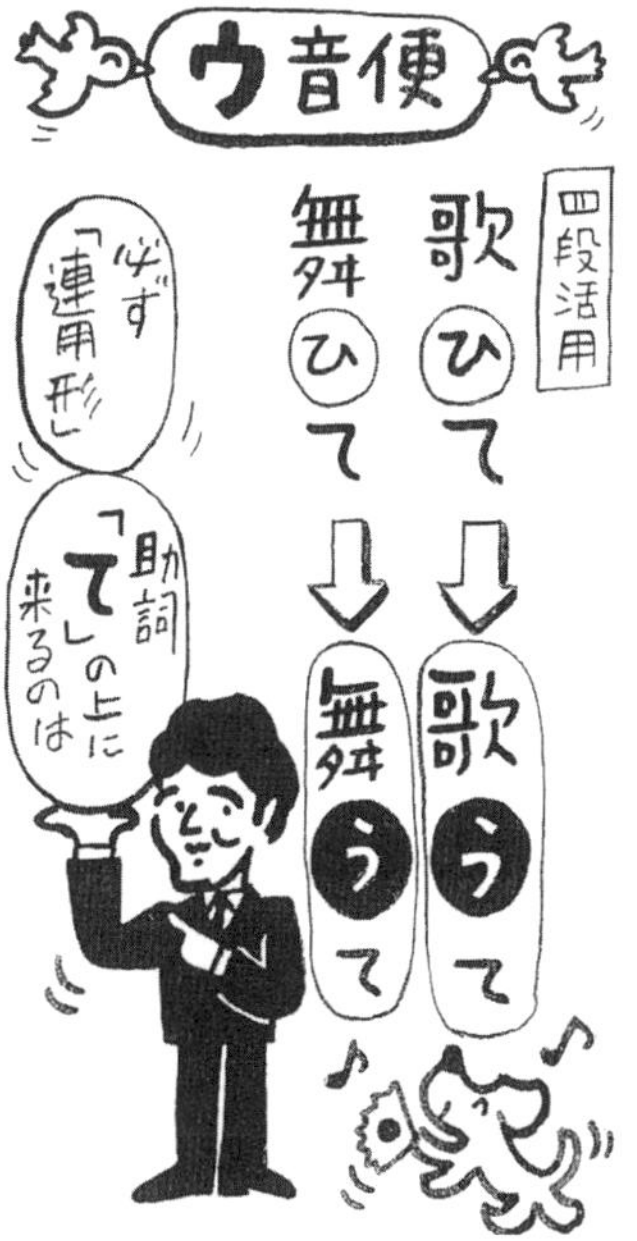

上五《かみご》の部分が、「或る日小鳥」という一音の字余りになっています。その韻律《いんりつ》の効果によって、時の経過や、空一杯、覆《おお》うように渡ってきた小鳥の群のさまをリアルに表現しています。

「掩ふ」の連用形は「掩ひ」ですが、助詞「て」に接続することによって、「掩うて」というウ音便に変化しています。

鶴舞うて天上の刻《とき》ゆるやかに　井沢《いざわ》正江《まさえ》

流線型をした鶴が、冬空に大きく弧を描くように飛んでゆくさまは、まことに美しいものです。北海道の鶴の飛来地では、真っ白な丹頂鶴《たんちょうづる》が、群をなして空を舞っている姿を目にすることができます。作者は、その飛翔《ひしょう》のさまを見ながら、天上をゆるやかに時が流れていくように感じたのです。

「舞ふ」の連用形は、「舞ひ」ですが、助詞「て」に接続することによって、「舞うて」というウ音便になっています。

震災忌向《むき》あうて蕎麦《そば》啜《すす》りけり　久保《くぼ》田《た》万《まん》太郎《たろう》

「向あふ」の連用形は「向あひ」ですが、助詞「て」に接続することによって、「向あうて」というウ音便になっています。

二十一世紀を生きるわれわれにとっては、大地震と言えば、一九九五年一月十七日、六千人以上の死者を出した阪神大震災が、生々しく記憶に残っています。しかし、この句の震災忌とは、一九二三年九月一日に起こった関東大震災のこと。向き合って蕎麦を啜るという日常の営みを通じて、亡くなった多くの犠牲者のことが、思い出されてくる。作者の知り合いにも、震災で亡くなった方がいたのかもしれません。

以上！

「ただようて」「おほうて」「まうて」「むきあうて」など、ハ行四段活用動詞のウ音便を終止形や連体形と混用して、「ただよふて」「おほふて」「まふて」「むきあふて」などと、絶対にしないように気をつけてください。助詞「て」の上に来るのは、あくまで、「連用形」なのです。お忘れなく！

ウ音便② 「び」「み」が変化する形

これについては、俳句では適当な例句が見つかりませんでした。日常語でも、あまり馴染《なじ》みのない用法ですよね。『平家物語』諸本の中では使われている例があるんですけど。

【四段活用動詞・連用形活用語尾「び」の変化】

新大納言成親卿《しんだいなごんなりちかきょう》は多田蔵人行綱《ただのくらんどゆきつな》を呼うで…

（『平家物語』鵜川軍《うかわのいくさ》）

これは、「呼びて」がウ音便に変化したものですね。

【四段活用動詞・連用形活用語尾「み」の変化】

其好《そのよしみ》にや貞能《さだよし》又宇都宮を頼うで下られければ…（『平家物語』一門都落《みやこおち》）

こちらは、「頼みて」がウ音便に変化したものです。

とにかく、俳句実作の場合には、「ハ行四段活用動詞」のウ音便を間違えて使ってしまうケースが圧倒的に多いです。「び」と「み」は記憶の片隅に留めておけばいいですので、「ひ」の変化を完璧《かんぺき》にマスターしてくださいね。

撥《はつ》音便の原理

「ウ音便」の次には、「撥音便」について、説明していきましょう。

まず、「撥音」の「撥」という字は、「撥《は》ねる」という意味。平仮名の「ん」で表記される撥ねる音を、「撥音」と呼びます。日本語の場合、「n」の音も「m」の音も、あと、～ing なんてときの「ŋ」の音も、みんな「ん」一文字で表します。厳密に言えば、いくつかの音を、「ん」一字で表しているんですね。

撥音便…四段活用動詞の連用形活用語尾「び・み」、ナ行変格活用動詞の連用形活用語尾「に」が「ん」になる。

たとえば、バ行四段活用動詞「飛ぶ」の連用形「飛び」は、助詞「て」に接続して「飛んで」となる。マ行四段活用動詞「摘む」の連用形「摘み」は、助詞「て」に接続して「摘んで」となる。ナ行変格活用動詞の「死ぬ」の連用形「死に」は、助詞「て」に接続して「死んで」となる。これが「撥音便」です。

なぜ、このような変化が生じるのか。

これも、さきほどのウ音便と同じように、「bi」「mi」「ni」などの「i」の音が、脱落した結果生じた形なんですね。

具体的に説明していきましょう。

バ行「飛びて」の場合は、まず「tobite」の「i」が発音されなくなって、「tobte」となる。次に、「b」に引きずられて、無声音「t」が有声音「d」になって、「tobde」となる。この隣り合った「b」+「d」が鼻にかかる音（鼻音《びおん》）「m」に変化し、最終的には、「n」になり、「tonde（飛んで）」となりました。

マ行の「摘みて」の場合の変化も同じです。

「tumite」→「tumte」→「tumde」→「tunde」

ナ行変格活用「死にて」の場合も同様。ローマ字で表記してみますね。

「sinite」→「sinte」→「sinde」

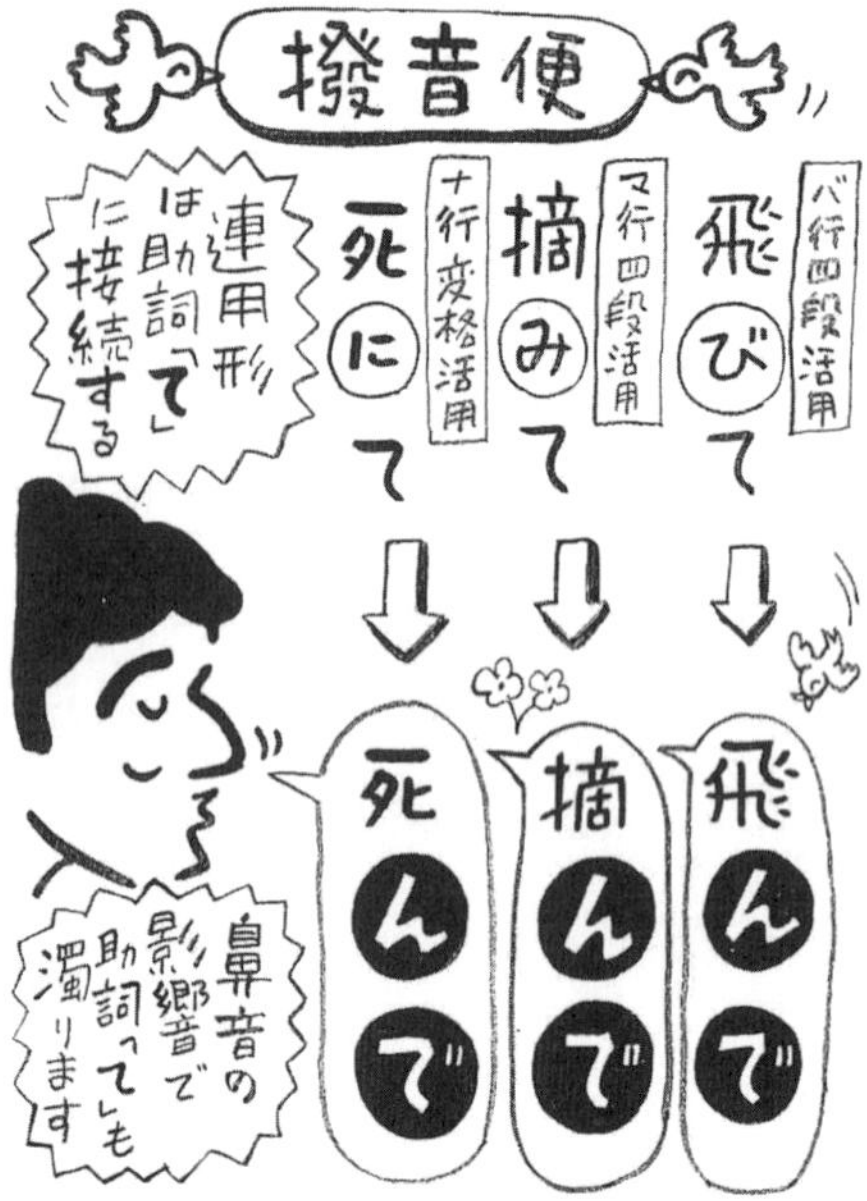

活用する語尾「ん」に隣接した助詞「て」も、鼻音「n」の影響で、発音しやすいように、「死んで」というように濁る音になります。

撥音便① 「び」が変化する形

背に点字浮かんでをりし　蟇《ひきがえる》　大石雄鬼《おおいしゆうき》

「浮かぶ」の連用形は「浮かび」ですが、助詞「て」に接続することによって、「浮かんで」という撥音便になっています。

ちょっとグロテスクな格好をした蟇。その背中のイボイボを点字が浮かんでいると表現したのですね。いわゆる「見立て」の句ですが、作者のユーモラスな感性が、読み手の共感を誘います。

撥音便② 「み」が変化する形

飛火野《とびひの》に弾《はず》んでをりし袋角《ふくろづの》　稲畑廣太郎《いなはたこうたろう》

「弾む」の連用形は「弾み」ですが、助詞「て」に接続することにより、「弾んで」という撥音便になっています。

「飛火野」とは、奈良市街の東方、興福《こうふく》寺・東大寺・春日《かすが》大社なども含んだ広大な公園。いたる所に鹿が放し飼いにしてあります。鹿の角は、春から初夏にかけて根元から抜け落ち、完全に堅くなっていないものが生えてくる。これを「袋角」と呼びます。

掲句は、撥音便によって、躍動感が出ています。「弾みてをりし」より、「弾んでをりし」のほうが、袋角の鹿が飛び跳ねているようすが彷彿《ほうふつ》されるでしょう?

酒飲んで椅子からころげ落ちて秋　小澤《おざわ》實《みのる》

「飲む」の連用形は「飲み」ですが、助詞「て」に接続することにより、「飲んで」という撥音便になっています。

　へべれけになるまで酔っぱらってしまって、椅子から転がり落ちてしまった。中七《なかしち》から下五《しもご》にかけて「ころげ／落ちて」と句またがりになっているために、リズムのうえで、実際に、音を立てて転んでしまったようなイメージを伝えてくるところが巧《うま》いですね。最後、「秋」の一字で締めたところに、そこはかとないペーソスが漂っています。

撥音便③　「に」が変化する形

人死んで昨日のままに瓜《うり》浮かぶ　柿本《かきもと》多映《たえ》

「死ぬ」の連用形は「死に」ですが、助詞「て」に接続することにより、「死んで」という撥音便になっています。

　人が亡くなったあとは、「通夜」「葬儀」の準備などいろいろあり、非常に慌《あわ》ただしいもの。特に喪主は、ひとり静かに、悲しみに浸っているわけにはいきません。

　しかしながら、そんな喧騒《けんそう》と関わりなく、台所か裏口、大きな器に、ぽつんと瓜が浮かんでいたのを、作者は目に留めたのです。人間の生死と無縁の「瓜」の存在が、かえって空漠《くうばく》感・悲しみを伝えてきます。

形容詞
形容動詞
音便

6

音便《おんびん》③ 促音便

促《そく》音便の原理

今回は、音便の最後である「促音便」を説明します。「促音」とは、「つまる音」とも言います。現代語の仮名表記で「っ」「ッ」と小さな「つ」「ッ」で書き表される音のこと。ただし、歴史的仮名遣いでは、表記の上では、大きな字「つ」「ツ」と書きますので、注意してください。

促音便…四段活用動詞の連用形活用語尾「ち・ひ・り」、ラ行変格活用動詞の連用形活用語尾「り」が、促音「つ」になる。

たとえば、タ行四段活用動詞「勝つ」の連用形「勝ち」は、助詞「て」に接続して、「勝つて」となる。ハ行四段活用動詞「思ふ」の連用形「思ひ」は、助詞「て」に接続して、「思つ《っ》て」となる。ラ行四段活用動詞「吊る」の連用形「吊り」は、助詞「て」に接続して、「吊つて」となる。ラ行変格活用動詞「あり」の連用形「あり」は、助詞「て」に接続して、「あつて」となる。これが促音便です。

促音便の変化が生じる原因は、「ti（ち）」「fi（ひ）」「ri（り）」の「i」の音が、脱落した結果です。具体的に説明していきましょう。

タ行「勝ちて」の場合は、「katite」の「i」が発音されなくなって、「katte」とつまる音になります。ラ行の場合は、四段活用も変格活用も、原理は同じです。

四段活用の場合には、「turite」の「i」の音が、脱落して、「turte」となる。これでは、発音しにくいので、残った「r」の音が後に続く「t」の音の影響を受け同じ音に変化して、「tutte」となります。

変格活用の場合も同様、「arite」→「arte」→「atte」と変化します。

ハ行の場合、92ページでも触れましたが、昔は、「ha・hi・hu・he・ho」ではなく、「fa・fi・

fu・fe・fo（ファ・フィ・フ・フェ・フォ）」と発音していたそうです。だから、「思ひて」は、「omohite」ではなくて、「omofite」なんですよね。「omofite」も、まず、「i」の音が脱落して、「omofte」となります。これも、発音しにくいので、変化していった結果、最終的に、後続の助詞「て」の「t」の音の影響で「omotte」となったわけです。

なぜ「下《お》りて」は「下《お》って」と変化しないのか

このように音便とは、一定の法則に従って、発音が変化していったものなのです。

こういうことを調査・研究していく学問を「音《おん》韻論《いんろん》」と言います。ちょっとだけ、雑談をしておきましょう。

ラ行四段活用動詞「折る」の連用形「折り」に助詞「て」が繋《つな》がった場合、「折って」という促音便に変化することはあります。

ところが、同じ音の上二段活用動詞「下《お》る」の連用形「下り」に助詞「て」が繋がった場合は、あくまで、「下《お》りて」なのです。「下《お》って」とは、絶対、言わないんですね。

○「折りて」→「折って」

×「下りて」→「下って」

なぜだと思いますか？

四段活用「折る」の時には、活用語尾が「ラ・リ・ル・ル・レ・レ」と変化しますよね。語幹「折」に直接続く語尾の音は、「ラ・リ・ル・レ」の四音です。

ところが、上二段活用「下る」の活用語尾の変化は「リ・リ・ル・ルル・ルレ・リヨ」ですので、語幹「下」に直続する語尾の音は、「リ・ル」の二音しかありません。

つまり、四段活用では活用語尾の音の揺れが大きいため、連用形「ori」という形から、比較的「i」の音が離れやすかったのですが、一方、上二段活用では、活用語尾の中で占める「リ」の勢力が強いため、「ori」という形と「下」という意味の結びつきは強いと判断され、「i」の音が脱落せず、結果として、音便変化も起こらなかったと考えられるんですね。

これは、『国語学大辞典』の中で、奥村三郎氏が書いている説。言葉の世界は、奥が深いですね。

促音便① 「ち」が変化する形

水流の厚きを摶《う》つて梅雨燕《つゆつばめ》　上田五千石《うえだごせんごく》

「摶つ」の連用形は「摶ち」ですが、助詞「て」に接続することによって、「摶つて」という促音便になっています。

梅雨時、増水した河川の水面を叩《たた》き打つようにして飛び去った燕。水流の「早き」「深き」ではなく、「厚き」と表現をしたところで、一瞬の臨場感をいきいきと伝えることに成功しています。

幼児《おさなご》の持つておもたき桐一葉《きりひとは》　川崎展宏《かわさきてんこう》

「持つ」の連用形は「持ち」ですが、助詞「て」に接続することによって、「持つて」という促音便になっています。

桐の葉は、子供の顔が隠れてしまうくらい大きく広いのが特徴。桐の落葉を赤ん坊が拾おうとしたのですが、小さな手には持ちあまる大きさだったのです。桐一葉の質感を巧《うま》く捉《とら》えています。

【促音】
現代語の仮名表記
小さな字『ッ』
歴史的仮名遣い
大きな字『ツ』
注意してください
上二段活用『下《お》る』の
連用形
『下《お》り』＋『て』は
助詞
『下《お》りて』のまま！
『下って』と促音にはならない

促音便② 「ひ」が変化する形

ばらばらに賑《にぎ》はつてをり秋祭　深見《ふかみ》けん二《じ》

「賑はふ」の連用形は「賑はひ」ですが、助詞「て」に接続することによって、「賑はつて」という促音便になっています。

むせかえるような夜の夏祭であれば、参加している人々の気持ちも高揚し、盛り上がりを示すはず。ところが、季節は秋。どことなく、物寂しげな雰囲気《ふんいき》が漂っています。祭へ来た人たちが、ばらばらに賑わっている様子に趣《おもむき》が感じられます。

雲海に向《むか》つて吹けり法螺《ほら》の貝　野村泊月《のむらはくげつ》

「向ふ」の連用形は「向ひ」ですが、助詞「て」に接続することによって、「向つて」という促音便になっています。

「雲海」とは、夏、山頂から見下ろした雲が、海原のように見えること。高峰で修行している山伏《やまぶし》が、眼下一面、真っ白に広がる雲海に向かって、法螺貝を吹いている。雄大な景の広がりとともに、太々とした法螺の音まで聞こえてくるようです。

促音便③「り」が変化する形

飛び散つて蝌蚪《かと》の墨痕淋漓《ぼっこんりんり》たり　野見山朱鳥《のみやまあすか》

ラ行四段活用動詞「散る」の連用形は「散り」ですが、助詞「て」に接続することによって、「散つて」という促音便になっています。

「蝌蚪」は、おたまじゃくしのこと。「淋漓たり」は形容動詞で、血や汗などがしたたる様子。かたまっていたおたまじゃくしの群れが、ぱっと泳ぎ散ったさまを表しています。巧みな比喩《ひゆ》表現です。

羽あつて梢のてつぺんでの早起き　阿部完市《あべかんいち》

ラ行変格活用動詞「あり」の連用形は「あり」ですが、助詞「て」に接続することによって、「あつて」という促音便になっています。

「羽あつて」なのですから、主語は、鳥でしょう。木の上で寝ていた鳥が、まだ日が昇らない間に目覚めたのです。無季の句です。この作品の鑑賞のポイントは、言葉のリズムのおもしろさにあります。「梢」は、「ウレ」とも読めますが、この場合は、「コズエ」のほうがよいように感じられます。「コズエノテッペン／デノハヤオキ」。中七下五《なかしちしもご》に、「字余り」「句またがり」が用いられることで、軽い眩暈《めまい》のような感覚が、読者に伝わってきます。

動詞音便のまとめ

以上、今まで見てきた動詞活用語尾の音便変化をまとめてみると、次のようになります。

●「き」→「い」（イ音便）
●「ぎ」→「い」（イ音便）
●「ち」→「つ」（促音便）
●「に」→「ん」（撥音便）
●「ひ」→「う」（ウ音便）・「つ」（促音便）
●「び」→「う」（ウ音便）・「ん」（撥音便）
●「み」→「う」（ウ音便）・「ん」（撥音便）
●「り」→「つ」（促音便）

「ひ」「び」「み」に関しては、二種類の音便変化があるのですが、「び」「み」のウ音便には、俳句で使用されることは、ほとんどありませんでした。右の関係は、ただ、公式のように暗記するのではなく、例句を頭に叩《たた》き込んで、別の動詞が出てきた時にも応用が利くようにしておくことが大切です。

形容詞音便の原理と例句

最後に、形容詞の音便に触れておきます。

形容詞の音便の代表的なものに、イ音便とウ音便があります。じつは、撥音便もあるのですが、まだ、学習していない助動詞が関係してくるので、今は触れないでおきます。

イ音便…連体形の活用語尾「き（しき）」が「い（しい）」になる。

これは、連体形活用語尾「ki」の「k」の子音が脱落したもの。「若き」が「若い」、「たのもしき」が「たのもしい」となるような例です。

うつくしい人がゐました衣被《きぬかつぎ》　櫂《かい》未知子《みちこ》

ウ音便…連用形の活用語尾「く（しく）」が「う（しう）」になる。

これは、「おもしろく」が「おもしろう」、「かなしく」が「かなしう」となるような例です。「kanashiku」→「kanashiu」→「kanasyuu」のように音韻変化します。

大きうて鶯餅《うぐいすもち》も鄙《ひな》びたり　池内《いけのうち》たけし

第三章

助動詞〜過去・完了・受身・使役・打消

助動詞
過去・完了・受身・使役・打消

1

過去の助動詞「き」「けり」

助動詞とはなにか

まず、復習です。「助動詞」とはなんでしたっけ?

そうです! 「品詞分類表」がありましたね（15ページ）。

助動詞＝付属語で活用する語

でした。「付属語」は、単独では意味が成り立たない言葉。「活用する」とは、形が変化するという意味。要するに、それだけでは意味が通じず、他の単語（主に動詞）の意味を助け、形が変わる言葉。それが助動詞です。

この「助動詞」ですが、覚えるとき注意が必要です。必ず、「意味・活用・接続」をセットにして覚えてください! これ、鉄則です。

過去の助動詞「き」「けり」の違いは

それでは、具体的な学習に入りましょう。

今回は、過去の助動詞「き」「けり」です。

一般的に、両者の違いについては、次のように説明されます。

- 「き」＝直接体験の過去
- 「けり」＝間接体験の過去・詠嘆《えいたん》

「き」は、自分が直接体験した事柄について述べるときに用いる。つまり、「ありき」という表現は、そのあった事実を自分が、かつて見聞きしたことがあるということなんですね。

一方、「けり」は、自分の間接体験、つまり、他人から話を聞いたり、本を読んで知った事実に対する過去を表します。「ありけり」というのは、自分の体験ではありません。

それでは俳句で使う「けり」は、どうなるんだって思われた方、ありませんか? 俳句の切字《きれじ》として用いられる「けり」は、「詠嘆」の意味を表します。

磨崖佛《まがいぶつ》おほむらさきを放ちけり　黒田杏子《くろだももこ》

「磨崖佛」とは、崖《がけ》に刻まれた仏像のこと。そこを、オオムラサキという蝶が飛んでいった。しかし、作者には、それが、あたかも磨崖仏が蝶に魂を吹き込んで、この世に放ったように見えたのです。

この「放ちけり」というのは、「間接体験」なのでしょうか。違います。これは、まぎれもなく、作者自身の体験でしょう。「放った」という「過去」の意味ではなく、「放ったのだなあ」という「詠嘆」の意味を表すのです。

もう少し詳しい「き」「けり」の説明

学校の古典の授業では、これくらいのレベルで話が終わるんですが、もう少し、専門的なことに触れておきましょう。

大野《おおの》晋《すすむ》先生が、『日本語の文法【古典編】』（角川書店）の中で、書いている説です。

一般的には、先ほど述べたように、

●「き」＝直接体験の過去
●「けり」＝間接体験の過去・詠嘆

と分類するんですが、じつは昔（これは、本当の大昔）の日本人には、現代人が考えている「時間の意識」が存在していなかったらしいのです。

昔の日本人は、「過去」「現在」「未来」と、時間という概念は明確に分節されることなく、自分の意識の中で、絶えることのない延長線上にあったようです。「き」は、その時の流れの中で、「確実に記憶にあることを占める」事柄について用いる――だから「直接体験」になるんですね。

それに対し、「けり」は、もともと「き」＋「あり」であった。「き」はカ行変格活用動詞「来」。語源は「来有り」なんです。

これは、「ソトからウチに、今入ってきている」ということ。時間に移していえば、「よく知られていない過去から存在したものが、今まさに、自分の意識の中に入ってきて、はっきりとあること」を表しています。だから、厳密に言えば、「けり」は、間接体験の過去ではなく「気づき」を表します。「ありにけり」というのは、それまで自分が知らなかった事実に気づいた、だから「あった」となるのです。

そう考えると、さっきのオオムラサキの句の「放ちけり」も、「ありにけり」と同様、単なる「詠嘆」ではなく、「気づき」の「けり」となります。今まで気づいていなかったのが、眼前を蝶が過《よぎ》ったことが意識の中に入ったため、驚いた意味を表します。だから、「放ったのだなあ」という意味になるわけです。

国語学の大家だけあって、説得力、抜群！　奥が深いですねえ。

でも、みなさんが覚えるのは、

●「き」＝直接体験の過去

●「けり」＝間接体験の過去・詠嘆

で結構ですよ。

「文法」という学問は、単なる知識の暗記だけでなく、知的でスリリングなおもしろさがあることを知っていただきたかったんです。雑談として、聞き流しておいてください。

「き」「けり」の活用と接続

「き」と「けり」の活用のしかた。これは覚えなくてはいけません。

●「き」…せ・○《まる》・き・し・しか・○《まる》

●「けり」…（けら）・○《まる》・けり・ける・けれ・○《まる》

上から未然・連用・終止・連体・已然《いぜん》・命令です。○は用法がありません。だから「き」の活用は、「せ・○《まる》・き・し・しか・○《まる》」と覚えます。

「けり」の未然形「けら」は、上代は用法がありましたが、時代が下るにつれて、使わなくなりました。俳句では使いませんが、でも、一応、「けら・○《まる》・けり・ける・けれ・○《まる》」と覚えてください。めんどくさかったら、「『けり』＝『ラ変活用』と同じ」でもいいです。ここで、今まで学習してきた動詞の活用の知識が生きてくるんですね。

さて、引き続き接続のしかたです。

「き」も「けり」も、その上には動詞の連用形が来ます。「ありき」「ありけり」です。ただし、「き」の場合、カ変・サ変の動詞に接続するときは、次のルールがあります。表にまとめてみます。

この表はしっかり頭に入れておいてくださいね。

俳句によく出てきます。

「こし・こしか」「きし・きしか」「せし・せしか」「しき」。

理屈なんかどうでもよいのです。とにかく念仏みたいに唱えて、覚えてしまってください。

「き」「けり」の例句をあげておきます。用例が俳句ではなかなか見当たらない活用形もあります。

「き」の例句と鑑賞

【終止形】

流氷の沖に古《ふ》りたる沖ありき　齋藤《さいとう》玄《げん》

「ありき」の「き」は、直接体験過去の助動詞の終止形。「あった」の意味になります。

「流氷」は、春先、北海道以北の海洋に漂ってくる氷塊《ひょうかい》。岸から沖へ、一面に拡がっている流氷の海原を回想しています。古色蒼然《こしょくそうぜん》とした沖は、鬱々《うつうつ》とした感覚を蘇らせます。


【連体形】

濡《ぬ》れて来し少女がにほふ巴里《パリー》祭　能村《のむら》登四郎《としろう》

「濡れて来し」の「し」は、直接体験過去の助動詞「き」の連体形。「少女」という体言（名詞）に係《かか》る形になっています。

「巴里祭」は、七月十四日、フランスの祭日。バスティーユ広場や通りに、一晩中、踊りの渦が繰り広げられます。にわか雨の直後、濡れたままの少女が、巴里祭の場に現れました。「にほふ」という表現から、清潔なエロティシズムが感じられる作品です。

【已然形】

桑の実や馬車の通ひ路行きしかば　芝《しば》不器男《ふきお》

「行きしかば」の「しか」は、直接体験過去の助動詞「き」の已然形。「しかば」で、「…たところ」という意味になります。

昭和初期の光景でしょう。馬車路を歩いていったところ、あかあかとした桑の実が作者の目にはっきりと留まりました。

「けり」の例句と鑑賞

【終止形】

にぎやかな妻子の初湯覗《のぞ》きけり　小島《こじま》健《けん》

「覗きけり」の「けり」は、詠嘆の助動詞「けり」の終止形。新年の初湯、奥さんとまだ小さな子供が騒いでいる浴室を、作者が覗いてみました。日常の時間の流れに、新たなる年のめでたさを感じている句です。

【連体形】

麦こがしなつかしなめてむせびける　篠田《しのだ》悌二郎《ていじろう》

「むせびける」の「ける」は、詠嘆の助動詞「けり」の連体形。「こと」という後続の体言（名詞）が省略され、「…たことだなあ」という意味になり、余情を示す表現です。

「麦こがし」は、「麨（はったい）」。新麦または、新米を炒《い》って粉にしたもの。夏の季語です。昔の記憶を思い出しながらなめたのですが、粉ですから、思わずむせてしまったんですね。

助動詞
過去・完了・受身・使役・打消

2 完了の助動詞「つ」「ぬ」

完了の助動詞「つ」「ぬ」の意味の違いは

前回は過去の助動詞「き」「けり」を学習しました。今回は完了の助動詞の一回目、「つ」「ぬ」について学習します。

現代語で訳す場合、「過去」は「…タ」、「完了」は「…タ、…シテシマッタ」となるので、なんだか同じような印象を受けてしまいます。

しかし、意味はまったく異なります。

「完了」というのは、「過去・現在・未来と関係なく、継続している動作・作用・状態が完全に終了していること」を表します。「つ」と「ぬ」の間にも、微妙な差があります。

つ…作為的・人為的な意味を持つ動詞（他動詞）に接続することが多い。

ぬ…無作為的・自然推移的な意味を持つ動詞（自動詞）に接続することが多い。

これは、「つ」「ぬ」の語源の違いが原因であると考えられています。

助動詞「つ」は、もともと、下二段活用動詞「棄《す》つ」であったと推定されています。「棄つ」の「棄」が脱落して、「つ」だけが残ったんですね。

「棄つ」の意味を現代語でいえば「棄てる」です。「棄てる」という行為は、自分の意志で行いますよね。したがって、「つ」は、作為的・人為的な意味を持つ動詞によく接続するんです。具体的には、「見つ」「据ゑつ」「語りつ」「告げつ」「隔てつ」というように接続します。

一方、「ぬ」のほうですが、これは、ナ行変格活用「往《い》ぬ」（27ページ参照）が語源であったと考えられています。「往ぬ」の「往」が脱落し、「ぬ」だけが残って、助動詞になったんです。

「往ぬ」の意味は、現代語では「去る」です。「去る」という動作は、ある対象が、自分の意志とは関わりなく、向こう側の都合でいなくなってしまう。「去る者は追わず」なんていうとき、「去る者」＝「相手」は、自分の思いと関係なく、離れていきますよね。だから、「往ぬ」から派生した助動詞「ぬ」は、無作為的・自然推移的な意味を持つ動詞に、よく接続します。

　具体的には、まず、「無作為的意味」を持つ動詞として、「来《き》ぬ」「行きぬ」「過ぎぬ」「近づきぬ」「帰りぬ」なんて用例があります。また、「自然の推移の意味」を持つ動詞として、「風吹きぬ」「霜置きぬ」「雨やみぬ」などの例を挙げることができます。あと、「自然に消滅・推移した意味」を持つ動詞の例として、「絶えぬ」「隠れぬ」「消えぬ」などがあります。

　まずは語源「棄つ」「往ぬ」とともに、覚えてしまいましょう。

強意の助動詞「つ」「ぬ」

「つ」「ぬ」には、もうひとつ大切な意味があります。「強意」です。「強意」とは、読んで字のごとく「ある意味を強めること」です。

　ここで注意しなければならないのは、「つ」「ぬ」が、単に「強意」だけではなく、「完了」と意味がリンクしてくるということです。「つ」「ぬ」の「強意」は、ある動作・作用が確実に終了することを確定的に言う場合に用います。現代語訳では、「きっと…」「必ず…」などとなります。

　この「つ」「ぬ」が「強意」の意味で用いられる場合、単独ではなく、「推量・意志」の助動詞「む」「べし」と、セットになって用いられることが多いのです。

「てむ」「なむ」「つべし」「ぬべし」

（「て」は助動詞「つ」の未然形）

（「な」は助動詞「ぬ」の未然形）

訳は、「きっと…だろう」「きっと…のはずだ」「必ず…しよう」などとなります。

　これは、推量の助動詞「む」「べし」が出てきたときに詳しく説明します。

　今は、強意「つ」「ぬ」は、推量・意志の助動詞「む」「べし」とセットになり、「てむ」「なむ」「つべし」「ぬべし」という形で用いられることが多いということを、記憶に留めておいてください。

「つ」「ぬ」の活用と接続

109～110ページの具体例でご紹介したように、助動詞「つ」「ぬ」は、連用形に接続します。

たとえば、ラ行四段活用動詞「語る」に「つ」が接続した場合、連用形「語り」に「つ」が続く形となり、「語りつ」となります。

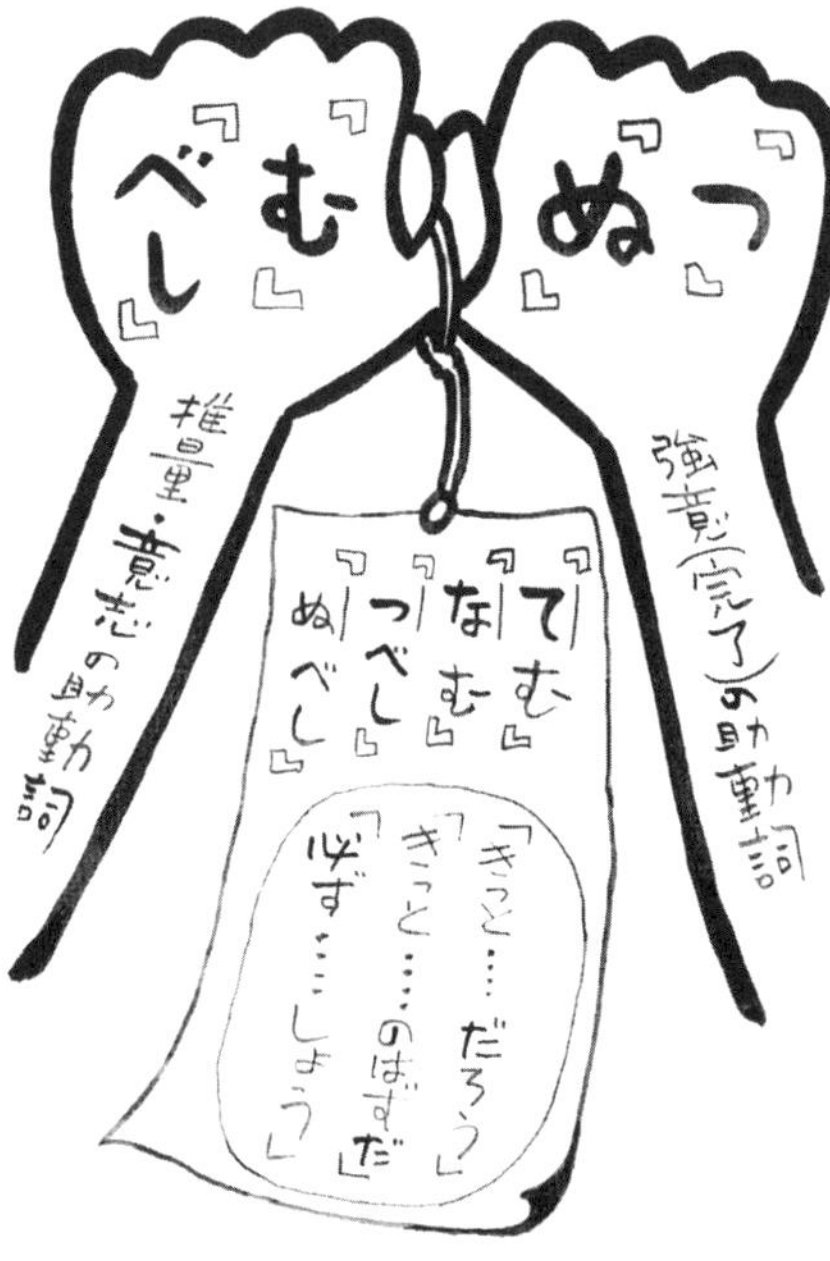

一方、「ぬ」の場合も同様で、ヤ行下二段活用動詞「絶ゆ」に「ぬ」が接続した場合、連用形「絶え」に「ぬ」が続く形となり、「絶えぬ」となります。

助動詞「つ」「ぬ」は連用形に接続する。

これ、覚えてしまってください。

さて、あと残るのは活用のしかたです。これは、「つ」「ぬ」の語源を思い出してください。

「つ」の語源は下二段活用動詞「棄つ」。助動詞「つ」は、「棄つ」の「棄」(語幹)が脱落して、活用語尾のみが助動詞として独立したものです。したがって、「つ」も「棄つ」と同様下二段型で活用することになります。

●て・て・つ・つる・つれ・てよ

「ぬ」の語源はナ行変格活用「往ぬ」。助動詞「ぬ」は、「往ぬ」の「往」(語幹)が脱落して、活用語尾のみが助動詞として独立したもの。したがって、「ぬ」も「往ぬ」と同様ナ変型で活用します。

●な・に・ぬ・ぬる・ぬれ・ね

これも覚えてしまってください。既に学習した動詞の活用と同じですから簡単ですよね。

「つ」の例句と鑑賞

具体的な用例を見ていきましょう。まずは助動詞「つ」から。ただし、已然形《いぜん》「つれ」は、俳句ではあまり用いないようです。

【未然形】

蒲公英《たんぽぽ》の座を焦《こが》してむ飾焚《かざりた》く　山口青邨《やまぐちせいそん》

助動詞「つ」は、推量の助動詞「む」に接続し、未然形「て」に活用。「焦がしてむ」で、「きっと焦がしてしまうだろう」という強意になっています。

正月、飾っていたお飾りを、外で焚こうとしているのですが、そこは、蒲公英の葉が生えているあたり。葉を焦がすことになるだろう……という、心をかすめた気持ちを言い留めています。

【連用形】

鴉《からす》の子尻なき尻を振りてけり　飯島晴子《いいじまはるこ》

助動詞「つ」は、詠嘆《えいたん》の助動詞「けり」に接続し、連用形「て」に活用。「振りてけり」は、「振ったなあ」という意味です。

「鴉の子」は夏の季語。まだ幼い子鴉が、きちんと尾羽が生えそろっていない尻を振っている様子を愛らしく表現しています。

【終止形】

火の奥に牡丹《ぼたん》崩るるさまを見つ　加藤楸邨《かとうしゅうそん》

助動詞「つ」は、句末に来る終止形。「見つ」は、「見た」という意味になります。

この句は、「五月二十三日わが家罹災《りさい》」という前書きがついています。「牡丹」は夏の季語ですが、空襲下、自分の家の庭に咲いていた牡丹の花が、焼け崩れるさまを描写。凄絶《せいぜつ》な作品です。

【連体形】

木耳《きくらげ》に谺《こだま》深《ふか》くも来つるかな　山口草堂《やまぐちそうどう》

助動詞「つ」は、詠嘆の助詞「かな」に接続し、連体形「つる」に活用。「来つるかな」は、「来てしまったなあ」という意味。

「木耳」は、人間の耳のような形をした茸《きのこ》。夏場、枯木の幹に密集して生えます。「邃く」は「奥深い」の意。「谺」と「邃く」の間に微妙な小休止があります。

木耳に響くかすかな谺。山深くまで入ってきたのだなあという思いが、心を過《よぎ》ります。

【命令形】

茗《みょう》荷《が》汁したたかに召し給ひてよ　会《あい》津《づ》八《や》一《いち》

助動詞「つ」は、句末に来て、命令形「てよ」に活用。「給ひ」は尊敬の意で、「召し給ひてよ」は、「召し上がってください」という意味になります。「茗荷汁」は夏の季語。「したたかに」は形容動詞「したたかなり」の連用形で、「甚《はなは》だしく」という意味。いささか諧謔《かいぎゃく》味を交えた、大げさな言い方で、饗応《きょうおう》の気持ちを表しています。

「ぬ」の例句と鑑賞

今度は助動詞「ぬ」の用例です。「命令形」は、俳句ではあまり使わないようです。

【未然形】

金魚玉とり落しなば鋪道《ほどう》の花　波《は》多《た》野《の》爽《そう》波《は》

助動詞「ぬ」は、助詞「ば」に接続して、未然形「な」に活用。「とり落しなば」は、「もし、取り落としてしまったならば」という意味になります。

「金魚玉」は夏の季語。淡い強迫観念のような感覚を美的に表現した作品です。

【連用形】

永き日のにはとり柵《さく》を越えにけり　芝《しば》不《ふ》器《き》男《お》

助動詞「ぬ」は、詠嘆の助動詞「けり」に接続して、連用形「に」に活用。「越えにけり」は、「越えたなあ」という意味。鶏が柵を跳び越えたという日常の景に、春の日永《ひなが》の長閑《のどか》さを感じ取った秀句です。

【終止形】

十六夜《いざよい》の水にこゑして人過ぎぬ　馬《ば》場《ば》移《い》公《く》子《こ》

助動詞「ぬ」は、句末に来る終止形。「過ぎぬ」は、「過ぎてしまった」という意味。

「十六夜」は仲秋名月の翌日。水辺を通り過ぎていった人声に、昨夜の華やぎがよみがえってくるようです。

【連体形】

鵯《ひよどり》のこぼし去りぬる実の赤き　蕪村《ぶそん》

助動詞「ぬ」は、体言（名詞）「実」に接続し、連体形「ぬる」に活用。「こぼし去りぬる」は、「こぼし去った」の意味です。秋、鵯が食べこぼし落ちた実の赤さが、鮮やかに目に映っています。

【已然形】

老いぬればあたため酒も猪口《ちょこ》一つ　高浜虚子《たかはまきょし》

助動詞「ぬ」は、助詞「ば」に接続し、已然形「ぬれ」に活用。「老いぬれば」は、「老いてしまったので」の完了の意味。

旧暦九月九日の重陽《ちょうよう》の日、酒を温めて飲むと病気にかからないといわれていたそうです。猪口一つで、一口だけ、温め酒を飲み、長寿をことほぐ感慨が表現されています。

助動詞
過去・完了・受身・使役・打消

3

完了の助動詞「り」「たり」

完了の助動詞「り」の成立と意味

今回は完了の助動詞「り」「たり」を取り上げます。「り」「たり」の二つの助動詞、もともとは、「り」のほうが先に成立したといわれています。ラ行変格活用動詞「あり」が、音韻《おんいん》変化したのが「り」なのですね。

たとえば、「咲く」というカ行四段活用動詞。これを「咲いている」という意味にするために、「存続・持続」を意味する動詞「あり」を接続します。「咲く」＋「あり」の場合、上の動詞「咲く」は、用言（動詞・形容詞・形容動詞）に接続する形＝「連用形」に変化させなければいけません。したがって、「咲きあり」となり、ローマ字表記すると「sakiari」です。

この「saki」の末尾の母音「i」と、「ari」の冒頭の母音「a」が隣りあうことによって、融合し変化します。

「ia」→「e」

「sakiari」→「sakeri」ですね。仮名で書けば、「咲きあり」→「咲けり」です。

この「あり」＝「り」＝「存続」の意味が派生して、「完了」の意味が生じました。

①**存続**＝動作・作用・状態が存在し続けていることを示す（…テイル、…テアル）。

②**完了**＝存在し続けている動作・作用・状態が完了したことを示す（…タ、…テシマッタ）。

ふつう「り」は、分類上、「完了・存続」と覚えますが、成立の過程から判断すると、「存続・完了」なんです。用法上、「完了」とも「存続」ともとれる曖昧《あいまい》な場合もありますが、とにかく、覚えてしまいましょう。

「り」の活用は、もともと、語源が動詞「あり」なのですから、ラ変型で活用します。

●ら・り・り・る・れ・れ

これも覚えてしまいましょう。

完了の助動詞「り」の接続

学校の「古典文法」の授業では、「り」＝「サ変動詞の未然形」「四段活用動詞の已然形《いぜん》」と覚えます。

●「せ」（サ変未然）＋「り」＝「せり」
●「咲け」（四段已然）＋「り」＝「咲けり」

これは、一回で、覚えられる暗記法があります。

完了・存続の助動詞「り」＝「サ《さ》未《み》四《し》已《い》」に接続「さみしい＝り」と覚えましょう。単なる語呂合わせですよ。でも簡単に覚えられます。

古文を読解するうえでも、俳句を実作するうえでも、「り」の接続＝「さみしい」で、まったく支障はありません。これで、覚えてしまってください。

しかし、実はこれには有力な「異論」があります。昭和十二年に、橋本進吉《はしもとしんきち》博士が「古代国語の音韻に就いて」という講演で発表した説です。国語学研究史上、大発見といわれています。ま、雑談として、読み流してください。

現在、われわれは、「漢字」「平仮名」「片仮名」の三種類の文字を混用して、用いています。厳密に言えば、「算用数字（1、2、3など）」「英字」も用いていますが、問題がややこしくなるんで、三種類に絞ります。

高校の授業で、『万葉集』を読むとき、教科書には、「漢字」「仮名」混じりで、表記してあります。

有名な額田王《ぬかたのおおきみ》の歌は、「あかねさす紫《むらさき》野《の》行き標《しめ》野行き野守《のもり》は見ずや君が袖《そで》振る」と書き表してあります。

しかしながら、この和歌、『万葉集』が編纂《へんさん》された当時は、全部漢字でした。

「茜草指　武良前野逝　標野行　野守者不見哉君之袖布流」。

その時代、まだ、「仮名」は日本にはなかったんです。中国から輸入された「漢字」しかなかったので、意味や音を頼りに、ひとつひとつ、漢字を当てはめていったんですね。

『万葉集』は、巻第一から、巻第二十まで。四五一六もの作品が集められていて、全部、漢字です。

橋本博士は、『万葉集』や『古事記』の「漢字」の使われ方を、意味のうえで、分類していったんです。コンピュータもない時代です。カードでも作ったんでしょうが、膨大《ぼうだい》な作業です。その結果、「大発見」をしました。

「キ・ケ・コ・ソ・ト・ノ・ヒ・ヘ・ミ・メ・（モ）・ヨ・ロ」（「モ」は『古事記』のみ）

この十三の仮名については、用例上、明確に二種類の使い分けがあることを見つけたんです。橋本博士は、この使い分けを、「甲類」「乙類」と名づけています。後世、十三字で表記されるようになった音が、奈良時代には、別々の「音」であった。つまり、「キ」や「ケ」などは、二種類の発音だったんです。

このことは、江戸時代から、うすうす気づいている学者がいました。でも、体系的に論証したのが、橋本博士でした。

さ、ここで、やっと、完了・存続の助動詞「り」に戻ります。

奈良時代の「エ段」には、「甲類」「乙類」の二つのグループがあって、四段活用の已然形には「乙類」、命令形には「甲類」の漢字が当てはめてあったんです。現代語では、四段活用「咲く」は、「か・き・く・く・け・け」と活用して、已然形も命令形も「け」と発音し、同じ音です。しかし、奈良時代には、已然形「け」と命令形「け」は別の音だった。

そして、助動詞「り」が接続している漢字は、「甲類」＝「命令形の『け』」だったわけですね。

したがって、先ほど、暗記した「サ未四已」の「り」＝「四段已然」接続は、誤りであり、「り」＝「四段命令」接続が正しいというのが、橋本博士の説です。「文法」が知識の暗記ではなく、ロジカルな学問であることを、感じさせてくれる語ですね。

完了・存続の助動詞「り」＝「サ未四已《さみしい》」に接続で、覚えておきつつ、記憶のどこかに留めておきたいエピソードです。

完了の助動詞「たり」について

助動詞「たり」は、「り」の成立したあと、できました。接続助詞「て」＋「あり」が、音韻変化したものです。

「teari」→「tari」

「てあり」→「たり」

となったんです。

接続助詞「て」の上には、必ず「連用形」が来ます。ですから、「たり」の接続は連用形。「書きたり」「死にたり」「過ぎたり」となります。

活用のしかたは「り」と同じ理由、すなわち、「あり」が語源なので、ラ変型です。
●たら・たり・たり・たる・たれ・たれ
意味は、「り」と同じ。「完了・存続」です。

以上、「接続」「活用」「意味」をセットにして、覚えましょう。

「り」の例句と鑑賞

【未然形】

滄浪《そうろう》の水澄めらば葱《ねぎ》を洗ふべし　正岡《まさおか》子規《しき》

完了の助動詞「り」は、助詞「ば」に接続し、未然形「ら」に活用。「澄めらば」で、「もし、澄んでしまったら」の意。「滄浪」は「青々とした波」。「洗ふべし」は「洗おう」。生硬《せいこう》で漢詩のようなイメージを与える作品です。

【連用形】

花なしとも君病めりとも知らで来し　河東碧梧桐《かわひがしへきごとう》

存続の助動詞「り」は、助詞「とも」に接続し、連用形「り」に活用。「病めりとも」で「病んでいるとも」の意味。

花がすでに散ってしまっているとも、知人が病んでいるとも、知らないでやって来た。思わぬ友の病に対するお見舞いの気持ちを表しています。

【終止形】

菊咲けり陶淵明《とうえんめい》の菊咲けり　山口青邨《やまぐちせいそん》

存続の助動詞「り」は、文脈上の切れに位置して、「咲いている」という終止形になります。一句は、陶淵明の「飲酒」という詩、「菊を采《と》る東《とう》籬《り》の下《もと》、悠然《ゆうぜん》として南山を見る」（東の垣根で菊を折り採って、ゆったりと南山を眺める）から発想されています。

【連体形】

逢《あ》へる辺《へ》の蛍の息のやはらかに　矢島渚男《やじまなぎさお》

完了の助動詞「り」は、体言（名詞）「辺」に接続し、連体形「る」に活用。「逢へる」で「逢った」という意味になります。

女性との待ち合わせの場所が、蛍の飛び交っているところ。蛍火の明滅の息づかいが、やわらかく感じられるロマンチックな作品です。

「たり」の例句と鑑賞

【未然形】

万緑や友を焼く火も澄みたらむ　行方克巳《なめかたかつみ》

存続の助動詞「たり」は、推量の助動詞「む」に接続し、未然形「たら」に活用。「澄みたらむ」で「澄んでいるのだろう」の意。

夏、周り一面の緑の中、友人の火葬が進んでいます。哀悼《あいとう》の思いが、せつせつと表現されています。

【連用形】

ことしより堅気《かたぎ》のセルを著《き》たりけり　久保田万太郎《くぼたまんたろう》

存続の助動詞「たり」は、詠嘆《えいたん》の助動詞「けり」に接続し、連用形「たり」に活用。「著たりけり」で、「着ているのだなあ」の意。「セル」は、薄い毛織りの着物。それまでは、堅気ではなかった人が、心機一転、真面目に生きる決意をした。その思いが、きっぱりとした言い方に表れています。

【終止形】

春を病み松の根つ子も見飽きたり　西東三鬼《さいとうさんき》

存続の助動詞「たり」は、文末に位置し「終止形」。春、病気療養で寝ているのですが、縁側から見える松の根の景にも、見飽きてしまったという倦怠感《けんたいかん》を表明しています。

【連体形】

渦潮へものを投げたる掌《て》のひらき　波多野爽波《はたのそうは》

完了の助動詞「たり」は、体言（名詞）「掌」に接続し、連体形「たる」に活用。「渦潮」は春の季語。観潮船から、なにかものを捨てた瞬間、ストップモーションのように開かれた掌のかたちに注目しています。

【已然形】

死にたれば人来て大根煮《た》きはじむ　下村槐太《しもむらかいた》

完了の助動詞「たり」は、助詞「ば」に接続して、已然形「たれ」に活用。「死にたれば」で、「死んでしまったところ」の意味になります。通夜の準備をしているようすでしょう。「人の死」のかなしみと関わりのないように、「大根」を煮くという日常の営みが行われているという描写に作者の非情なまなざしを感じます。

助動詞
過去・完了・受身・使役・打消

4

受身の助動詞「る」「らる」

「る」「らる」の意味

今回は、受身の助動詞「る」「らる」の学習をします。

「る」「らる」には、「受身・自発・可能・尊敬」の四つの意味があります。

① **受身**　…サレル
② **自発**　…自然ト…サレル、…レテシマウ
③ **可能**　…レル、…デキル
④ **尊敬**　…ナサル、…サレル

学校文法の授業では、「る」「らる」の意味に関しては、この「受身・自発・可能・尊敬」を丸暗記したら、おしまい。それ以上、突っ込んだ説明は、ほとんどしないのですが、大野晋《おおのすすむ》先生が、「る」「らる」の意味の成り立ちについて詳しい説明をしています。理解の助けのために、ポイントを要約しておきますね。

「学校文法」のテキストでは、「る」「らる」の意味は、大体、「受身・自発・可能・尊敬」の順番で書いてあります。「受身・可能・自発・尊敬」の順番もあるかもしれませんが、ほとんど、意味の最初には、「受身」が来ています。

しかし、大野先生の説明によると、「る」「らる」の基本の意味は「自発」なんだそうです。**自発**というのは、読んで字の通り、物事が「自然の成り行きで発生する」ということです。

日本人というのは、会議で何かを決めるときなど、ひとりの強引な意見・発案で決定することを好まない。なんとなく議事進行の流れの中で、雰囲気《ふんいき》として、みんなが賛成して、自然とまとまっていくことを良しとする心性がありますよね。評論家・山本七平《やまもとしちへい》氏は、名著『空気の研究』の中で、日本人の思考・行動は、その場・集団の「空気」が支配するということを述べました。まさに、

この「る」「らる」というのは、そのような「自然発生」的現象を好む日本人の精神性が表れている助動詞なんです。たとえば、「思はる」（終止形）というのは「自然と思われる」という意味。意図せず、「思う」状態に導かれるということです。

受身の意味は、どうなるのでしょう。

「叩《たた》かれ」（「る」の連用形）というのは、自分の「意志」で叩かれたわけじゃないでしょう。自分の「意志」とは無関係に、自然に、ある動作が起こってしまったのが「受身」なのです。

それじゃ、**可能**はどうなるのか。「可能」は、自分の意志ではないのか。

ここが、言葉のおもしろいところなんですが、「デキル」の古い形は、「出来《いで》る」＝「出てくる」だそうです。つまり、日本人は「可能」を自分が奮闘《ふんとう》努力して勝ち取った結果ではなく、自然の成り行きとして「現れ出てくる」現象と捉《とら》えていたというのです。

対照的なのは、英語の「can」で、古代ギリシア語の「力」と同根の語だそうです。欧米人にとって、「可能」とは「努力の末、自分の力で獲得する」という個人主義の思想が根底にあるんですね。

稲作民族だった日本人には、豊作とは、天候に大きく左右されるものであり、人間の作為を越えて成立するという他力本願の思想があった。したがって、「可能になる」とは、自然現象のように、成り行きによって成就する考えがあったというのです。

最後、**尊敬**が残りました。「尊敬」と「自発」とは、どう結びつくのか、不思議な気がしますが、「なられけり」（「る」の連用形）の「おなりになったなあ」の「なる」の動作は、もともと、自分が関与せず、自然に動作が完了したことを示します。「敬遠する」＝「敬して遠ざける」という言葉がありますね。敬うべき相手に対しては、馴《な》れ合うことをせず、無礼な態度をとらないよう疎遠にする。相手の動作が、相手の意志のまま、自然に進行するのを見守る態度を基本とする。それが、「る」「らる」が「尊敬」の意味に発展していった理由だというのです。

助動詞「る」「らる」に、日本人の精神性が表れているというのは、なかなか、興味深いことだと思います。

「る」「らる」の活用と接続

「る」「らる」は、それぞれ、下二段型で活用します。

●「る」…れ・れ・る・るる・るれ・れよ

●「らる」…られ・られ・らる・らるる・らるれ・られよ

動詞の活用のしかたが、きちんとマスターできていたら、どうってことないですね。「下二段は、えーっと、れ・れ・る…、あれ？　れれれ…」なんて人は、きちんと復習しておいてくださいよ（52ページ参照）。動詞の活用は、正しく言えるようにしておかないと、俳句実作に活用できませんからね。

一方の接続ですが、「る」「らる」とも、上には未然形が来ます。ただ、接続する動詞の種類が異なります。

●る…四段・ラ変・ナ変の未然形

●らる…それ以外の未然形

「る」は、語呂合わせで、「四ラナ未《しらなみ》」＝「白波」と覚えれば、簡単です。

一応、覚えられたところで、練習問題をやってみましょう。

問　①②のそれぞれの動詞は、助動詞「る」「らる」のどちらを接続させればよいか。どちらかを接続

させ、正しい形にしなさい。

①隠す　②捨つ

①の「隠す」は、打消の助動詞「ず」を接続し未然形にしてみると、「隠さず」。活用語尾がア段になるので「四段活用」です（63ページ参照）。先ほど説明したように、四段活用は「四ラナ未《しらなみ》」に含まれますから、「る」が接続します。したがって、答は「隠さる」ですね。

②の「捨つ」のほうも、同じように、打消の助動詞「ず」を接続し未然形にしてみます。「捨てず」となって、活用語尾は、エ段なので「下二段活用」。下二段活用は、「四ラナ未《しらなみ》」に含まれないので、「らる」が接続します。したがって、答は「捨てらる」です。

活用語尾がア段になるので
隠さず
四段活用・『四ラナ未《しらなみ》』に含まれるから『る』が接続
隠さる
活用語尾がエ段になるので
捨てず
下二段活用・『四ラナ未』以外は『らる』が接続
捨てらる
る
白浪

大丈夫でしょうか。お分かりのように、ここでも、動詞の活用の判別が実作応用上の基本になります。

動詞の暗記事項があやふやだと、助動詞の知識をいくら詰め込んでも、実際の句作で活用できないのです。曖昧《あいまい》な方は、前のページに戻って、必ず、復習をしておいてくださいね。

「る」の例句と鑑賞

【未然形】

近山の桜吹雪《ふぶき》に眠られず　森《もり》田《た》智《とも》子《こ》

可能の助動詞「る」は、打消の助動詞「ず」に接続して、未然形「れ」に活用。

近い山の桜が吹雪きつつ散る夜。花の気配が臥《ふ》所《ど》にまで伝わってくるようで、心高ぶりなかなか寝付くことができません。

【連用形】

花びらの掃かるる音は知られけり　齋藤《さいとう》玄《げん》

自発の助動詞「る」は、詠嘆《えいたん》の助動詞「けり」に接続して、連用形「れ」に活用。「自然と知られてしまう」の意味になります。

道いっぱいに敷き散った桜の花びら。竹箒《たけぼうき》かなにかで、掃かれている音が家の中まで聞こえてきます。相当、量があるのでしょう。ことさら耳を澄まさずとも、花を掃いている音だということが、自然と分かるのです。

【終止形】

藁塚《わらづか》に一つの強き棒挿さる　平畑静塔《ひらはたせいとう》

受身の助動詞「る」は、文末に位置する終止形です。「挿さる」で「挿される」の意味になります。「藁塚」は、秋、貯蔵のための新藁を円筒状に積み上げたもの。一本の棒が深く突き刺してあるのが目に留まります。「太き棒」などとせず、「強き棒」と表現したところ、オブジェとしての藁塚に張りつめたムードが感じられます。

【連体形】

でで虫が桑で吹かるる秋の風　細見綾子《ほそみあやこ》

受身の助動詞「る」は体言（名詞）に接続して連体形「るる」に活用。「吹かれる」の意味になります。

桑の枝か葉に貼《は》りついている蝸牛《かたつむり》（でで虫）。いくぶん強い秋風が吹いています。桑の枝葉とともに揺れている蝸牛に、そこはかとなくさびしい情感を感じ取っています。

【已然形】

忘咲《わすれざき》ゆびささるればありしかな　阿波野青畝《あわのせいほ》

受身の助動詞「る」は、助詞「ば」に接続して已然《いぜん》形「るれ」に活用。「ゆびささるれば」で「指さされると」の意味になります。

「忘咲」は、冬、陽気の日に季節を間違えたように花が咲くこと。「返り花」「狂ひ花」などという表現もあります。見過ごしていた返り花を、同行していた人から、「ほら、あそこに咲いているよ」と指さされることによって、はっと気づいた。その瞬間を一句にしています。

【命令形】

波郷《はきょう》忌のせかせか参り許されよ　八木林之助《やぎりんのすけ》

尊敬の助動詞「る」は文末に位置し、命令形「れよ」に活用。「許されよ」で、「お許しください」の意味になります。

「波郷忌」は、俳人・石田波郷の忌日。波郷は、韻文《いんぶん》精神を活かした抒情《じょじょう》句と、凄絶《せいぜつ》な病臥《びょうが》体験を詠《よ》んだ境涯《きょうがい》詠で有名です。

掲句は、波郷忌に墓参をしたのですが、ゆっくりと拝んでいる余裕がない。「せかせか参り許されよ」と、亡き霊に語りかけるような口調が印象的です。

「らる」の例句と鑑賞

【未然形】

逢《あ》ひし日のこの古暦《ふるごよみ》捨てられず　稲垣《いながき》きくの

可能の助動詞「らる」は打消の助動詞「ず」に接続し、未然形「られ」に活用。「捨てられず」で「捨てられない」の意味になります。

季語「古暦」は冬。新たな暦が配られ、残り少なくなった暦のこと。「逢ひし日の」で小休止があり、「この古暦」以降、ゆったりと意味がかかっていく言葉の構造になっています。

その年、恋しい人と出会った逢瀬《おうせ》の日が、暦にチェックされているんですね。だから、本来、用済みになった古暦も捨てることができない。切ない恋愛感情が表現された秀句です。

【連用形】

春寒や吹き寄せられて遊女墓　増田守《ますだまもる》

受身の助動詞「らる」は助詞「て」に接続し、連用形「られ」に活用。
遊里に売られ、引き取り手のない遊女の亡骸《なきがら》を葬った墓群が、春寒の風に吹き寄せられたように、固まって見えます。

【終止形】

熔接《ようせつ》の地にこぼす火は忘れらる　林田紀音夫《はやしだきねお》

受身の助動詞「らる」は文末に位置した終止形。「忘れらる」は、「忘れられる」の意。
無季の句ですが、熔接する一点を凝視しながら、作業に集中している人の真剣な眼差しが浮かんでくる作品です。

【連体形】

風花を言葉やさしく告げらるる　村越化石《むらこしかせき》

受身の助動詞「らる」は文末に位置していますが、連体形「らるる」に活用。「告げらるる」のあとに「ことなりけり」などという表現が省略され、「告げられることだなあ」という意味になります。
晴天にちらつく風花を、そっと告げられた。作者は目が不自由なだけに、相手の言葉は、あたたかくこころにひびいてきます。

助動詞
過去・完了・受身・使役・打消

5

使役・尊敬の助動詞「す」「さす」「しむ」

「す」「さす」「しむ」の意味

今回は、使役・尊敬の助動詞「す」「さす」「しむ」について、学習します。

使役というのは、ある動作を、誰か別の人にさせることを言い表します。

現代語で説明してみましょう。

「中岡先生は、文法を勉強する」

このときは、当然のことながら、「文法」を勉強するのは、主語の中岡。

ところが、

「中岡先生は、私に、文法を勉強させる」

となると、「文法」を勉強するのは、主語の中岡ではなく、「私」なのです。中岡の指示・指導・強制力（？）によって、「私」は、「文法」を勉強させられるのです。

なんか、冒頭から、学習意欲が低下するような例になってしまいましたが、要するに、「自分で動作をせず、他の人にさせる表現」を「使役」と呼びます。

一方、**尊敬**の「す」「さす」「しむ」は、他の尊敬語とセットにされて用いられます。たとえば、尊敬の補助動詞「たまふ」と組み合わせて、「…せたまふ」「…させたまふ」「…しめたまふ」などという使い方をします。

ただ、このセットは、「使役＋尊敬」の意味で使われることもあるので、注意が必要です。

①**使役**＝自分はせずに、他人に動作をさせる意を表す（…ニ…サセル）。

②**尊敬**＝尊敬の意を表す（…サレル）。

多くの場合、下の「る・らる・たまふ・まします・おはします」などと組み合わせて使われる。

「す」「さす」「しむ」の活用と接続

助動詞「す」「さす」「しむ」は、いずれも、下二段型（52ページ参照）に活用します。したがって、

●「す」……せ・せ・す・する・すれ・せよ
●「さす」…させ・させ・さす・さする・さすれ・させよ
●「しむ」…しめ・しめ・しむ・しむる・しむれ・しめよ

下二段動詞の活用が、頭の中に叩《たた》き込んであれば、どうっていうことありません。

では、これら助動詞の接続のしかたを見てみましょう。

これも、前回で学習した、受身の助動詞「る」「らる」のように、ちょっとしたルールがあります。

●「す」……四段・ラ変・ナ変の動詞の未然形
●「さす」…それ以外の未然形
●「しむ」…すべての未然形

「す」は、「る」のときと同様、「四ラナ未《しらなみ》」＝「白波」の洒落《しゃれ》で覚えてしまいましょう。

それでは、ちょっと、練習してみますよ。

問　次の動詞に使役の助動詞「す」「さす」のいずれかを接続せよ。なお、動詞は適切な形に活用させること。

①死ぬ　②老ゆ

答　①死なす　②老いさす

①の「死ぬ」は、ナ行変格活用動詞。先ほど述べたように「四ラナ未」は「す」に接続。「す」に接続する活用語は未然形ですので、ナ変未然形「死な」に活用させ、接続します。

②の「老ゆ」は、ヤ行上二段活用動詞。「い・い・

ゆ・ゆる・ゆれ・いよ」と活用語尾が変化します。ヤ行上二段活用は「四ラナ未」以外ですから「さす」に接続します。「さす」に接続する活用語は未然形ですから、「老い」に活用させ、接続します。

ヤ行上二段活用の動詞は、要注意です。ヤ行上二段活用の動詞三つ、覚えていますか？「老ゆ」「悔ゆ」「報ゆ」です。思い出しておいてください。

「す」の例句と鑑賞

【未然形】

天瓜粉《てんかふん》まへは打たせず逃げまはる　長谷川双魚《はせがわそうぎょ》

使役の助動詞「す」は、打消の助動詞「ず」に接続して、未然形「せ」に活用。

「天瓜粉」は夏の季語。汗疹《あせも》などを防ぐため、肌にうちつける粉。この句の巧《うま》いところは、「子ども」という言葉を用いていないにもかかわらず、その場面が生き生きと彷彿《ほうふつ》されるところです。

【連用形】

身のうちに山を澄ませて枯野ゆく　福田甲子雄《ふくだきねお》

使役の助動詞「す」は、助詞「て」に接続して連用形「せ」に活用。

「枯野」は冬の季語。高浜虚子《たかはまきょし》に、「遠山に日の当りたる枯野かな」という名句がありますが、この句は、山々に囲まれた枯野を歩いているときの心象風景。山の存在感を皮膚感覚で感じ取り、身体の内部で、山が澄みわたっていくような実感を詠い上げています。

うす〱と光らせ給ひお身拭《みぬぐい》　田中王城《たなかおうじょう》

尊敬の助動詞「す」は、尊敬の補助動詞「給ひ」に接続して、連用形「せ」に活用。

この「せ」は「使役」の訳も可能ですが、主語を「ご本尊」と解釈すると、「光らせ給ひ」で、「お光りになって」の意味になります。

「お身拭」は春の季語。四月十九日、京都市・清《せい》涼《りょう》寺《じ》で行われる法会《ほうえ》。ご本尊を香湯にひたした白布で拭うと、全身がうっすらと光って、神々しい姿となられたのです。

【終止形】

穀象といふ虫をりて妻泣かす　山口《やまぐち》波津女《はつじょ》

使役の助動詞「す」は、文末に位置する終止形。「穀象」は夏の季語で、米につく害虫。小さな虫ですが、口が細長く、象の顔に似ています。「妻泣かす」の「妻」は、作者が自分自身を客観的に詠《よ》んだものでしょう。個人の思いを、普遍的な「妻」の立場から詠った作品です。

【連体形】

雪眼鏡みづいろに嶺々《ねね》沈ませる　大野《おおの》林火《りんか》

使役の助動詞「す」は、文末に位置していますが、連体形「する」に活用。「沈まする」のあとに「ことなりけり」などの語句が省略されています。「沈まする」で、「沈ませることだなあ」の意味になります。

「雪眼」とは、雪に反射される強い紫外線のため、目に痛みを覚えること。スキーをするときなどは、雪眼を避けて、雪眼鏡（ゴーグル）をします。白光に輝いて見える雪嶺ですが、「雪眼鏡」をかけた途端、いくぶん、曇ったような水色に見えたのです。

「さす」の例句と鑑賞

【未然形】

深き息かけて凍蝶《いてちょう》凍てさせず　三好《みよし》潤子《じゅんこ》

使役の助動詞「さす」は、打消の助動詞「ず」に接続し、未然形「させ」に活用。「凍らせない」の意味になります。

「凍蝶」は、冬の蝶のこと。凍りついたように、微動だにしません。その冬蝶に、作者は、深くあたたかい息を吹きかけてみたのです。

【連用形】

野を焼くに火を付けさせて貰《もら》ひけり　松瀬《まつせ》青々《せいせい》

使役の助動詞「さす」は、助詞「て」に接続し、連用形「させ」に活用。

「野焼」は春の季語。害虫を駆除したり、肥料生成のため、早春、野原の枯草を焼き払うこと。「火を付けにけり」ではなく、「火を付けさせて貰ひけり」という表現にしているところが鑑賞のポイントです。早春の野に対する親和感が伝わってきますね。

【命令形】

寝《い》ねさせよ白むまで咳《せ》く咳地獄《せきじごく》　及川《おいかわ》貞《てい》

使役の助動詞「さす」は、「…させてくれ」という命令の意を含んだ命令形「させよ」。「寝ねさせよ」のあとに、意味上の切れを含みます。

冬、風邪《かぜ》を引きやすいところから、「咳く」は冬の季語とされています。窓の外が白んでくるまで、一睡もできなかった苦しさが、生々しく詠われた作品です。

「しむ」の例句と鑑賞

【未然形】

夕映《ゆうばえ》の甘藍《かんらん》蝶を去らしめず　木下夕爾《きのしたゆうじ》

使役の助動詞「しむ」は、打消の助動詞「ず」に接続して未然形「しめ」に活用。「去らしめず」で「去らせない」という意味になります。

「甘藍」は、キャベツのこと。夏の季語です。夕日の色を浴びた一面のキャベツ畑に、夏蝶が乱舞しています。その鮮やかな景色に、作者は、しばし、心を奪われています。

【連用形】

父老いしめ母老いしめて田水沸《わ》く　高橋悦男《たかはしえつお》

使役の助動詞「しむ」が、二箇所用いられています。「父老いしめ」の「しめ」は、下に用言が接続できるように活用した連用形。「母老いしめ」の「しめ」は、助詞「て」に接続して活用した連用形。

「田水沸く」は夏の季語。暑さのため、田に張った水が湯のようになること。「老いしめ」は、自分が老いるのではなく、両親を老いさせてしまったのです。育ててくれた感謝の気持ち、その恩に十分に報いることのできなかったほろ苦い悔《かい》恨《こん》。「田水沸く」から、田園の景が想像されますが、激しい日射しは非情に照りつけています。

【終止形】

玉虫を拳《こぶし》ゆるめて光らしむ　澁谷《しぶや》道《みち》

使役の助動詞「しむ」は、文末に位置する終止形。「光らしむ」で、「光らせる」の意味になります。「玉虫」は夏の季語。握っていた拳をひらくと、掌には、玉虫が輝いていたのです。「拳ゆるめて光らしむ」は、かなり強引な語法ですが、その緊張した文体から、玉虫の凝縮した光彩が伝わってきます。

【連体形】

寒木にひとをつれきて凭《よ》らしむる　石田《いしだ》波《は》郷《きょう》

使役の助動詞「しむ」は、文末に位置していますが、連体形「しむる」に活用。「凭らしむる」のあとに「ことなりけり」などの語句が省略されており、余情の表現となります。

作者に連れて来られた人物が、恋人や奥さんであれば、寒々とした景の中にも、ロマンチックな連想を誘う句になります。

【命令形】

音楽を降らしめよ夥《おびただ》しき蝶に　藤田《ふじた》湘子《しょうし》

使役の助動詞「しむ」は、句の切れ目に位置した命令形。「降らしめよ」で「降らせよ」という命令調になります。

先ほどの夕爾の蝶の句は、写実的な作品でしたが、この湘子の句は、主観的な感覚を吐露した幻想句。迸《ほとばし》るようなイメージが感じられます。

助動詞
過去・完了・受身・使役・打消
6
打消の助動詞「ず」

今回は、助動詞「ず」の学習です。

助動詞「ず」の意味は、「打消」。「…ナイ」の意味を表します。

「死なず」だったら「死なない」、「思はず」だったら「思わない」、「寝ず」だったら「寝ない」です。

「ず」は、活用語の未然形に接続します。たとえば、サ行変格活用「す」の場合、未然形は「せ」ですから、「せ＋ず」という形で接続します。ラ行四段活用「去る」だと、未然形は「去ら」なので、「去ら＋ず」という形になります。

「ず」の意味・活用・接続

助動詞「ず」の活用は、要注意です。二通りの変化があります。

●○・ず・ず・ぬ・ね・○

●ざら・ざり・○・ざる・ざれ・ざれ

いわゆる「ず系」「ざり系」です。

「ず系」は、もともと、〔ぬ系〕＋〔ず系〕の二系列でした。

●（な）・（に）・○・ぬ・ね・○

●○・ず・ず・○・○・○

ナ行四段活用で活用する形＝〔ぬ系〕と、「ず」だけの形＝〔ず系〕の二種類です。

〔ぬ系〕には、上代、未然形「な」、連用形「に」の用法があったのですが、以降衰えました。俳句では、未然形に、「しの〻めや雲見えなくに蓼《たで》の雨　蕪村《ぶそん》」の用例があるものの、めったに用いられません。

また、〔ず系〕で未然形「ず」を置く考えもあるのですが、学術的には、置かない説のほうが有力です（「ずば」は、「ず（連用形）」＋「は」が転じたものと考えられています）。

一方、「ざり系」は、補助的な活用です。たとえば、打消のあとに、詠嘆の助動詞「けり」

をくっつける場合、単純に考えれば、「ずけり」となります。実際、「ずけり」の例はありました。
しかしながら、本来、助動詞は、「動詞の意味を助ける単語」。動詞に接続したほうが、形態的には安定します。そこで、「ず」にラ行変格活用動詞「あり」を接続した、「ず＋あり」という用法が生じました。

「ず＋あり」→「ざり」

「zu + ari」→「zuari」→「zari」

という音韻《おんいん》変化です。

「ざり系」の助動詞は、その下に、助動詞が来る場合、「ざり＋けり」のように、接続しやすいように変化したものなのです。

「ず」の例句と鑑賞

【未然形】

紙子《かみこ》着てゐるとは誰も知らざらむ　加藤楸邨《かとうしゅうそん》

打消の助動詞「ず」は、推量の助動詞「む」に接続して、未然形「ざら」に活用。「知らざらむ」で、「知らないだろう」の意味になります。
「紙子」は、紙で作った衣服。僧侶《そうりょ》などが着ていました。冬の季語です。作者自身は、今、紙子を着ています。しかし、自分が着ているのが、まさか、紙子であるとは、誰も、気がつかないだろう。かすかな俳味のただよう句です。

【連用形】

てんと虫一兵われの死なざりし　安住敦《あずみあつし》

打消の助動詞「ず」は、過去の助動詞「き」の連体形「し」に接続して、連用形「ざり」に活用。「死なざりし」で、「死ななかったなあ」という余情を表す表現になります。

季語は、「てんと虫」。夏の季語です。「一兵われの死なざりし」は、自分の戦争体験を振り返っての感慨。一兵隊として、出陣したものの、よく、死ぬことなく、命を与えられて、戻ってくることができたものだ。運命の恩寵《おんちょう》をかみしめていると、小さなてんとう虫が、目に入った。愛らしいてんとう虫の姿と、作者自身のいのちが、輝くように、共鳴した瞬間です。

【終止形】

吊《つる》されし新巻《あらまき》の歯のかみ合はず　若井新一《わかいしんいち》

打消の助動詞「ず」は文末に位置する終止形。「新巻」は、塩鮭《しおざけ》のうち、薄塩の上等品を縄《なわ》で巻いたもの。冬の季語です。

メスの産卵期、遡上《そじょう》したオスの鮭は歯が牙《きば》のように尖《とが》り、凶暴《きょうぼう》な顔つきになります。闘《たたか》って、メスを奪い合うためです。新巻にされ、吊されている鮭の鋭い歯は、寒々とした冬景色を、より蕭条《しょうじょう》としたものにしています。

【連体形】

寒凪《かんなぎ》やなか〳〵消えぬ汽車の尻　飴山實《あめやまみのる》

打消の助動詞「ず」は、体言（名詞）「汽車」に接続して、連体形「ぬ」に活用。「消えぬ」で「消えない」の意味になります。

「寒凪」は、冬の冴《さ》え渡ったときの凪。波ひとつない静まりかえった汀《みぎわ》に、汽車の音がひびいてきました。通り過ぎた後も、その最後尾だけは、小さくなりつつも、なかなか視界から消えることがありません。空間の広がりと余情を感じさせる秀句です。

告げざる愛雪嶺《せつれい》はまた雪かさね　上田五千石《うえだごせんごく》

打消の助動詞「ず」は、名詞（体言）「愛」に接続して、連体形「ざる」に活用。ここは、五音に整えようとするならば、「告げぬ愛」でも良いのですが、あえて字余りにして、緊張した心境を表現しています。

「雪嶺」は、冬の季語。雪の積もった嶺《みね》のこと。その上に、さらに雪が降り重なっていくのです。告白することなく、過ぎ去っていこうとする恋愛。相手への秘めた思いは、神々しい雪嶺のすがたと重なり合い、作者に、心の痛みを感じさせます。


【已然形《いぜん》】

甚平《じんべい》や一誌持たねば仰がれず　草間時彦《くさまときひこ》

打消の助動詞「ず」は、助詞「ば」に接続して、已然形「ね」に活用。「持たねば」で、「持たないと」の意味になります。

「甚平」は、麻や木綿製の筒袖《つつそで》の夏着。上五《かみご》で切れ、ペーソスの混じった淡い嘆きを象徴しています。「一誌持たねば仰がれず」は、自分が主宰する俳誌を持たないので、人から尊敬されないということ。作者は俳人協会の理事長まで務めた人なので、「仰がれず」は、誇張気味のようにも感じますが、俳壇には、むべなるかなという一面もあり、妙な実感がこもっている句です。滑稽《こっけい》さと切なさを同時に感じさせます。

菩提子《ぼだいし》をひろふ念珠《ねんじゅ》に足らざれど　片山由美子《かたやまゆみこ》

打消の助動詞「ず」は、助詞「ど」に接続して、已然形「ざれ」に活用。「足らざれど」で、「足りないけれど」の意味になります。

「菩提子」は、小さい球形をした菩提樹の実のこと。秋に熟した果実がいくつもたれ下がります。この実から念珠が作られるのですが、作者が拾い集めただけでは、数が足りません。しずかな秋風が、胸の中を吹きぬけていくような寂しさが残る作品です。

「ぬ」の識別

例句鑑賞が一段落したところで、作句上、間違えやすい事柄について、説明しておきましょう。これは、今まで学習した内容の復習にもなるのですが、助動詞「ぬ」には、今回学習した「打消」のほかに、「完了」の意味もありました（109

ページ参照）。

完了の助動詞「ぬ」は、ナ行変格活用型で変化するんでした。

●な・に・ぬ・ぬる・ぬれ・ね

でしたね。

打消の助動詞「ず」は、

●○・ず・ず・ぬ・ね・○

です。

完了にも、打消にも、「ぬ」があるんです。

ただ、この二つは、用法が異なります。まとめてみます。

①打消の助動詞「ず」の連体形……「ぬ」

②完了の助動詞「ぬ」の終止形……「ぬ」

打消の助動詞「ず」（連体形は「ぬ」）は、未然形接続です。したがって、「死なぬ」「思はぬ」「来《こ》ぬ」となります。それに対して、完了の助動詞は、連用形接続なので、「死にぬ」「思ひぬ」「来《き》ぬ」となります。

①の場合の「ぬ」自体は、連体形ですから、「ぬ」のあとに、体言（名詞）が来て、「…ぬ時」「…ぬ人」「…ぬこと」などとなります。②の完了の助動詞「ぬ」は終止形。したがって、「ぬ」のあとは言い切ります。「…ぬ。」です。俳句では、通常、句読点は用いませんので、意味の上で、句点を補って訳します。

具体的な句で見てみましょう。

①白玉は何処《どこ》へも行かぬ母と食《た》ぶ　轡田《くつわだ》進《すすむ》

②春の雲一村暗くして行きぬ　佃《つくだ》悦夫《えつお》

動詞「行く」は、カ行四段活用。「か・き・く・

く・け・け」と活用するんでした。
まず、接続から見てみます。
①の「ぬ」の上には、未然形の「行か」が接続しています。したがって、打消の助動詞です。「行かぬ」で「行かない」の意味になります。
②の「ぬ」には、連用形「行き」が接続しています。したがって、これは完了の助動詞です。「行きぬ」で「行った」の意味になります。
大丈夫でしょうか。
活用形も確認しておきましょう。
①の「ぬ」の下には、「母」という体言（名詞）が繋《つな》がっています。したがって、①の「ぬ」は、打消の助動詞「ず」の連体形です。
②の「ぬ」は五七五の末尾に位置し、意味上、言い切る形ですので、終止形です。
理解できましたでしょうか。曖昧《あいまい》な人は、もう一度、丁寧に読み直してみてください。
マスターできた人は、次の演習問題をしてみましょう。

問　それぞれの空欄に口語訳になるように、①「描く」、②「散る」を適当な形に活用して入れよ。
眉《まゆ》描く日と〔①〕ぬ日と花〔②〕ぬ
（口語訳）眉を描く日と描かない日とあるものの、（両日とも、同じように）桜の花は散ってしまう。

答　①描か　②散り
①の「描く」はカ行四段活用。「か・き・く・く・け・け」ですね。口語訳は、「描かない」となっているので打消の意味。打消の助動詞「ず」（連体形は「ぬ」）は活用語の未然形に接続しますから、「描か」に活用させます。
②の「散る」はラ行四段活用。「ら・り・る・る・れ・れ」です。口語訳は、「散ってしまう」となっているので、完了の意味。完了の助動詞「ぬ」は連用形に接続しますから、連用形「散り」となります。
「ぬ」の識別の公式、覚えておいてくださいね。

第四章

助動詞〜推量

助動詞
推量

1 推量の助動詞「む」「むず」①

「推量」系は、助動詞学習の峠

助動詞の学習も、大きなヤマ場を迎えました。今回から、推量の助動詞について学んでいきます。「む」「むず」「らむ」「けむ」「べし」「らし」「めり」「なり」「まし」「じ」「まじ」。

こうやって、一挙に並べ立てると、文法アレルギーが生じてしまうかもしれません。

しかし、推量がマスターできれば、助動詞は、ほぼ克服できたことになります。ゆっくり説明していきますので、確実に身につけていきましょう。

今回は、まず、「む」「むず」から学習します。

気をつけてほしいのは、「むず」という助動詞です。これは、「む」の打消ではありません！

「む」＝「むず」です。

推量「む」と打消「ず」を組み合わせる場合には、「ざらむ」となります。打消の助動詞のほうが、上に来るんですね。

「むず」は、「む」＋「と」＋「す」なんです。「と」は引用を表す助詞、「す」はサ行変格活用の動詞。「むとす」が、つづまって、「す」が濁音化したものが、「むず」。「…むということをする」という意味なんですね。

面倒くさいことに、中世の時代、「む」の母音が脱落しました。「mu」の「u」の音を発音しなくなり、「m」とか、「n」と言うようになったんです。そこで、「む」→「ん」、「むず」→「んず」と表記するようにもなりました。

「む」＝「ん」＝「むず」＝「んず」

全部、同じ意味です。覚えておいてください。

なぜ、助動詞「む」には意味が多いか

推量の助動詞は、意味が多いのです。

「む」「むず」の場合は、「推量・意志・適当・勧

誘・仮定・婉曲《えんきょく》」の意味があります。

なんで、こんなに多いのか。

これは、日本人の「時」に対する意識から、考えていかなければなりません。

過去の助動詞「き」「けり」を、学習した時に、ちょっと触れたんですが（105ページ参照）、日本人とヨーロッパ人では、「時」の概念が異なるんです。

ヨーロッパでは、「過去→現在→未来」と、時間の分節点が、明確に分かれます。

「そんなの当たり前じゃないか」と現代人であるわれわれは思いますが、昔の日本人にとって、「時間」とは、包丁で切れ目を入れるように、客観的に分かれているものではなかったのです。過去・現在・未来は、ぼんやり、ひと連なりのものであり、人間の主体的意識の中で、思い出したり、推量することによって、存在するものでした。

過去の助動詞について言えば、

●「き」＝直接体験の過去

●「けり」＝間接体験の過去・詠嘆《えいたん》

と、一般的には覚えるんでしたが、厳密に言うと、「き」は「過去のことについて、自分に確実な記憶がある時に用いる」のに対し、「けり」は「来有り」の略であり、「今まで、意識の外にあったものが、自分の認識の範囲に入って来た時に用いる」、「気づき体験」の助動詞でした。

同様のことが、「む」「むず」でも、言えるんです。「む」の基本の意味は「推量」です。これは、自分の意識の領域外に、漠然と存在しているものやことを、心の中で、「…だろう」と推し量り、その結果、ある事柄が、主観の中にイメージされるということなんですね。「推量」が軸になって、使われるシチュエーションによって、いろいろな意味が派生していったのが、助動詞「む」「むず」なんです。

「む」「むず」の意味と判別法

ひとつひとつ考えていきましょう。

①まず主語が一人称になれば、「…ショウ」という「意志」の意味になります。一人称とは、私、

われわれ、自分自身のことですよね。

猫じやらし心おきなく見て死なむ　齋藤《さいとう》玄《げん》

俳句では、明らかな一人称主語の場合、省略されることが多いですが、この句は、

「（我）死なむ」＝「私は死のう」

という意味です。

②主語が二人称になれば、自分の思っていることを相手に働かせる「適当」＝「…スルノガヨイ」、「勧誘」＝「…シマショウ」の意味になります。二人称は、あなた、あなた方です。

いざ子ども走《はしり》ありかむ玉霰《たまあられ》　芭《ば》蕉《しょう》

「いざ子ども」は、「さあ、子どもたちよ」という呼びかけ表現です。したがって、

「（汝ら）走ありかむ」＝「あなたたち、走りまわりましょう」

という意味になります。

③三人称主語は、話し手の推量です。私、あなた以外は、全部三人称。意味は「…ダロウ」ですね。

新草を古草つつむ妻癒《い》えむ　矢島渚男《やじまなぎさお》

「妻癒えむ」＝「妻は癒えるだろう」。

奥さんの病気が治るだろうと、推量しているのは、話し手＝作者ですよね。

④現代人にとって、分かりにくい用法が、「仮定・婉曲」です。

現代語では、「仮定」を表す場合、副詞を用い、「もし…なら」のような表現をします。

現代語には、仮定「む」一語に当てはまる助動詞がないので、なぜ「む」が「仮定」になるのか、しっくりこないかもしれません。

この「む」は、自分の心の中で、「仮に」存在するモノやコトを想像している状態なんです。だから「む」は仮定になるんですね。

「婉曲」というのは、「ニュアンスを和らげること」。「…ノヨウナ」と訳すのですが、訳しても訳さなくても、意味自体に、大きな変化はありません。

草枕《くさまくら》小春は替へむ夢もなし　水原秋櫻子《みずはらしゅうおうし》

「替へむ夢」の「む」は、名詞「夢」にかかる連体形。「替えるような夢」という「婉曲」の意味になります。連体形「む」の場合、「モシ…ナラ」（仮定）、「…ノヨウナ」（婉曲）の区別がつかない場合もあります。

以上に述べた助動詞「む」の意味と判別法をまとめてみましょう。

①意志＝（…ショウ）一人称主語の場合が多い。
②適当・勧誘＝（…スルノガヨイ、…シマショウ）二人称主語の場合が多い。
③推量＝（…ダロウ）三人称主語の場合が多い。
④仮定・婉曲＝（モシ…ナラ、…ノヨウナ）連体形の場合が多い。

この判別基準は、おおよその目安《めやす》になりますが、「絶対的」なものではありません。ケースバイケースで判断し、使い分けていくことが必要です。

①〜④をよく覚えましょう。

「む」「むず」の接続

意味の説明がひと通り終わったので、次は、接続です。助動詞「む」「むず」の上には、活用語の未然形が接続します。

たとえば、カ行四段活用「書く」に、「む」を接続させれば、「書かむ」。サ行変格活用「す」に、「む」を接続させれば、「せむ」となります。ちょっと、練習してみましょう。

問　次の用言を、適当な活用形に変化させ、推量の助動詞「む」に接続せよ。

①越ゆ　②安し

答　①越えむ　②安からむ

①の「越ゆ」は、打消の助動詞「ず」を接続してみると、「越えず」と「エ段音」になるので、ヤ行下二段活用動詞。活用は、「え・え・ゆ・ゆる・ゆれ・えよ」でした。推量の「む」は未然形接続ですから、「越ゆ」の未然形「越え」に接続させ、「越えむ」となります。

父在《あ》らば秋晴の坂山車《だし》越えむ　小澤克己《おざわかつみ》

「越えむ」で、「越えるだろう」という「推量」の意味ですね。

②のほうは要注意です。②は「安し」と、「し」で言い切っているので「形容詞」です。形容詞には「ク活用」と「シク活用」がありました（66、72ページ参照）。「なる」を接続して「…くなる」となれば「ク活用」、「…しくなる」となれば「シク活用」。「安し」に「なる」を接続すると、「安くなる」となるので「ク活用」です。

●く・く・し・き・けれ・○

●から・かり・○・かる・○・かれ

それでは、「安し」の未然形「安く」に「む」を続ければいいのでしょうか。

「安くむ」では、語感上、なんとなく安定しませんよね。

助動詞というのは、本来、「動詞の意味を助ける」言葉です。したがって、動詞以外の単語の下に、助動詞をいきなりつなげると、不安定になる場合があるんです。

そこで生じたのが「カリ活用」（67ページ参照）。「から・かり・○・かる・○・かれ」です。これは、形容詞「安し」の連用形「安く」に、ラ行変格活用動詞「あり」が接続し、助動詞に接続しやすいように、音韻《おんいん》変化したものでした。

「安く」＋「あり」→「安かり」

「yasuku」＋「ari」→「yasukari」

です。「む」の接続は未然形なので、「カリ活用」未然形の「安から」を上に置きます。

蛍籠《ほたるかご》いづこに置かば安からむ　関戸靖子《せきどやすこ》

「安からむ」で、「安心するだろう」という推量の意味になります。

もうひとつ練習してみましょう。

問　次の空欄に、「青いだろう」という意味になる古文を入れよ。

地球またかく（　　　）龍の玉

答　青からむ

現代語で「青い」の意味になる形容詞は「青し」。「なる」を接続してみると、「青くなる」となるので「ク活用」です。「だろう」は推量の意味なので助動詞「む」を用います。「青し」の未然形は「青く」と「青から」ですね。助動詞を接続する時、形容詞は「カリ活用」になるので、「青から」＋「む」＝「青からむ」が正解です。

地球またかく青からむ龍の玉　鷹羽《たかは》狩行《しゅぎょう》

助動詞
推量

2 推量の助動詞「む」「むず」②

前回の講座では、推量の助動詞「む（ん）」「むず（んず）」の意味と接続を学習しました。意味は、「推量・意志・適当・勧誘・仮定・婉曲《えんきょく》」でした。接続は、活用語の未然形につくんでしたね。

今回は、活用を学びます。

「む」「むず」の活用

「む」「むず」の活用は、

●○・○・む・む・め・○

●○・○・むず・むずる・むずれ・○

音韻《おんいん》変化した「ん」「んず」の場合は、

●○・○・ん・ん・め・○

●○・○・んず・んずる・んずれ・○

で、「むず」「んず」の変化は、あまり俳句では用いられません。

文法書・辞書によっては、未然形が、括弧《かっこ》書きとなって、

●（ま）・○・む・む・め・○

となっているものもあります。

この未然形「ま」という用法は、特殊です。

年暮るる何に寄らまく柱あり　細見《ほそみ》綾子《あやこ》

などという使い方をします。

この「まく」は、推量の助動詞「む」を体言化、つまり、名詞にする語「あく」をドッキングさせたものでした。

「む」＋「あく（コト・トコロ）」

「mu」＋「aku」→「maku」

「mu」＋「aku」の「u」が脱落して、「maku」になったんですね。

未然形「ま」は、一般の古文では、上代にしか出てきませんが、俳句では、近代以降もときどき使われています。

ちかよりて踏ままく止むやけむり茸《たけ》　飯田《いいだ》蛇笏《だこつ》

推量の助動詞「む」の意味判別の基準としては、人称による見分け方がありました。絶対とは言えませんが、一応、訳出の目安とするんでしたね。

第一人称主語→意志
第二人称主語→適当・勧誘
第三人称主語→推量

でした。

この句の主語は誰でしょう。「けむり茸」じゃないですよ。主語は省略されています。「私」＝「作者自身」です。したがって、第一人称主語→「意志」で訳してみましょう。

「私は、近寄って、踏もうとしたところ、（踏むことを）止めにした。（この）けむり茸を」というような意味ですね。「けむり茸」は、梅雨に生える茸《きのこ》です。

もうひとつ、例句を見てみましょう。

をみな子を生ままく欲《ほ》れり花のもと　三橋《みつはし》鷹女《たかじょ》

主語は誰でしょう。

これも、「私」＝「作者自身」の省略ですね。ですから、「生ままく」の「ま」は、第一人称主語「意志」で訳してみましょう。「生ままく」＝「生もうとすること」です。

ちょっと復習をしてみましょう。

後に続く「欲れり」の訳はどうなりますか？「欲れり」を、品詞分解してみましょう。どこで切れますか？

「欲れ／り」ですね。「欲れ」の品詞はなにか。

終止形は「欲る」。ウ段で言い切る動詞です。

　何行何活用でしょうか。

「欲る」に打消の助動詞「ず」を接続して、未然形に活用させてみます。「欲らず」となります。したがって、「欲る」はラ行四段活用。
●ら・り・る・る・れ・れ
ですね（63ページ参照）。

　次に、「り」の品詞は、なんでしょうか。

単独で、意味がハッキリしないので、付属語。「助動詞」か「助詞」か、どちらかです。

　付属語で活用するのが「助動詞」、活用しないのが「助詞」。「欲れ」という動詞についているのだから、「助動詞」かな？　このあたりは、勘でいくしかありません。問題は、「り」という助動詞が、存在したかどうか。これは、暗記事項です。

「つ・ぬ・たり・り」＝「完了の助動詞」ですね。

曖昧《あいまい》な部分は、覚え直してくださいね。

「り」の接続は大丈夫でしょうか？
●完了の助動詞「り」＝サ未四已《さみしい》
「り」はサ変動詞の未然形と四段活用動詞の已然《いぜん》形に接続。「り」＝「サミシイに接続」と覚えるんでした（116ページ参照）。したがって、「欲れり」はラ行四段活用已然形に完了・存続の助動詞「り」が接続したもの。ここでは、「欲していた」という完了ではなく、「欲している」という存続の意味ですね。

　全体をまとめます。

「生まく欲れり」＝「生もうとすることを欲している」。

　あー、長かった。

　一回一回の講座の内容は、少しずつでも、全体がつながった知識体系になっていないと、実作・鑑賞で応用がきかないことが、分かっていただけたでしょうか。

「む」「むず」の例句と鑑賞

【終止形】

朝顔や百たび訪はば母死なむ　永田《ながた》耕衣《こうい》

「死なむ」の主語は、「母」（＝第三人称）です。

したがって、助動詞「む」は「推量」で訳してみましょう。「死ぬだろう」――意味が通りますね。「朝顔」は、秋の季語。みずみずしく咲いた朝顔の花を眺めながら、自分の母親のことを慮《おもんぱか》っているのです。
「百たび訪はば」の「訪はば」は、「もし、訪問したとしたら」という仮定条件。母親も高齢になってきた。これから、百回くらい訪れれば、母はこの世から去ってしまうだろう。切ない母恋いの句です。

この道もやがて凍《い》てんと歩きゆく　星野《ほしの》立子《たつこ》

助動詞「ん」は、「む」が音韻変化したもの。「凍てん」の主語は、「この道」（＝第三人称）です。したがって、助動詞「ん」は「推量」で訳してみましょう。「凍てるだろう」――大丈夫ですね。
「凍つ」は、あまりの寒気に凍りつくこと。作者が今、歩んでいる道は、まだ凍っていません。しかし、この寒さ。そのうちに凍ってしまうであろうと思いながら、歩いている。防寒具を通して、寒さが染《し》み通ってくるような作品です。

わがための露日和《つゆびより》かな働かむ　大木《おおき》あまり

「働かむ」の主語は、省略されています。一人称主語＝「私」です。したがって、助動詞「む」は「意志」で訳してみます。「（私は）働こう」――支障ないですね。
「露」は秋の季語。「露日和」で地上に輝いている露と、晴れ渡った空が思い浮かびます。ともすれば、体調不良に陥《おちい》りがちな作者。しかしながら、周囲にきらめきわたる露のひかりによって、励まされ、今日一日、働く意欲が湧いてきます。

【連体形】

連翹《れんぎょう》やこけし飾らむ他人《ひと》の家　小林《こばやし》康治《こうじ》

「飾らむ」は、人称ではなく、活用形に注目します。「飾らむ」の「む」は、「他人」という名詞に接続している連体形です。「む」が連体形になる場合、前回学習したように、「仮定・婉曲」になることが多いという判別法がありました。

これは、あくまで、ひとつの基準で、絶対的なものではありません。でも、「仮定・婉曲」で訳すことができれば、それで、ＯＫです。「飾らむ他人の家」というのは、どのように訳すことができるでしょうか。「飾るような他人の家」。言葉のニュアンスを和らげた「婉曲」で意味が通ります。「連翹」は春の季語。葉に先立って、長い枝に、黄色四弁の花をびっしりとつけ、咲き誇ります。

家の前に、連翹が咲いている窓から、こけしが飾ってあるように見えた。多分、こけしのような気がする。少し曖昧《あいまい》なので、婉曲の「む」を用いたんです。ハッキリ見えているんだったら、「連翹やこけしを飾る他人の家」と言えば、いいんですからね。

【已然形】

已然形には、特殊な用法があります。

歳月の獄忘れめや冬木の瘤《こぶ》　　秋元《あきもと》不死男《ふじお》

「忘れめや」の「めや」は、推量の助動詞「む」に、反語の助詞「や」がついたものです。

「反語」というのは、問いかけの形をとりながら、実際には、その反対の内容を表現したいときに用います。

現代語で、考えてみます。

「本当に、晴れるのですか？」

この文には、二種類の意味があります。

ひとつは、「疑問」。単純に、「晴れるのか」と訊《たず》ねている場合です。

あとひとつは、「反語」。「晴れるのですか？」と訊ねながら、心の中では、こんなに雲行きが怪《あや》しいのだから、多分、雨が降るんじゃないの？という、問いかけとは反対の答えを、心に忍ばせている場合です。

したがって、この「めや」は、「…だろうか、いや、…ではない」と訳せばいいのです。

「忘れめや」となると、「忘れることがあるだろうか、いや忘れることはないだろう」という訳になります。

作者の秋元不死男は、昭和十六年二月、治安維持法違反により検挙され、二年間の拘留《こうりゅう》を受けます。思想犯として、捕まったのですが、後の研究・調査で、この俳句思想犯事件は、でっち上げ、濡《ぬ》れ衣《ぎぬ》だったらしいということが判明しています。

冤罪《えんざい》に対する憤り、悔しさが、「冬木の瘤」という季語の部分に凝縮されています。

「なむ（なん）」「てむ（てん）」の用法

完了の助動詞「つ」「ぬ」のところで、少し触れました。「つ」「ぬ」には、強めの意味もあります（110ページ参照）。とくに、推量系の助動詞「む」とセットになり、「なむ（なん）」「てむ（てん）」の形となったときは、強意でないか、注意してみることが必要です。

●必ず…しよう（意志）
●きっと…だろう（推量）
●きっと…のはずだ（適当の強調＝当然）

別れなむ冬山の襞《ひだ》胸そこに　恩田《おんだ》侑布子《ゆうこ》

「別れなむ」の主語は、省略されています。「私」＝第一人称主語です。したがって、「む」は「意志」の助動詞。「な」は助動詞「ぬ」の未然形です。「強意」ですから、「別れなむ」で、「必ず、別れよう」という強い意志を表しています。

冬山の襞、一筋一筋を、胸底にしまいこみつつ、作者は、恋しき人との別れを決意し、凛然《りんぜん》と立っています。

助動詞
推量
3

現在推量の助動詞「らむ」・過去推量の助動詞「けむ」

「らむ」の意味と判別法

今回は、現在推量の「らむ」と過去推量の「けむ」を学習します。

まず、「らむ」からです。

「らむ」という助動詞は、基本的には、「今、目の前に見えていないものを推量」します。

昔、古典の授業で、

憶良《おくら》らは今はまからむ子泣くらむそを
負ふ母も吾《わ》を待つらむそ　山上憶良《やまのうえのおくら》

という和歌を学習したことを覚えていませんか。「この憶良は、いま、退出いたしましょう。（家では）子どもが、今では、泣いているだろう。それを負っている母親も、私を待っているだろう」というような意味です。

「そろそろ、帰らせてください」と、宴席の仲間に懇願《こんがん》している歌ですね。「家で、子どもと嫁さんが待ってる」と言ってるんですが、今も昔も、男性が口にすることは、あんまり変わりませんね。

この「泣くらむ」「待つらむ」の「らむ」が現在推量の助動詞です。現在、目の前には、作者の妻子はいないわけです。家族旅行じゃないですからね。目の前にいない子と妻の状態を、「今は…しているだろう」と推量する。それが、「らむ」の意味です。

ちなみに、「まからむ」の「らむ」は、現在推量ではないですよ。これは、「まから（〈まかる＝退出する〉の未然形）＋む」。「む」は前回学習した「意志」の助動詞です。

その「現在推量」から派生して、「現在の伝聞・婉曲《えんきょく》」の用法があるのですが、これは、俳句に馴染《なじ》まない使い方のせいか、なかなか、例句が見当たりません。

また、「らむ」には、「現在推量」と対比して、もうひとつ、覚えるべき大切な意味があります。

「現在の原因推量」です。

吹くからに秋の草木のしをるればむべ
山風をあらしといふらむ　文屋康秀《ふんやのやすひで》

「小倉百人一首」に出てくる有名な和歌ですよね。

「吹くとすぐに秋の草木がしおれるので、なるほど、それで、山風を『荒し』『嵐』と言うのだろう」。

「あらし」の音に、形容詞の「荒し」と名詞の「嵐」の二つの意味を掛けてあるんです。
で、この強風に吹き揉《も》まれている秋の草木は、今、作者の目に見えているか、いないかというと、見えているんですね。「目に見えている対象」についての「らむ」は、眼前の状態が、どうして、生じているのかという「現在の原因推量」になります。「…（のため）だろう。どうして…だろう」と訳します。
まとめてみますね。

①**現在推量**　（今ごろは）…シテイルダロウ
▼目に見えていない対象の状態を推量
②**現在の原因推量**　（のため）…ダロウ、ドウシテ…ダロウ
▼目に見えている対象の原因を推量
③**現在の伝聞・婉曲**　…トイウ、…トカイウ

「らむ」の活用と接続

これは簡単です。まず活用からいきますね。
●○・○・らむ・らむ・らめ・○

以上、終わり。

中世以降は、「らむ」を「らん」と表記するようになりました。「らむ」＝「らん」で覚えておいてください。俳句では、「らむ」と「らん」は、同じくらいの頻度《ひんど》で使われています。

接続も簡単です。「らむ」は、動詞の終止形に接続します。

「書くらむ」「死ぬらむ」「散るらむ」。ただし、ラ行変格活用の場合、連体形接続になり、「あるらむ」となります。「ありらむ」とは言いません。注意してください。

気をつけなければいけないのは、上二段活用と下二段活用に接続する場合です。

「らむ」＝「終止形」接続

これを、きちんと頭に叩《たた》き込んでおかないでフィーリングだけで表記すると、とんでもないことになります。

烏賊《いか》嚙《か》めば隠岐《おき》や吹雪《ふぶき》と暮るゝらん

これは石橋秀野《いしばしひでの》という有名な女流俳人の句なのですが、間違いです。

「暮るる」は、ラ行下二段活用の連体形。「らむ」は、動詞の終止形に接続するので、「暮るらむ」とならなければなりません。音の響きのイメージで、なんとなく五音にしてしまったんですね。

同様に、「過ぐるらむ」とか、「消ゆるらむ」とかしたらだめですよ。正しくは、「過ぐらむ」「消ゆらむ」です。

「意味」「活用」「接続」、セットにして、覚えてください。

「らむ」の例句と鑑賞

【終止形】

鰯雲《いわしぐも》故郷の竈火《かまどび》いま燃ゆらん　金子兜太《かねことうた》

助動詞「らん」は、ヤ行下二段活用動詞「燃ゆ」の終止形に接続。終止形の用法です。

「故郷の竈火」は、今、目の前には見えていません。心の中で想像しているんです。だから、意味は「現在推量」。「燃ゆらん」で、「いま、燃えているだろう」の訳になります。

季語は「鰯雲」で、秋。空一面の鰯雲を仰ぎつつ、作者は、望郷の念をかき立てられています。「竈」という言葉が、風土性を感じさせますね。

月明かし人を待つらむ藪虱《やぶじらみ》　相生垣瓜人《あいおいがきかじん》

助動詞「らむ」は、タ行四段活用動詞「待つ」の終止形に接続。この「らむ」は終止形ですが、この切れは微妙で、下の名詞に、繋《つな》がっているようにも思わせます。

季語は「藪虱」で、秋。山道などに生えている植物の小さな実ですが、服などにくっつくと、なかなか取ることができません。

この「藪虱」が、眼前に見えているのか、いないのか。どちらでも解釈ができそうです。ここでは、月明かりに藪虱が照らされているとイメージしますね。

そうすると、これは、「目に見えている対象」＝「現在の原因推量」となります。一句の意味は、「月が皓々《こうこう》と照り渡っている。そして、誰か人を待っているのだろう、藪虱は」というかすかな滑稽《こっけい》味をたたえた作品となります。

「けむ」の意味・活用・接続

現在推量の「らむ（らん）」とペアにして覚えるとよい助動詞が、過去推量の「けむ（けん）」です。

意味は、次の三種類です。
①**過去推量**　…タダロウ、…ダッタダロウ
②**過去の原因推量**　…タトイウワケナノダロウ、（…というので）…タノダロウ
③**過去の伝聞・婉曲**　…タトイウ、…タソウダ
「けむ」は、「らむ」のように、「推量」と「原因推量」の判別法がありません。ただ、「過去の伝聞・婉曲」の場合には、連体形としての用法が多いのです。

活用は、
●（けま）・○・けむ・けむ・けめ・○
未然形「けま」は、接尾語「く」をつけ、「けまく」とし、「…たろうこと」という意味で用いることが、上代にありました。俳句では、まず使うことがあ

りません。

●○・○・けむ・けむ・けめ・○

と覚えておいて、大丈夫です。

「らむ」＝「らん」同様、「けむ」も、中世以降、「けん」と表記するようになりました。

「けむ」＝「けん」で覚えておいてください。

「けむ」は動詞の連用形に接続します。「言ひけむ」「ありけむ」「なかりけむ」です。

「けむ」＝「連用形」接続

暗記すべき事項、覚えてしまいましょう。

「けむ」の例句と鑑賞

【終止形】

幾人をこの火鉢より送りけむ　加藤《かとう》楸邨《しゅうそん》

助動詞「けむ」は、ラ行四段活用動詞「送る」の連用形に接続。この場合の「けむ」は終止形で、意味は「過去の推量」です。「送りけむ」で、「送っただろう」の訳になります。

季語は「火鉢」で、冬。この句の前には、それぞれ、「福家愛征く」「中野弘一征く」「永井皐太郎征く」「青池秀二征く」という前書きがついた作品が並んでいます。

知人が、次々と出征していったのです。そのまま、戦死・行方不明になった人もあったのかもしれません。のこされた火鉢にあたりながら、作者は、それぞれの人の面影《おもかげ》を思い浮かべています。

春曙《はるあけぼの》何すべくして目覚めけむ　野澤節子《のざわせつこ》

助動詞「けむ」は、マ行下二段活用動詞「覚む」の連用形に接続。この場合の「けむ」は終止形で、意味は「過去の原因推量」です。「目覚めけむ」で、「目覚めたのだろう」の訳になります。

『枕草子《まくらのそうし》』の冒頭に、「春は曙」という有名な一節がありますね。春は曙がいちばん情感があるという意味ですが、この句の作者は、春の朝、いささか夢見心地の中、自分の存在のやるせなさを感じています。いったい、何をするべくして目が覚めたのだろう。春暁の明るさと、作者のこころの翳《かげ》りが対照的です。

【連体形】

万葉の男摘みけむ蓬《よもぎ》摘む　竹下《たけした》しづの女《じょ》

助動詞「けむ」は、マ行四段活用動詞「摘む」の連用形に接続。この場合の「けむ」は連体形で、意味は「過去の伝聞・婉曲」です。「摘みけむ」で、「摘んだという」という訳になります。

季語は「蓬摘む」で、春。青々と目に飛び込んでくる蓬を摘んでいきながら、作者は、万葉時代の男たちも、同じようないとなみをしていたそうだと、思いを馳《は》せています。

助動詞
推量
4

推量・当然の助動詞「べし」

「べし」の意味

推量の助動詞も、ヤマ場になってきました。今回は、「べし」についての学習です。

「べし」の意味の基本は、「当然」です。「当然…すべきだ」「…するはずだ」というような訳になります。推量の助動詞「む」のニュアンスが、強まったものなんですね。

そこから意味が派生して、「推量」「意志」「可能」「当然」「命令」「適当・勧誘」などにも用います。いろいろあるので、なんだか、見ただけで、覚えるのがイヤになってしまいますね。しかし、安心してください。一回で覚えられる方法があります。

「べし」の暗記法

西瓜《すいか》止めて＝ス・イ・カ・ト・メ・テ

単なる語呂合わせです。深い意味はありません。でも、覚えられるでしょう？

ス＝推量、イ＝意志、カ＝可能、ト＝当然、メ＝命令、テ＝適当・勧誘

「カ」を「仮定」と間違わないでくださいね。意味が違ってしまいますから。

①推量（きっと）…ダロウ

大《おお》夕《ゆ》焼《やけ》消えなば夫《つま》の帰るべし　石橋《いしばし》秀野《ひでの》

「帰るべし」で、「きっと帰るだろう」という推量の意味。「帰らむ」より、思いが強いんです。ご主人の帰りを待っている気持ちがよく伝わってきます。

②意志　…ショウ、…スルツモリダ

行々子《ぎょうぎょうし》殿《どの》に一筆申すべく　波多野《はたの》爽波《そうは》

「申すべく」で、「申そう」という自分の意志を表します。申し上げる相手は、行々子、別名葭切《よしきり》という鳥。「殿」という敬称と、「べく」の意志表

現に滑稽味《こっけいみ》を感じさせます。

③**可能**　…デキル、…デキソウダ

初富士を隠さふべしや深庇《ふかひさし》　阿波野青畝《あわのせいほ》

「隠さふ」の「ふ」は、継続の意味を表します。「隠さふべし」で、「いくども隠すことができそうだ」という可能の意味になります。

④**当然**　…ハズダ、当然…スベキダ

鰯雲《いわしぐも》人に告ぐべきことならず　加藤楸邨《かとうしゅうそん》

「告ぐべき」で、「告げるべき」という当然の意味になります。言論の自由ままならない時代の心境を、「鰯雲」が象徴しています。

⑤**命令**　…セヨ

鞦韆《しゅうせん》は漕《こ》ぐべし愛は奪ふべし　三橋鷹女《みつはしたかじょ》

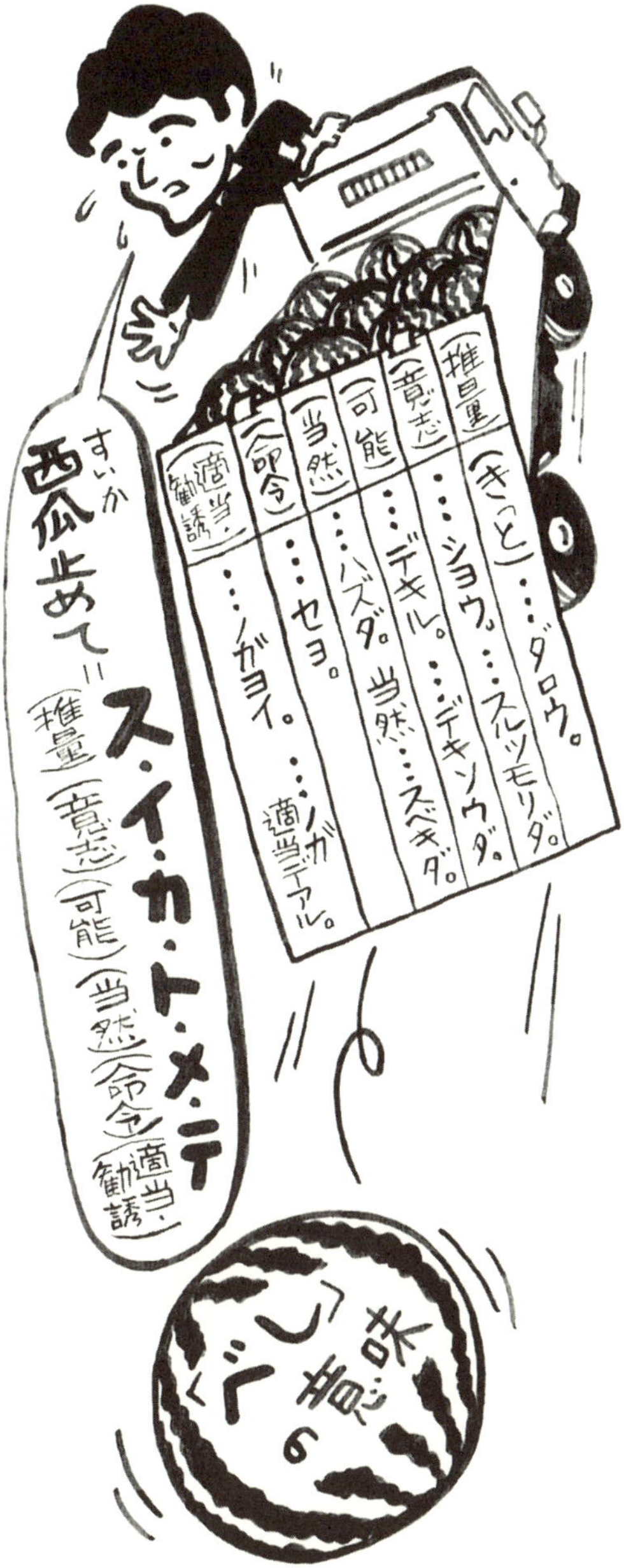

「鞦韆」は、「ぶらんこ」のこと。春の季語です。「漕ぐべし」「奪ふべし」は、「漕ぎなさい」「奪いなさい」という、命令の意味になります。

⑥適当・勧誘　…ノガヨイ、…ノガ適当デアル

山吹や笠に指すべき枝の形《なり》　芭蕉《ばしょう》

「指すべき」で、「指すのによい」「指すのに適当である」という適当の意味になります。山吹の枝振りのよさを表した句ですね。

この「べし」の意味は、厳密に、「推量」「意志」「可能」「当然」「命令」「適当・勧誘」に分類できず、どちらでも、解釈できる場合があります。「む」の強めが「べし」であって、基本の意味は「当然」。「当然」で訳してみて、不具合が生じたら、ほかの意味で検討してみるというステップを踏みましょう。

「べし」の活用と接続

「べし」の活用の基本は、形容詞の「ク活用型」。それに「カリ活用」の用法が加わります。

●○・べく・べし・べき・べけれ・○
●べから・べかり・○・べかる・○・○

「カリ活用」は、例によって、その下に助動詞が接続しやすいように変化した形。

たとえば、「べからず」とか、「べかりけり」という用法になるんですね。

接続は、「終止形」接続です。「行くべし」「死ぬべし」「過ぐべし」となります。

ただし、ラ行変格活用の場合のみ注意が必要で、ラ行変格活用は「連体形」接続になります。「あるべし」となるんですね。

要は、「べし」の上には、「ウ段音」が来るということです。

「べし」の例句と鑑賞

【連用形】

逢《あ》ひ別るべく来て冬の虹淡し　小林康治《こばやしこうじ》

助動詞「べく」は、ラ行下二段活用の動詞に接続。連用形に活用していて、意味は「意志」。「別

るべく」で、「別れよう」の訳。

恋の句ですね。それも、最後の逢瀬《おうせ》とこころに決めての出会いです。

相手のことを、とことん憎んでの別れではない。まだ、恋愛感情が残っています。気持ちの揺らぎを象徴するように、冬空にかかっている淡い虹。相手の女性とのうつくしい記憶がよみがえってきます。

花は葉に人はしづかに読むべかり　下村梅子《しもむらうめこ》

助動詞「べかり」は、マ行四段活用の動詞に接続。連用形に活用していて、意味は「当然」。「読むべかり」で、「読むべきだ」の訳。

本来ならば、「べかり」という「カリ活用」は、下に助動詞が接続しますが、俳句・短歌では、「べく」同様、連用形の言いさしにより、余情を表現する場合があります。

桜の花が散り、葉桜の時期となってきました。「葉桜や」というと、緑色の葉のイメージが即物的に飛び込んできますが、「花は葉に」と表現すると、ゆるやかな時の流れを感じさせます。

時の移ろいゆく中、しずかに、読書に励む日々。「人は」というのは、一般的な人々を指すだけでなく、穏やかな自省の念も含まれているように思われます。

【終止形】

茄子《なす》の花巧言令色《こうげんれいしょく》滅ぶべし　沢木欣一《さわききんいち》

助動詞「べし」は、バ行上二段活用の動詞に接続。終止形に活用していて、意味は「当然」。「滅ぶべし」で、「滅ぶに違いない」「当然、滅ぶべきである」の意味。茄子の花は、夏、紫色の花をつけます。「巧言令色、鮮《すく》なし仁《じん》」というのは、『論語《ろんご》』の中の孔子《こうし》の言で、「言葉を飾り、表情を取りつくろう人間に、誠実な者は、少ないものだなあ」という意味です。

純朴な茄子の花を見ながら、孔子の言葉を思い出しているんですね。

邯鄲《かんたん》の冷たき脚を思ふべし　長谷川《はせがわ》櫂《かい》

助動詞「べし」は、ハ行四段活用の動詞に接続。終止形に活用していて、意味は「命令」。「思ふべし」で「思いなさい」という呼びかけ表現になっています。

邯鄲は、コオロギ科の小さな秋の虫。淡い黄緑色をしていて「ルルルル」と鳴きます。

高冷地に生息しているので、作者は、「冷たき脚」という発想になったのでしょう。音色の透明感と小動物の存在感とが、一体になった作品です。

鶏頭《けいとう》の十四五本もありぬべし　正岡《まさおか》子規《しき》

助動詞「べし」は、強意の助動詞「ぬ」の終止形に接続。終止形に活用していて、意味は「推量」。「ありぬべし」で、「きっとあるだろう」という訳になります。

推量の助動詞「べし」に、強意の助動詞「つ」「ぬ」が接続したときは、要注意。

「つべし」「ぬべし」＝「べし」の強め

「キット…ダロウ」「必ズ…ニ違イナイ」の意味になります。

眠る山狸寝入りもありぬべし　茨木《いばらき》和生《かずお》

この梅に牛も初音と鳴きつべし　芭蕉

なんて句もあります。訳は、「狸寝入りもきっとあるだろう」「必ず鳴くに違いない」のようになります。

さて、子規の句に戻りますね。

鶏頭は秋の季語。鶏冠《とさか》のような赤々とした花が目を引きます。この子規の句は、賛否両論、さまざまな解釈がなされています。なぜ、十四、五本なのか、十一、二本ではダメなのか。あるいは、鶏頭じゃなくて、別の花だったらいけないのか。

でも、この句は、やはり、他の植物や数字に置き換えることはできないでしょう。鶏頭の鮮烈な色彩とビロードのような花びら。その存在感と、十四、五本という大づかみな数の把握《はあく》が、「ありぬべし」という強い韻律《いんりつ》と響き合っています。

さらには、子規が病臥《びょうが》生活を過ごしていたことも、考慮すべきではないでしょうか。自分の病身と対照的に、自然のエネルギーを漲《みなぎ》らせている鶏頭の花。緊張した一句のしらべから、作者の貪欲《どんよく》な生命意識まで伝わってくるようです。

【連体形】

梅雨の川こころ置くべき場とてなし　飯田龍太《いいだりゅうた》

助動詞「べき」は、カ行四段活用動詞の「置く」に接続。連体形に活用していて、意味は「適当」。「置くべき」で、「置くのがよい」の意味になります。

梅雨の時期は、とかく気分の沈みがちなもの。濁った川の流れを見つめながら、心の置き場もないと、みずからの身のありようを、いくぶんはかなんでいる心境なのでしょう。

返すべき鍵が小箱に星祭　片山由美子《かたやまゆみこ》

助動詞「べき」は、サ行四段活用動詞の「返す」に接続。連体形に活用していて、意味は「当然」。「返すべき」で、「当然、返すべき」の意味になります。

季語は「星祭」、七夕の夜ですね。返すべき鍵を、かつての恋人の部屋のものと考えると、飛躍が過ぎるでしょうか。どちらにせよ、ロマンチックな

イメージを連想させる作品です。

助動詞
推量

5

打消推量の助動詞「じ」「まじ」

「じ」の意味・活用・接続

推量系の助動詞の学習も、後半になってきました。今回は、「じ」「まじ」の学習です。

助動詞「じ」の意味は、二つあります。「打消推量」と「打消意志」です。推量の助動詞「む」の意味を打ち消したものが、「じ」であると考えてください。

①打消推量　…ナイダロウ、…マイ

馬方は知らじ時雨《しぐれ》の大井川　芭《ば》蕉《しょう》

「馬方は知らじ」で、「馬方は知らないだろう」という打消推量の訳になります。

②打消意志　…スルツモリハナイ、…マイ

鶏頭の芽を踏まじ鶏頭の芽を踏まじ　岸本《きしもと》尚《なお》毅《き》

「芽を踏まじ」で、「芽を踏まないつもりだ」という打消意志の訳になります。リズムが普通の句とは異なっていますね。

「じ」の意味の判別方法としては、一人称主語のときは、②の「打消意志」の意味に、二人称・三人称主語のときは、①の「打消推量」になる場合が多いです。しかし、これは、あくまで基本ということで、絶対的な基準ではありません。ケースバイケースで判断することが必要です。

助動詞「じ」は、形が変化しません。全部「じ」です。

「じ」の活用

●○・○・じ・じ・じ・○

「じ」の接続は、「未然形」接続です。

たとえば、四段活用「知る」ならば「知らじ」、下二段活用「越ゆ」だったら「越えじ」となります。

「じ」の例句と鑑賞

【終止形】

神棚の灯は怠らじ蚕時　蕪村《ぶそん》

打消推量の助動詞「じ」の終止形は、ラ行四段活用動詞「怠る」の未然形に接続しています。「怠らじ」で、「怠ることはないだろう」という意味になります。

季語「蚕時」は、春。養蚕の蚕の食べ盛りの時期。十日ほど、忙しい日が続きます。

蚕部屋の神棚に、灯明があかあかと灯《とも》っている。無事、お蚕さまが育ってくれることを祈っている農家の人々の気持ちが表れています。

冬に負けじ割りてはくらふ獄の飯　秋元不死男《あきもとふじお》

打消意志の助動詞「じ」の終止形は、カ行下二段活用動詞「負く」の未然形に接続しています。「負けじ」で、「負けるつもりはない」という意味になります。

季語は「冬」。秋元不死男は、戦時中、思想犯として検挙拘留されていました。

冬になり、獄舎で出てくるご飯が寒さのあまり、かちんかちんに凍ってしまった。その飯の塊《かたまり》を割りながら、食べている。冬の寒さに負けるものか。自分の冤罪《えんざい》を信じ、逆境に耐えている作者の心情が、「負けじ」の「じ」に表れています。

「まじ」の意味・活用・接続

助動詞「まじ」は、「べし」を打ち消したもの。辞書によって、多少の異同はありますが、次の四つに分類されます。俳句の中では、ほとんど用例の見つからないものもあります。

①打消推量　キット…ナイダロウ、…ナイニチガイナイ、…ハズガナイ、…マイ

春鴉《はるがらす》野に悪声は嘆くまじ　河《こう》野《の》南《なん》畦《けい》

「嘆くまじ」で、「嘆くことはないだろう」という打消推量の訳になります。

②打消意志　決シテ…ナイツモリデアル、…スル気ハナイ、…マイ

原爆許すまじ蟹《かに》かつかつと瓦礫《がれき》あゆむ　金《かね》子《こ》兜《とう》太《た》

「許すまじ」で、「決して許さないつもりである」という打消意志の訳になります。

③不適当な事態　…テハナラナイ、…ナイホウガヨイ

踏むまじき沙羅の落花のひとつふたつ　日《ひ》野《の》草《そう》城《じょう》

「踏むまじき」で、「踏んではならない」「踏むべきではない」という不適当な事態の訳になります。

④不可能の推量　…デキソウニナイ

助動詞「まじ」は形容詞型で活用します。助動詞が下に接続しやすいように「カリ活用型」に変化したものも、連用形と連体形にあります。

「まじ」の活用

●○・まじく・まじ・まじき・まじけれ・○

●○・まじかり・○・まじかる・○・○

「まじ」の接続は、要注意です。通常は「終止形」接続ですが、ラ行変格活用型には、「連体形」に接続します。

要するに、「まじ」の上には、ウ段音が来るということです。四段活用「書く」だったら「書くまじ」。下二段活用「越ゆ」だったら「越ゆまじ」。ラ行変格活用「あり」だったら「あるまじ」です。

ところが、この「まじ」の接続について、著名な俳人も間違いを犯しています。

有名な句では、高浜虚子《たかはまきょし》の、

歌留多《かるた》とる皆美しく負けまじく

でしょう。この句の動詞「負け」はカ行下二段活用。活用は「け・け・く・くる・くれ・けよ」ですね。したがって終止形「負く」にして、「負くまじく」としなければいけません。

白地着ていましばらくを老いまじく　中尾寿美子《なかおすみこ》

「老い」というのは要注意動詞。ヤ行上二段活用動詞は「老《お》ゆ」「悔《く》ゆ」「報《むく》ゆ」と、セットにして覚えるんでしたね（48ページ参照）。

ヤ行上二段活用の「老ゆ」は「い・い・ゆ・ゆる・ゆれ・いよ」と変化します。したがって、終止形にして、「老ゆまじく」としなければなりません。

「まじ」の例句と鑑賞

【連用形】

美しく残れる雪を踏むまじく　高浜虚子

打消意志の助動詞「まじ」の連用形「まじく」は、マ行四段活用動詞「踏む」の終止形に接続しています。「踏むまじく」で、「決して、踏むつもりはない」の意味になります。

「残雪」は、春になってもまだ残っている雪。汚れることなく、真っ白なまま残っている雪を目にした思いを表しています。

なお、「残れる」の「る」は存続の助動詞「り」の連体形。「サ未四已＝サミシイ」に接続するんでしたね（116ページ参照）。「残れ」は、ラ行四段活用の已然《いぜん》形ですよ。

【終止形】

優曇華《うどんげ》やしづかなる代は復《また》と来まじ　中村草田男《なかむらくさたお》

打消推量の助動詞「まじ」の終止形は、カ行変格活用の「来」の終止形に接続しています。「来《く》まじ」で、「来ないに違いない」の訳になります。

「優曇華」は草蜉蝣《くさかげろう》の卵のこと。夏の季語です。何本かの細い糸の先に、小さな卵がついています。優曇華の季語が、ものしずかさを感じさせますが、切れの「や」以降は、対照的に、不穏な時代の到来を叙述しています。抑圧された思いを、率直に表明することが許されない世相への屈折した感情が、静けさの中に表現されています。

あせるまじ冬木を切れば芯《しん》の紅　香西照雄《こうざいてるお》

打消意志の助動詞「まじ」の終止形は、ラ行四段活用「あせる」の終止形に接続しています。「あせるまじ」で、「あせる気はない」の意味になります。

寒さの中に、力強く立っている冬木。その太い幹を切り倒してみると、中心に、紅色の色素がにじんでいたのです。木というのは、春、花が咲く前、枝や樹皮に、花の色を潜ませているらしいですね。冬の間から、開花の準備をして、じっと、堪《た》えているんです。

もちろん、作者は、そのようなことを、理屈として感じているのではない。切り倒した木の芯に浮かび上がった色彩に心打たれると同時に、ともすれば、焦燥感《しょうそう》にかられがちな自分自身へ自戒の思いを深めたのでしょう。

【連体形】

鶯《うぐいす》や雨やむまじき旅ごろも　水原秋櫻子《みずはらしゅうおうし》

打消推量の助動詞「まじ」の連体形「まじき」は、マ行四段活用動詞「やむ」の終止形に接続。「やむまじき」で、「やみそうにない」の意味になります。

鶯が鳴いている旅路。雨が降っています。春の雨ですから、濡《ぬ》れても、身体が震えるような寒さにはならない。しかしながら、しばらくの間、やむ気配はありません。

助動詞
推量
6

推量の助動詞「めり」「なり」「らし」と「まし」

「めり」＝視覚推定と「なり」＝聴覚推定

今回は、推量系の助動詞で、まだ学習していないものを、まとめてやりましょう。推定関係のものが中心になります。

「推量」と「推定」とは、どう違うのか。

「推定」の「定」という字は、訓読みすると、「定める」ですよね。つまり、「…だろう」という気持ちが、「推量」より強いのが「推定」です。

「めり」「なり」「らし」が、推定の助動詞。「めり」「なり」は、まとめて覚えると、便利です。

●「めり」＝視覚による推定

●「なり」＝聴覚による推定

これが基本になります。

たとえば、「花咲くめり」という用法。これは、目の前に樹が見えていて、それが根拠になって、自分には花が咲くように思われる。咲くようだと、推定する意味になります。

一方、「鳥鳴くなり」というと、何かの鳴き声が聞こえている。その声を聞くことによって、ああ、あれは、鳥が鳴いているのだろう、鳴くようだ、という意味になるんですね。

◆「めり」の意味

①**推定**　…ノヨウダ、…ニミエル＝視覚による推定

②**婉曲**《えんきょく》　…ノヨウダ

◆「なり」の意味

①**推定**　…ノヨウダ、…ラシイ＝聴覚による推定

②**伝聞**　…トイウ、…ソウダ、…ト聞イテイル

俳句実作の場合、「めり」＝「婉曲」、「なり」＝「伝聞」という用法は、ほとんど見られませんので、「めり」＝「視覚推定」、「なり」＝「聴覚推定」と覚えてもらって大丈夫だと思います。

接続は、「めり」「なり」ともに、活用語の終止

形接続。ただし、ラ変型活用の語には、連体形接続。要するに、「ウ段音」が上に来るわけです。
　活用は、ラ変型です。

●○・めり・めり・める・めれ・○
●○・なり・なり・なる・なれ・○

「めり」「なり」の例句と鑑賞

「めり」の例句を鑑賞してみましょう。

【終止形】

玉霰《たまあられ》夜たかは月に帰るめり　一茶《いっさ》

　視覚推定の助動詞「めり」の終止形は、ラ行四段活用動詞「帰る」の終止形に接続しています。「帰るめり」で、「帰るようだ」の意味になります。
　「玉霰」は霰の美称で、冬の季語。霰は、雨滴が凍って、粒になってぱらぱらと降ってくるものですよね。夜鷹《よたか》というのは、江戸時代、道ばたに茣蓙《ござ》を敷き、客引きをしていた娼婦《しょうふ》のこと。霰を浴びながら、とぼとぼと歩いている夜鷹の姿を、月の世界へ帰るようだと想像を膨らませている。虐《しいた》げられた環境にある女性を浄化し、あたたかい眼差《まなざ》しを注いでいる。一茶らしい作品です。
　続いて、「なり」の例句を見てみましょう。

【終止形】

日盛《ひざか》りに蝶のふれ合ふ音すなり　松瀬青々《まつせせいせい》

　聴覚推定の助動詞「なり」の終止形は、サ行変格活用動詞「す」の終止形に接続しています。「すなり」で、「するようだ」の意味になります。
　季語は「日盛り」で夏。かんかんと照りつける空。作者の耳には、何か、ぱさっと触れ合うような音が聞こえた。その瞬時の感覚を一句に結実。振り返ったときには、二匹の蝶は離れ離れになり、空に消えつつあったのか。あるいは、もう影すら見えなかったのかもしれません。

【連体形】

筒鳥を幽《かす》かにすなる木のふかさ　水原《みずはら》秋櫻子《しゅうおうし》

聴覚推定の助動詞「なり」の連体形「なる」は、サ行変格活用動詞「す」の終止形に接続しています。「すなる」で、「するような」の意味になります。季語は「筒鳥」で夏。ホトトギス科の夏鳥です。ポポポポという声で鳴きます。その声が、さらに、幽かになって、耳をそばだてなければ聞こえない。でも、確かに筒鳥であろう。いくえにも重なった木々が、筒鳥の声を玄妙にしています。

「らし」と「らしい」は微妙に違う

次は、推定の助動詞「らし」について説明します。意味・接続・活用は次の通りです。

◆「らし」の意味

根拠のある推定　…ラシイ

◆「らし」の接続

活用語の終止形接続。ただし、ラ変型活用の語には連体形接続。

◆「らし」の活用

●○・○・らし・らし・らし・○

覚えるのは、簡単ですよね。

「らし」で注意しなくてはいけないのは「接続」です。「めり」「なり」同様、要するに、活用語の「ウ段音」に続くわけです。ナ行変格活用動詞「死ぬ」だったら、「死ぬ（終止形）＋らし」（27ページ参照）。ラ行変格活用の「あり」だったら「ある（連体形）＋らし」（34ページ参照）ですよね。

ただ、この「らし」には、次のような作例もあるんです。

夫婦らし酸漿市《ほおずきいち》の戻りらし　高浜《たかはま》虚子《きょし》

この場合、「夫婦」「戻り」は、名詞（体言）です。活用語の終止形接続には、なっていません。

ここからが、すこし、ややこしいのですが、文語の助動詞「らし」は、中世、つまり、鎌倉・室町時代になって、いったん消滅してしまったんです。そのあと、江戸中期になって、現代語につながる助動詞「らしい」が出てきた。「らし」と「らしい」の間には、歴史の流れの中で、いったん断絶があるんです。

現代語の「らしい」は、体言に接続します。どうも、「名詞＋らし」は、それと混用されている可能性がある。だから、厳密にいうと、不安定な用法なんですが、俳句の場合、かなり作例があります。

助炭《じょたん》の絵どうやら田舎源氏らし　阿波野青畝《あわのせいほ》
日輝きはつしとかかる鶫《つぐみ》らし　星野立子《ほしのたつこ》
キャンプ出て月に髪梳《す》く少女らし　岡田日郎《おかだにちお》

「らし」の文語文法としての用法は、用言の終止形（ラ変は連体形）接続ですが、破格表現として、体言接続のケースもあるというくらいで、おさえておいてください。

「らし」の例句と鑑賞

【終止形】

月の出や印南野《いなみの》に苗《なえ》余るらし　永田耕衣《ながたこうい》

根拠のある推定の助動詞「らし」の終止形は、ラ行四段活用動詞「余る」の終止形に接続。「余るらし」で、「余るらしい」の意味になります。

季語は「余《あま》り苗」で夏。「捨て苗」ともいいます。田植えのとき、使わなかった余分の苗のこと。ちょうど、月が上ってくるころ、兵庫県印南野の植田の周りには、余った苗が、何束も捨ててあるらしい。推量でなく、推定になっているのは、印南野が、作者が慣れ親しんでいる地元だからではないでしょうか。月明かりは見えている。しかし、余り苗は、作者のこころの中で、明確な映像を結んでいます。

夏来るらし貝がらのストラップ　黛《まゆずみ》まどか

根拠のある推定の助動詞「らし」の終止形は、

ラ行四段活用動詞「来《きた》る」の終止形に接続。この「来《きた》る」は、カ行変格活用の「来《く》」とは、別ですからね。カ変の「来《く》」は、

●こ・き・く・くる・くれ・こ（こよ）

と活用しますが（32ページ参照）、ラ行四段活用「来《きた》る」は、「来」の部分が語幹で、

●ら・り・る・る・れ・れ

推定の助動詞「らし」の接続は活用語のウ段音に接続のはず!?
破格表現
名詞(体言)+らし
体言接続のケースもあり!
夫帰らし
戻りらし
田舎源氏らし
鵺らし
少女らし

と活用します。「夏が来るらしい」という意味ですね。

根拠のある推定になっているのは、周囲の景色が、あきらかに夏めいてきているからでしょう。携帯電話のストラップは小さな貝殻。みずみずしい作品だと思います。

「まし」＝反実仮想であるけれど…

推量系の助動詞の最後は「まし」です。意味は、いくつかあります。

◆「まし」の意味

①**反実仮想**　モシ…デアッタラ、…デアルダロウニ

②**悔恨《かいこん》や希望**　…デアレバヨイノニ

③**ためらい・不安の念**　…シヨウカシラ

④**単なる推量・意志**　…ダロウ

①の反実仮想というのは、馴染《なじ》みのない言葉だと思いますが、事実と反対のことを仮に想定してみて推量するという意味。有名な例として、『伊勢物語』の中に出てくる、

世の中にたえて桜のなかりせば
春のこころはのどけからまし

という和歌があります。

「たえて」は、現代語の「絶えて」「耐えて」とは異なり、「まったく」の意。「たえて…なかり」で、「まったくない」の訳になります。「せ」は過去の助動詞「き」の未然形（１０６ページ参照）。前半、つなげて訳すと、「この世の中にまったく桜がなかったならば……」という意味になります。

でも、現実の世界には、桜というものは存在していますよね。だから、この前半部分は、「事実と反する内容の仮想」なんです。その結果、「春のこころはのどけからまし」ということが推量されます。「のどけから」は形容詞ク活用の未然形（66～68ページ参照）。「まし」が反実仮想の助動詞。「春のこころは、のどかであっただろうに」という訳。実際には、桜が咲くと、気もそぞろになり、こころが落ち着かないんですよね。

ただ、この反実仮想という用法は、内容的に、とても五七五の中には収まりきれない。だから、「みそひともじ」の世界では用いられても、俳句では、まず、使われません。②～④も、あまりよい例句が見当たりません。

◆「まし」の接続

活用語の未然形接続。

◆「まし」の活用

●（ませ）ましか・○・まし・まし・ましか・○

「まし」は、俳句においては、あまり馴染みがありませんが、記憶の隅っこに留めておいてくださいね。

第五章

助動詞～断定・その他

助動詞
断定・その他

1 断定の助動詞「なり」「たり」

「なり」の意味・接続・活用

今回は、断定の助動詞「なり」「たり」について学習します。まずは、「なり」からです。

「なり」は、「に」（助詞）＋「あり」（ラ変動詞）が音韻《おんいん》変化したもの。

「ni」＋「ari」→「nari」

「ni」の「i」が脱落して、「なり」になっています。

「なり」の意味は、二種類です。

①断定　…デアル、…ダ

②所在　…ニアル、…ニイル

この二つがどう異なるのか。具体例で説明しましょう。

①無月なる動物園の鳥獣《とりけもの》　川崎展宏《かわさきてんこう》

②高尾なる雲の渦見ゆ栗の花　水原秋櫻子《みずはらしゅうおうし》

両方とも、体言に続く形（連体形）になっていますが、①のほうは、「無月である動物園」と訳します。「動物園」が、「無月」の状態であることを、断定的に表現しているのです。

ところが、②のほうは、「高尾である雲」と訳してしまうと意味がわかりません。これは「高尾にある雲」という所在表現になります。

断定の「なり」の接続は、体言や活用語の連体形。それ以外、副詞・助詞などに続くこともあるのですが、一応、体言や連体形と覚えておいてください。

ここで気をつけておかなければならないのが、前回で学習した聴覚推定「なり」です。

ⓐすなり

ⓑするなり

という表現は、意味が異なるのです。確認してみましょう。

ⓐ「すなり」の「なり」の上に来ているのは、

サ行変格活用動詞「す」の終止形です。「す」の活用は、大丈夫でしょうね。
●せ・し・す・する・すれ・せよ
ですよ。終止形接続「なり」は、聴覚推定の助動詞。したがって、「すなり」の訳は、「するようだ」になります。

ⓑ「するなり」は、どうなりますか。「なり」の上に来ているのは、サ行変格活用動詞「す」の連体形「する」。したがって、この「なり」は断定の助動詞。「するなり」の訳は、「するのである」です。

　これは古典文法の常識なんですが、俳句では、どうも、ときどき、混用しているとしか思えない例があるんです。
●終止形＋なり＝伝聞・推定
●連体形（体言）＋なり＝断定・所在
ですからね。みなさんは、間違えないでくださいね。

　断定の「なり」の活用のしかたは、形容動詞「ナリ活用型」（79ページ参照）。
●なら・なり／に・なり・なる・なれ・なれ
　連用形の「に」は、その下に「在り」の意味を表す用言を伴い、「に…あり」（デ…アル）、「に…侍《はべ》り」（デ…ゴザイマス）、「に…候ふ」（デ…ゴザイマス）などと用いる場合が多いのです。

　あるいは、「にや…あらむ」（デ…アルノダロウカ）の用言部分が省略され、「にや」だけで用いられることがあります。「にや」の「や」は疑問の意味をもつ助詞です。

雲と隔つ友にや雁《かり》の生わかれ　芭蕉《ばしょう》

これは文脈上、「にや」のあとに、「あらむ」の省略があり、意味としては、「雲と隔つ友にやあらむ」＝「雲ト隔ツ友デアルノダロウカ」と訳さなければならないのです。

いずれにしても、注意すべき点は、断定の助動詞「なり」の連用形「に」は、そのまま、「ニ」と訳してはいけない。「デ」と訳さなければなりません。

「なり」の例句と鑑賞

では、例句鑑賞に移りましょう。

【未然形】

尻立てて蜷《にな》の歩みし道ならむ　大石悦子《おおいしえつこ》

断定の助動詞「なり」の未然形は、体言「道」に接続。「道ならむ」で、「道なのだろう」の意味になります。「ならむ」の「む」は、推量の助動詞ですよ。

「蜷」は、小さな巻き貝。春になると水辺を這《は》い回ります。蜷の通ったあとを、「蜷の道」と呼びます。目の前には、蜷の影はなく、道筋だけが残されています。

【連用形】

外套《がいとう》の裏は緋《ひ》なりき明治の雪　山口青邨《やまぐちせいそん》

断定の助動詞「なり」の連用形は、体言「緋」に接続。「なりき」の「き」は過去の助動詞。「緋なりき」で、「緋であった」の意味になります。

「外套」は、冬の防寒具。この句の鑑賞で気をつけておかなければならないのは、過去の助動詞「き」です（104ページ参照）。現在、作者は、外套を羽織《はお》っているのではない。こころの中、雪にはためいている外套の記憶が、あざやかに、蘇ってくるのです。

古家のキ、キ、と鳴るにや籐椅子《とういす》鳴るにや　高浜虚子《たかはまきょし》

断定の助動詞「なり」の連用形は、ラ行四段活

用動詞「鳴る」の連体形に接続。「にや」の「や」は疑問の意の助詞。そのあとに、「あらむ」が省略された形。「鳴るにや」は、「鳴るのであろうか」の意味になります。

「籐椅子」は、籐の茎などを編んでつくった椅子。見た目も肌触りも涼しげで、夏の季語です。この句は、リズムが破調《はちょう》ですね。「フルイエノ／キキキトナルニヤ／トウイスナルニヤ」。著しい字余りになっています。籐椅子にもたれかかったところ、キキキキと音がしたんです。普請の古くなった家が音を立てたのか、籐椅子が軋《きし》んでいるのか。とぼけた俳味がただよう作品です。

【終止形】

はるかより躍《おど》り来るなり簗《やな》の水　岡田《おかだ》耿陽《こうよう》

断定の助動詞「なり」の終止形は、カ行変格活用動詞「来《く》」の連体形「来る」に接続。「来るなり」で「来るのである」の意味になります。

「簗」は、川で鮎《あゆ》などの魚をとるための仕掛け。夏の季語です。勢いよく、簗へ流れ込んでくる清流が目に見えますね。

【連体形】

開きたる傘の内なる卯浪《うなみ》かな　波多野《はたの》爽波《そうは》

所在の助動詞「なり」の連体形は、体言「内」に接続。「内なる」で「内にある」の意味になります。「開きたる」の「たる」は、完了・存続の助動詞「たり」の連体形ですよね（118ページ参照）。

「卯波（卯浪）」は、卯月つまり旧暦四月ごろ、海上に立つ波。夏の季語です。

この句は、一句のことば全体が、「卯浪」にかかっていくような構造になっています。

傘の真下に卯波が寄せているというのは、特殊な状況。おそらく波打ち際の岩場を歩いているのでしょう。省略を利かせ、「卯浪かな」の結びの部分で、景の広がりを想像させています。

【已然形《いぜんけい》】

いと古《ふ》りし毛布なれども手離さず　松本《まつもと》たかし

断定の助動詞「なり」の已然形は、体言「毛布」

に接続。「毛布なれども」で、「毛布であるけれども」の意味になります。

「いと」は副詞で、程度が甚《はなは》だしい意。「たいへん」「とても」などと訳します。「古りし」の「し」は過去の助動詞「き」の連体形。「いと古りし」で、「たいへん古くなった」と訳します。

「毛布」は冬の季語。長年、愛用している毛布への思いを、しみじみと詠《よ》んだ作品です。

「たり」の意味・接続・活用

断定の助動詞「たり」も、「なり」と同様、音韻変化によって、成立したものです。

「と」（助詞）＋「あり」（ラ変動詞）→「たり」

「to」＋「ari」→「tari」

「to」の「o」が脱落して、「あり」と融合した形です。

意味は断定のみ。
●断定　…デアル、…ダ
接続は、体言（名詞）に接続。さて、ここで、またまた問題です。

ⓐ桜花たり

ⓑ咲きたり
この二つは、どのように、訳し分けたらいいでしょうか。
ⓐは、いま学習したばかり。助動詞「たり」の上に、「桜花」という名詞（＝体言）が来ているので、断定の助動詞になります。「桜花である」という訳ですよね。
ⓑは、復習です。ⓑの「たり」の上には、カ行

四段活用動詞「咲く」の連用形が来ています。連用形接続の「たり」は、完了・存続の助動詞。したがって、「咲きたり」は、「咲いてしまった」「咲いている」のどちらかになります。

●体言＋たり＝断定の助動詞

●連用形＋たり＝完了・存続の助動詞

違いを、ハッキリと頭の中に、叩《たた》き込んでおきましょう。

活用は、形容動詞「タリ活用型」です。

●たら・たり／と・たり・たる・たれ・たれ

「たり」の例句と鑑賞

【未然形】

悪女たらむ氷ことごとく割り歩む　山田《やまだ》みづえ

断定の助動詞「たり」の未然形は、体言「悪女」に接続。「たらむ」の「む」は、意志の助動詞。「悪女たらむ」は、「(私は)悪女であるつもりだ」の意味になります。

この悪女願望は、いささか屈折した感情表現のようです。道に張っている氷を、踏み割りながら歩いている。なにか自暴自棄になることがあったのでしょう。そこから、上五《かみご》の表現へ戻ってみると、「悪女」になろうとしてもなりきれない、作者の苛立《いらだ》ちやかなしみが伝わってきます。

【連用形】

野遊びの皆伏し彼等兵たりき　西東三鬼《さいとうさんき》

断定の助動詞「たり」の連用形は、体言「兵」に接続。「たりき」の「き」は、過去の助動詞の終止形。「兵たりき」で「兵であった」の意味になります。

「野遊び」は、春の季語。花や草を摘《つ》んだり、お弁当を食べたり、のどかなイメージで用いられることが多いのですが、三鬼は、戦争ごっこという場面を設定しています。「兵たりき」の「き」は、直接経験過去の助動詞(104ページ参照)。自分の少年時代を思い出している句です。ほろ苦く、シニカルな批判の目を感じさせる句です。

以下、例句のみあげておきます。

【終止形】

枯山にすつぽりと入り女たり

岩永《いわなが》佐保《さほ》

【連体形】

生涯を妻たるを得ず夏暖簾《のれん》

鈴木《すずき》真砂女《まさじょ》

【命令形】

母長寿たれ家裾に冬の草

大野《おおの》林火《りんか》

助動詞
断定・その他
2

希望の助動詞「たし」「まほし」・比況の助動詞「ごとし」

「たし」の意味・活用・接続

今回の講座で、助動詞の学習は終了となります。残るは、「たし」「まほし」「ごとし」です。

「たし」は、現代語「たい」につながる助動詞です。辞書を見ると、「自己への願望」「他への希望」なんて書いてありますが、要するに、「希望」とひとくくりにして覚えてもらって、支障ありません。

◆「たし」の意味

希望　…タイ

「たし」の活用は、形容詞ク活用型（66ページ参照）。

●（たく）・たく・たし・たき・たけれ・○
●たから・たかり・○・たかる・○・○

右側の活用型の未然形「たく」は、「たく…は」で、「…タイナラ」という意味で用いることがあります。しかし、俳句ではあまり用例がありません。

左側のカリ活用型は、「たく」＋「あり」＝「たかり」に音韻《おんいん》変化したもの。たとえば「たかりけり」などのように、助動詞が後に続きやすい形です。

◆「たし」の接続

活用語の連用形接続。四段活用動詞「行く」だったら「行きたし」。ラ行変格活用「あり」だったら「ありたし」と接続します。

「たし」の例句と鑑賞

【連用形】

葛《くず》の花くらく死にたく死にがたく　渡辺《わたなべ》白泉《はくせん》

希望の助動詞「たし」の連用形は、ナ行変格活用動詞「死ぬ」の連用形に接続。訳は「死にたく」でいいですね。

「葛の花」は、秋の季語。紫色をしています。「葛の花」の後には切れがありますが、「くらく」は、上下に微妙につながって、花の暗さと心情の翳《かげ》りとが重なり合うような構造になっています。
気持ちが滅入って、いっそのこと死んでしまえば……と思うことはあっても、実際に行動に移すことは、なかなかできないもの。ちなみに、「死にがたく」の「たく」は、希望の助動詞ではなく、形容詞「難く」の活用語尾です。念のため。

【終止形】

菫《すみれ》程《ほど》な小さき人に生れたし　夏目《なつめ》漱石《そうせき》

希望の助動詞「たし」の終止形は、ラ行下二段活用動詞「生る」の連用形に接続。「生れたし」で、「生れたい」の意味になります。
「菫」は、春の草花。白や紫など可憐《かれん》な趣《おもむき》を漂わせています。『こころ』『それから』など、晩年、シリアスな恋愛小説を書いた漱石ですが、この作品はメルヘンチックですね。上五《かみご》部分が、「スミレホドナ」という一音字余りになっていますが、つぶやきをさり気なく一句にしたようで、気持ちがこもっています。

【連体形】

虫干《むしぼし》や子規《しき》に聞きたき事ひとつ　大峯《おおみね》あきら

希望の助動詞「たし」の連体形は、カ行四段活用動詞「聞く」の連用形に接続。「聞きたき」で、「聞きたい」の意味になります。
「虫干」は、夏の季語。土用のころ、衣類や書物を虫・黴《かび》除けのため、陰干しにして風を入れること。
ここでは、蔵書の虫干でしょう。正岡子規《まさおかしき》は、言うまでもなく、明治時代、俳句の革新運動をしたことで有名。作者が子規に尋ねたかったのは、「写生」についてなのか、「俳句への思い」についてなのか。さまざまな連想を誘う作品です。

「まほし」の意味・活用・接続

「まほし」の意味は、「自己の動作の実現の希望」「事態の実現の希望」とありますが、作句の場合、両者を併《あわ》せて、「希望」で支障はないでしょう。

◆「まほし」の意味

希望　…タイ

「まほし」の活用は形容詞シク活用型です。

●（まほしく）・まほしく・まほし・まほしき・まほしけれ・○

●まほしから・まほしかり・○・まほしかる・○・○

右側の活用型の未然形「まほしく」も、「たし」の未然形「たく」同様、「まほしく…は」＝「…タイナラ」と使われる場合がありますが、俳句では、音数の関係か、まず用いません。

◆「まほし」の接続

活用語の未然形接続。上一段活用動詞「見る」だったら「見まほし」。四段活用「聞く」だったら「聞かまほし」になります。

「まほし」の例句と鑑賞

【終止形】

香水に孤高の香りあらまほし　高浜虚子《たかはまきょし》

希望の助動詞「まほし」の終止形は、ラ行変格活用動詞「あり」の未然形に接続。「あらまほし」で、「ありたい」の意味になります。

「香水」は、夏の季語。上等で気品のある香りのものはいいのですが、どうも、周りに不快感を与えるような強烈な匂《にお》いを撒《ま》き散らしている人もいます。

「あらまほし」は、希望表現なので、実際にその場で使われている香水は、そんなに気分がよくなる代物《しろもの》ではない。軽く揶揄《やゆ》する気持ちを裏に潜ませているのではないでしょうか。

「ごとし」の意味・活用・接続

いよいよ助動詞学習のトリ、「ごとし」になります。「ごとし」には、いくつかの意味があります。

◆「ごとし」の意味

①比況　…（マルデ）…ヨウダ、…ミタイダ、…ニ似テイル

②同等　…ト同ジデアル、…ノトオリダ

③例示　タトエバ…ノヨウダ

①「比況」とは、一般的に「比喩《ひゆ》」と呼ばれている用法です。「雪のごとく白し」という「白し」という状態を、「雪」という具体的なモノの性質の一部によって、喩《たと》えているんですね。これは問題ないでしょう。

②の「同等」とは、たとえば「つひに本意のごとく逢《あ》ひにけり」（『伊勢物語』）＝「とうとう、もとからの願いのとおりに結婚したのだった」のように、「本意」＝「逢ふこと（結婚すること）」の関係になっているもののこと。

また、③の「例示」とは、たとえば「往生要集のごとき抄物を入れたり」（『方丈記』）＝「往生要集のような抜き書きを入れてある」のような意味になるもの。すなわち、『往生要集』とは、「抄物」の中の一部、一種になるという場合です。

このように、辞書の上では三種類の意味に分類されていますが、さて、実際の例句を調べてみると、俳句では①「比況（比喩）」の意味で使用されているケースがほとんどです。

したがって、俳句実作や鑑賞において、「ごとし」は「比況」の助動詞と覚えておいて、大きな問題はなさそうです。

「ごとし」の活用は形容詞ク活用型です。

●（ごとく）・ごとく・ごとし・ごとき・○・○

未然形には、「ごとく…は」＝「…ノヨウデアルナラ」という用法があるのですが、これも、俳句ではまず出てくることはありません。

なお、助動詞「ごとし」には、語幹「ごと」だけで、連用形「ごとく」、終止形「ごとし」と、

同じ意味で用いることがあります。

ぶら下るごと月かゝり道凍《い》てぬ　星野立子《ほしのたつこ》

◆「ごとし」の接続

活用語の連体形接続。助詞「の」「が」などにも接続します。たとえば、ラ変動詞だったら、「あるごとし」。助詞だったら、「…思ひのごとし」「…笑ふがごとし」などとなります。

「ごとし」の例句と鑑賞

【連用形】

凍滝《いてだき》の膝《ひざ》折るごとく崩れけり　上田五千石《うえだごせんごく》

比況の助動詞「ごとし」の連用形は、ラ行四段活用動詞「折る」の連体形に接続。「膝折るごとく」で、「膝を折るように」の意味になります。

「凍滝」は、冬、水が凍りついた滝のこと。寒さがいくぶん緩《ゆる》んだのでしょうか。氷塊《ひょうかい》の一部が、大きな音を立てながら崩れた。そのさまを、作者は膝を折るようであると喩えたのです。

【終止形】

冬の暮灯《と》もさねば世に無きごとし　野見山朱鳥《のみやまあすか》

比況の助動詞「ごとし」の終止形は、形容詞ク活用「無し」の連体形に接続。「無きごとし」で、「無いようである」の意味になります。「灯もさねば」の「ね」は、打消助動詞「ず」の已然《いぜん》形で、「灯もさないと」の訳（134ページ参照）。

冬の夕方、はやばやと薄暗くなりはじめ、灯をつけなければ、自分自身の存在や、周囲のもろもろのものが消え去ってしまうよう。作者の不安や孤独が表れています。

【連体形】

光る手のごとき貝がら走梅雨《はしりづゆ》　上田日差子《うえだひざし》

比況の助動詞「ごとし」の連体形は、助詞「の」に接続。「光る手のごとき」で、「光る手のような」の意味になります。

「走梅雨」は、五月末、まだ本格的に梅雨が到来していない時期、雨が降ること。

砂浜で拾った貝殻が、光る手のようであった。雨の薄暗さの中、貝殻は、いっそう光を放っているようです。

3 間違えやすい助動詞①

これまで学習した助動詞

長かった助動詞の学習も、やっと一段落つきました。

- 「き」「けり」（104ページ）
- 「つ」「ぬ」（109ページ）
- 「たり」「り」（115ページ）
- 「る」「らる」（121ページ）
- 「す」「さす」「しむ」（128ページ）
- 「ず」（134ページ）
- 「む」「むず」（142ページ）
- 「らむ」「けむ」（154ページ）
- 「べし」（160ページ）
- 「じ」「まじ」（166ページ）
- 「めり」「なり」「らし」「まし」（171ページ）
- 「なり」「たり」（178ページ）
- 「たし」「まほし」「ごとし」（185ページ）

こんなにやりました。助動詞は、「意味・活用・接続」を、ワンセットにして覚えるんでしたね。すぐ、出てくるでしょうか。

たとえば……。

問　助動詞「る」の意味と接続を答えよ。

答　意味…「受身・自発・可能・尊敬」。

接続…「四段・ラ変・ナ変の未然形」。

（「四ラナ未《しらなみ》」と暗記＝（123ページ参照）

それでは……。

問　過去の助動詞「き」の活用を答えよ。

答　せ・○・き・し・しか・○

（106ページ参照）

それから「べし」の意味って、たくさんありましたよね。覚え方がありましたね。

問　助動詞「べし」の意味をすべて答えよ。

答　「推量・意志・可能・当然・命令・適当」。

（「スイカトメテ」と暗記＝160ページ参照）

記憶が曖昧になってしまっている部分もあるだろうと思います。そういうときは、あせらず復習、復習！
前のページを開いて、おさらいをしてください。

間違えやすい助動詞…「ぬ」

復習がひと通り完了して、「大丈夫かな」という状態になったら、今度は知識の整理をしていきます。

助動詞には、形は同じであるけれども、意味が異なるものが、いくつかありました。問題を出してみます。

問　次の傍線部の助動詞の意味と活用形を答えよ。

①短夜の夢にはあらぬ穂高《ほだか》見ゆ　大島民郎《おおしまたみろう》
②牡丹《ぼたん》の芽当麻《たいま》の塔の影とありぬ　水原秋櫻子《みずはらしゅうおうし》

うーん。どう違ったんでしたっけ。「ぬ」の部分だけ、じーっと見ていても、分からないですよ。接続を見てみましょう。

①の場合には、助動詞「ぬ」の上には、「あら」という語が接続しています。

「あら」とはなにか。暗記しておくべき動詞の中にありました。「あり・をり・侍《はべ》り」、ラ行変格活用の動詞「あり」の未然形です（34〜35ページ参照）。

●ら・り・り・る・れ・れ

と語尾が活用するんでした。「あら」を忘れていた人は、さらに動詞の部分まで、さかのぼって、復習する必要がありますね。がんばってください！

さて、次の段階として、未然形に接続する「ぬ」は、なんでしょう。

●○・ず・ず・ぬ・ね・○

の活用中に「ぬ」があります。この「ぬ」は打消の助動詞「ず」の連体形です。

打消の助動詞ですから、「あらぬ」の訳は、「ない」。「短夜の夢にはあらぬ穂高見ゆ」の意味は、「短夜の夢ではない穂高岳が見えている」となります。「短夜」は夏の夜。憧《あこが》れの穂高を眼前にしたときの感銘が表現されているんですね。

一方、②の「ぬ」の上には、ラ行変格活用の「あり」の連用形が接続しています。「あり」の場合は、連用形も終止形も「あり」ですよね。けれども、終止形接続の助動詞「ぬ」というのは、存在しないんです。だから、この「あり」は、必然的に連用形になります。

大変ですが、ひとつひとつ覚えていくしかないのですね。このあたりは、暗記の知識です。連用形に接続する「ぬ」は、完了・強意の助動詞「ぬ」の終止形でした。

●な・に・ぬ・ぬる・ぬれ・ね

したがって、「ありぬ」の訳は、「あった」。「牡丹の芽当麻の塔の影とありぬ」で、「牡丹の芽は、当麻寺の塔の影とともにあった」という意味になります。「牡丹の芽」は、春の季語。奈良の当麻寺は、牡丹で有名。ういういしい牡丹の芽と歴史を経た塔の影が、対照的に描かれている叙景句です。

答 **①打消の助動詞「ず」の連体形**
②完了の助動詞「ぬ」の終止形

＊ポイント【助動詞「ぬ」の識別】

①打消の助動詞「ず」の連体形…活用語の未然形につく。
②完了の助動詞「ぬ」の終止形…活用語の連用形につく。

間違えやすい助動詞…「る」

それでは、第二問目です。

問　次の傍線部の助動詞の意味と活用形を答えよ。

①囮鮎《おとりあゆ》生簀《いけす》を暗くして飼はる　小檜山《こひやま》繁子《しげこ》
②風来る葭切《よしきり》啼《な》ける行手より　山口《やまぐち》誓子《せいし》

①の助動詞「る」の上に接続している語は、「飼は」です。ハ行四段活用の動詞「飼ふ」の未然形です。

●は・ひ・ふ・ふ・へ・へ

と活用するんでしたね。

それでは、「る」はなにか？　冒頭部分で、復習しました。四ラナ未＝「四段・ラ変・ナ変の未然形」に接続する助動詞です。

意味は「受身・自発・可能・尊敬」の四種類。

この句では、文脈上、「飼はる」で、「飼われる」という意味になるので、受身になります。「囮鮎」は、夏の季語。鮎釣りのとき、囮としてい用います。生簀にはたくさんの囮鮎が飼われていますが、日差しが直接当たらないように、暗くしてあったんでしょう。

それでは、②の「啼ける」の「る」は、なんでしょうか。これは、ちょっと、やっかいですよ。まず、上に接続している動詞「啼け」は、何活用かを考えなければなりません。

動詞の活用は、「暗記すべき語」か、『ず』をつけて未然形で見分ける語」か。この二段階の方法で判別するんでした（64ページ参照）。「啼け」は、各種変格活用（カ変・サ変・ナ変・ラ変）・上一段・下一段、覚えるべき語の中にはありません。だから、四段・上二段・下二段活用のどれかです。

では、「ず」をつけてみましょう。「啼けず」かな？　なんて思ったら、アウトですよ！　現代語で考えてみても、「啼かない」でしょう。古語では「啼かず」。だから、「啼く」はカ行四段活用です。

●か・き・く・く・け・け

ここまで来て、「あ！　そうか」とひらめいた人は、助動詞の学習が定着しています。まだ、頭の中で、ぼんやりもやもやしている人は、復習が必要ですよ。

ヒントを言いましょう。四段活用の已然《いぜん》形に接続する助動詞「る」は、なんだったでしょうか。

サ変未然と四段已然接続＝「サミシイ」。
（116ページ参照）

「サミシイ」という語呂合わせで覚える助動詞があったでしょう。完了・存続の助動詞「り」の連体形ですよ！

●ら・り・り・る・れ・れ

「葭切」は夏の季語。葭原に集まって、鋭い声で鳴く鳥です。今、葭切の声は、風の彼方から聞こえてるのです。だから、「啼ける」は、完了ではなくて存続の意。「啼いている」という意味になります。

答　①受身の助動詞「る」の終止形
②存続の助動詞「り」の連体形

＊ポイント【助動詞「る」の識別】

①受身の助動詞「る」の終止形…四段・ラ変・ナ変動詞の未然形につく。

②存続の助動詞「り」の連体形…サ変動詞の未然形、四段動詞の已然形につく。

間違えやすい助動詞…「に」

もう一問、やってみましょう。

問　次の傍線部の助動詞の意味と活用形を答えよ。

①きびきびと万物寒に入りにけり　富安風生《とみやすふうせい》

②魚城《ぎょじょう》移るにや寒月の波さざら　久米三汀《くめさんてい》

①の助動詞「に」は、比較的簡単。先ほど出てきましたよ。まず、動詞「入り」はラ行四段活用の連用形です。

●ら・り・る・る・れ・れ

連用形接続の「に」は、完了・強意の助動詞「ぬ」の連用形。

●な・に・ぬ・ぬる・ぬれ・ね

ですね。「にけり」という形は、ひとつのパターンとして、覚えてしまいましょう。

「に＋けり」＝完了の助動詞＋詠嘆《えいたん》の助動詞

「…ダッタナア」という意味。「入りにけり」で、「入ったことだなあ」と訳します。「寒の入り」は、新暦でいうと一月五日頃。森羅万象《しんらばんしょう》、すべてのものが、厳しい寒の季節に入ったことを大摑《おおづか》みに表現した句です。

②のほうは、ちょっと難しいでしょうか。「移る」は、ラ行四段活用動詞ですから、

●ら・り・る・る・れ・れ

と活用します。したがって、動詞「移る」は、終止形か連体形のどちらかになります。連体形に接続する助動詞「に」というのは、178ページで学習しました。

●なら・なり／に・なり・なる・なれ・なれ

断定の助動詞「なり」の連用形でした。断定の助動詞「に」は、「で」と訳すのがポイント。疑問の助詞「や」と組み合わせ、「にや」で、「…デアロウカ」という意味になるんでしたね。「移るにや」で、「移るのであろうか」という訳になります。

寒月の光さしわたる水面に起こる一連の波。魚の群が移動しているのですが、それを「魚城」と喩《たと》えたわけです。「ギョジョウウツル」と一音字余りになっていますが、そのことによって質量感を表現している。作者の久米三汀は、この一句によって「魚城の三汀」と称されました。

答　①完了の助動詞「ぬ」の連用形
②断定の助動詞「なり」の連用形

＊ポイント【助動詞「に」の識別】

①完了の助動詞「ぬ」の連用形…活用語の連用形につく。

②断定の助動詞「なり」の連用形…体言や活用語の連体形につく。

間違えやすい助動詞②

間違えやすい助動詞…「なり」

前回の講座の続きで、間違えやすい助動詞について、出題してみます。

問　次の傍線部の助動詞の意味と活用形を答えよ。

①聖地なり牛のにほひも冬蠅《ふゆばえ》も　朝倉和江《あさくらかずえ》

②春闌《た》けてきて鈴を振る音すなり　中田剛《なかたごう》

助動詞は、まず、上に接続する単語に注意します。①では、助動詞「なり」の上に、名詞（体言）「聖地」が接続。体言に接続する「なり」は、断定の助動詞でした（178ページ参照）。

●なら・なり／に・なり・なる・なれ・なれ

この句の場合、上五《かみご》「聖地なり」で意味上切れがあります。言い切る形ですから、この「なり」は終止形です。訳は「聖地である」。

①の句の季語は「冬蠅」。牛を聖なる生き物として崇拝するのはヒンズー教ですね。日本人の感覚としては、牛の匂《にお》いも冬の蠅も、どちらかといえば、非衛生的なイメージを受けますが、ここは、聖地・ガンジス河畔。尊い牛にたかっている冬蠅に、自国に滞在しているときとは異なるいのちを感じ取っているのでしょう。

②の助動詞「なり」の上には、サ行変格活用動詞「す」が接続しています。

●せ・し・す・する・すれ・せよ

と変化するんでした。したがって「す」は終止形。終止形接続の「なり」は、聴覚推定の助動詞でしたね（171ページ参照）。

●○・なり・なり・なる・なれ・○

句末に位置して言い切っているので終止形です。「音すなり」で、「音がするようだ」の意味です。

②の季語は、「春闌く」。春の盛りが過ぎることです。晩春、どこからか鈴らしき音が聞こえてく

る。夕暮れ、薄暗くなりかけてきた田園風景や遍《へん》路道《ろみち》が思い浮かびます。

答　①断定の助動詞「なり」の終止形
②推定の助動詞「なり」の終止形

＊ポイント【助動詞「なり」の識別】
①断定の助動詞「なり」の連用形・終止形…体言または、活用語の連体形につく。
②推定の助動詞「なり」の連用形・終止形…活用語の終止形（ラ変型活用語には連体形）につく。

間違えやすい助動詞…「たり」

もう一問、復習です。

問　次の傍線部の助動詞の意味と活用形を答えよ。
①懐《ふところ》手《で》して宰相の器たり　高浜虚子《たかはまきょし》
②轟《とどろ》きに虹を架けたり那智《なち》の滝　五島高資《ごとうたかとし》

①の助動詞「たり」の上には、「器」という名詞（体言）が接続しているので、断定の助動詞です（182ページ参照）。

●たら・たり／と・たり・たる・たれ・たれ

言い切る形ですから、この「たり」は終止形。「器たり」で、「器である」の意味になります。

「懐手」は、冬の季語。手を懐に入れて、暖めているのですね。句の人物は堂々としていて、いかにも宰相の器に見えます。「たり」の断定表現が、懐手をしている人の風格を彷彿《ほうふつ》させます。

②の助動詞「たり」の上には、動詞「架け」が接続。「架け」に、打消の助動詞「ず」をつけて判別すると、「架けず」となりますよね。したがって、「架け」は、下二段活用動詞（52ページ参照）。

●け・け・く・くる・くれ・けよ

と語尾が変化します。

未然形接続の助動詞「たり」は、ありません。したがって、「架けたり」の「たり」は、連用形に接続する完了・存続の助動詞です（118ページ参照）。文脈上、存続（架けている）の意味になります。「たり」の下は、意味が切れて言い切る形ですので、活用形は終止形となります。

「虹」は、夕立のあとに目にすることが多いので、夏の季語。「那智の滝」は、和歌山県・那智山にある滝。那智川にかかる四十八滝のうち、一の滝と呼ばれ、高さは百三十三メートル。天上から流れ落ちる那智の滝の途中、神々しいばかりに、虹が架かっています。「架かれる（架かっている）」ではなく、「架けたり」という擬人表現になっているところに、御神体である滝のイメージが、活写されています。

答　①断定の助動詞「たり」の終止形
②存続の助動詞「たり」の終止形

＊ポイント【助動詞「たり」の識別】
①断定の助動詞「たり」の終止形…体言につく。
②完了・存続の助動詞「たり」の終止形…活用語の連用形接続。

助動詞の順序

学習のまとめとして、助動詞の配列の問題について、触れておきます。助動詞の並び方には、一定のルールがあります。

たとえば、「あったことだなあ」という意味を表現する場合には、「あり（動詞）＋に（完了の助動詞）＋けり（詠嘆《えいたん》の助動詞）」という順序になります。完了と詠嘆の順番がひっくり返って、「ありけりに」とは、絶対言わない。これは、助動詞が繋《つな》がっていく場合、判断するときの心の動きのパターンにしたがって、配列順が決まっているというルールがあるからです。

日本語の性質として、まず、ある動作・作用が成立している場合、それが、①作為的なものか、自然なものか→②確定的なものか、不確定なものかという順番で判断し↓③そのうえで①②の内容を回想したり、推量したりします。

　とは言っても、これだけじゃ、抽象的すぎて、分からないですよね。
　①の作為か自然かというのは、具体的には、「る」「らる」「す」「さす」「しむ」という、受身・使役系の助動詞を指します。複数の助動詞が、ある動詞に連続して繋がっている場合、まず、この助動詞が最初に来ます。
　②の確定か不確定かというのは、ある動作・作用が確実なものであるか、不確実なものであるかを判断する助動詞です。具体的には、「つ」「ぬ」「たり」「り」「めり」「らし」「まし」「まじ」「べし」「まほし」「ず」など。この助動詞が、①の後に繋がります。
　「つ」「ぬ」「たり」「り」というのは、完了系の助動詞ですよね。完了というのは、ある動作が確定・確認でき、終わってしまっているわけです。

　一方、不確定というのは、希望・伝聞・打消など、広範囲で、確定していない意味の助動詞を含

みます。
　③の回想・推量は、①②の判断を踏まえたうえで、その内容について、記憶をたどるか、推量を行う。具体的には、「き」「けり」「む」「らむ」「けむ」「じ」などの助動詞。
　日本語の助動詞の配列は、①↓②↓③の順になされます。その順番が入れ替わることはありません。

　詳しいことは、大野晋《おおのすすむ》先生の『日本語の文法

を考える』（岩波新書）、「判断の様式」の中に書かれています。興味を持った方は、読んでみてくださいね。

具体例に基づいての文語俳句作り

それでは、具体例に基づいて、助動詞の配列を考えていきましょう。

問　次の俳句の空欄に、括弧《かっこ》内の単語を適切な語順で活用させて、下の現代語訳になるようにしなさい。

①青柿やこの道に師と［　　］
（呼ぶ・しむ・ず）＊現代語…呼ばせない

②いたづらに菊［　　］故郷は
（咲く・らん・つ）＊現代語…きっと咲いているだろう

③［　　］春夕焼を壜《びん》に詰め
（帰る・ぬ・む）＊現代語…必ず、帰るつもりだ

①から考えていきましょう。一文一文、ゆっくり理解しながら、読んでいってくださいね。

「呼ばせない」という現代語訳は、動詞「呼ぶ」に、使役助動詞「せ」と、否定の形容詞「ない」が接続したもの。括弧内にある助動詞「しむ」は使役の助動詞。

●しめ・しめ・しむ・しむる・しむれ・しめよ

これを、まず、四段活用動詞「呼ぶ」に接続させます。「しむ」は未然形接続ですから、「呼ば＋しむ」となります。

次に、打消の助動詞「ず」を繋げるわけですが、「ず」は未然形接続ですので、「しむ」を未然形に。そうすると、「呼ば＋しめ＋ず」となりますね。

答　①青柿やこの道に師と呼ばしめず　石田《いしだ》波郷《はきょう》

②は、ちょっと、むずかしいでしょうか。

「きっと」というのは、現代語では副詞ですが、括弧内に副詞は、ありません。でも、完了の助動詞「つ」には、強意の意味（「きっと…」「必ず…」）がありました（110ページ参照）。

●て・て・つ・つる・つれ・てよ

一方、「…ているだろう」というのは、現在推量。眼前に見えていない現在の事柄を推量する助動詞

は、「らむ（らん）」でした（154ページ参照）。
●○・○・らむ（らん）・らむ（らん）・らめ・○

この両者を組み合わせます。

語順としては、動詞「咲く」のあとに、強意の助動詞「つ」が続きます。「つ」は連用形接続なので、四段活用動詞「咲く」は、「咲き」と変化させ、「咲き＋つ」。これに、現在推量「らん」を繋げるわけですが、「らん」の接続は終止形。したがって、「咲き＋つ＋らん」で、「きっと咲いているだろう」の意味になるわけです。

答　②いたづらに菊咲きつらん故郷は　夏目《なつめ》漱石《そうせき》

③は、どうでしょうか。「必ず」というのも、副詞ですね。その意味に該当する助動詞が、括弧内にあります。強意の「ぬ」です。「ぬ」の活用は、
●な・に・ぬ・ぬる・ぬれ・ね

一方、「…するつもりだ」は、意志の意味。意志の助動詞は、「む」ですね。「む」の活用は、
●○・○・む・む・め・○

語順的には、「ぬ」は、「む」の上に位置するので、まず、四段活用動詞「帰る」に、強意「ぬ」を繋げます。「ぬ」は連用形接続ですので、「帰り＋ぬ」となります。

その下に、意志の「む」を繋げるのですが、「む」は未然形接続。したがって、上に接続する「ぬ」を未然形「な」に変化させる。「帰り＋な＋む」で、「必ず、帰るつもりだ」の意味になります。

答　③帰りなむ春夕焼を壜に詰め　櫂《かい》　未知子《みちこ》

長かった助動詞の学習も、やっと、終わりました。次回からは、助詞の学習に移りたいと思います。

第六章

助詞〜助詞とはなにか・格助詞・副助詞

助詞
助詞とはなにか・格助詞・副助詞

1

助詞とはなにか

助詞の見分け方

いよいよ文法の学習は大詰めを迎えます。「助詞」の学習です。

「助詞」については、本書のはじめに、少しだけ触れました。

助詞＝付属語で活用しない

「付属語」というのは、「単独では意味が通じない言葉」。助動詞・助詞が当てはまるんでした。

助動詞は、活用する。「せ・〇・き・し・しか・〇」のように、形が変化するんですよね。

それに対して、助詞は形が変化しない。たとえば、「が」という助詞は、どこで使われても「が」のままなんですね。

ちょっと、具体例で考えてみましょう。

問　次の句の、助詞をすべて指摘せよ。

①　凩《こがらし》に二日の月のふきちるか　荷兮《かけい》

②白き巨船きたれり春も遠からず　大《おお》野《の》林《りん》火《か》

答　①に・の・の・か　②も

まず、①の句から。最初に、単語ごとに区切っていきましょう。どこで切れますか？

●凩／に／二日／の／月／の／ふきちる／か

「凩」「二日」「月」「ふきちる」は、単独で意味が通じるので**自立語**。「凩」「二日」「月」は**名詞**。「ふきちる」は**動詞**。

残りの「に」「の」「の」「か」は、単独で意味が通じないので**付属語**。四つとも形は変化しませんので、**助詞**になります。

それでは、②の句はどうなりますか。これも、単語に区切っていきます。

●白き／巨船／きたれ／り／春／も／遠から／ず

こちらのほうは、ちょっとむずかしいですね。

自立語は、「白き」「巨船」「きたれ」「春」「遠から」。

付属語は、「り」「も」「ず」です。

自立語「巨船」「春」が**名詞**であることは、説明要《い》りませんよね。「白き」「きたれ」「遠から」は、いずれも**用言**（活用する語）です。言い切りの形（終止形）は、「白し」「きたる」「遠し」です。「し」で言い切る用言は形容詞。したがって、「白き」「遠から」は**形容詞**。「きたれ」は、「きたる」というウ段音で言い切るので**動詞**です。

さて、残ったのは、付属語「り」「も」「ず」です。「り」「ず」は活用しますね。「り」は、四段活用動詞「きたる」の已然《いぜん》形に接続している完了・存続の助動詞。

●ら・り・り・る・れ・れ

と形が変わります。「り」の活用形は終止形です（116ページ参照）。

「ず」は、形容詞ク活用「遠し」の未然形に接続している打消の助動詞。

●○・ず・ず・ぬ・ね・○

●ざら・ざり・○・ざる・ざれ・ざれ

と活用します。「ず」の活用形も終止形（134ページ参照）。

ということで、②の句に含まれている助詞は、「も」だけになります。

現代語と異なる用法の助詞

数の上では、助詞は助動詞以上にあります。ただし、全部覚える必要はありません。

菊の香や奈良に**は古き仏たち**　　芭蕉《ばしょう》

秋、菊の香りが満ちている古都・奈良には、古い仏像がたくさんいらっしゃることよ。

芭蕉の有名な句ですね。この「奈良には」の「に」は、場所を表す。現代語「私は東京都に住んでいます」の「に」と同じです。これくらいは、いちいち学習する必要はありません。

ところが、同じ「に」でも、次のような例になると、事情は変わってきます。

天上も淋《さび》しからんに**燕子花《かきつばた》**　　鈴木六林男《すずきむりお》

この「に」は、現代語の「に」の意味と異なるんです。まず単語ごとに区切っていきます。

●天上／も／淋しから／ん／に／燕子花
「淋しから」は、形容詞ク活用「淋し」の未然形。
「ん」は、推量の助動詞「（む）ん」。
●○・○・む（ん）・む（ん）・め・○
と活用するんでした。（148ページ参照）。「淋しからん」で、「淋しいだろう」の意味。

それでは、「淋しからんに」の「に」はなんなのか。現代語で言うと、「のに」に当てはまる助詞なんです。「私は三時間も待っていたのに、彼女は来てくれなかった」なんていうときの「に」です。これは、逆接の確定条件と言います。

したがって、「天上も淋しからんに」は、「天上も淋しいだろう、それなのに…」という意味。そのあとの「燕子花」との間には、微妙な切れがあります。

カキツバタは、夏、水辺や湿地に咲く、紫や白色の花ですよね。このカキツバタ、空の上に咲いているのではありません。地上に咲いています。だから、「淋しからんに」のあとの「燕子花」は、意味を補って解釈しなければならない。「この淋しい地上には、美しい燕子花が咲いている」の意味になる。現世の寂寥感《せきりょうかん》と、燕子花の美しさを重ね合わせた作品です。

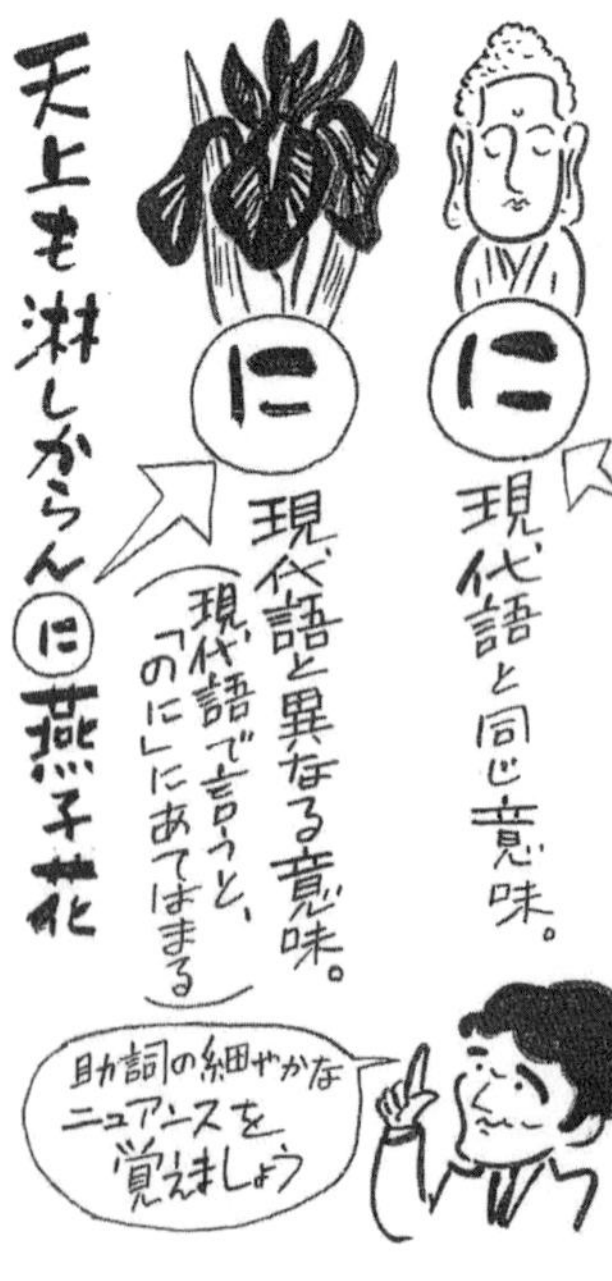

ところが、もし、この句が、

天上も淋しかりけり燕子花

だったら、理屈っぽくなってしまって、ぜんぜんおもしろくない。一句の文脈が、助詞「に」の働きで、不安定に揺らぐことによって、かえって空間のひろがりを表現しているんです。

こういう助詞の細やかなニュアンスがマスター

できれば、あなたの俳句作り・鑑賞も、プロのレベルになってきます。

現代語に存在しない助詞

あと、現代語に存在しない助詞。これは、覚えないとしかたありません。

たとえば、

みよし野の花の残心《ざんしん》辿《たど》らばや　山田《やまだ》弘子《ひろこ》

どういう意味でしょう。これも、単語に区切っていきましょう。

●みよし野／の／花／の／残心／辿ら／ばや

最後の「辿らばや」が解釈のポイント。「辿ら／ばや」じゃないですよ。「辿ら／ばや」となる。「ばや」で一語です。「…タイ」という願望を表す助詞。「辿らばや」で、「辿りたい」です。

奈良の吉野は、桜で有名ですよね。私も何度か行ったことがありますが、春は山全体が満開の花でいっぱいになります。

その吉野も、花どきを過ぎた。ところどころ、花が残っているだけである。その残花《ざんか》のこころを辿りたい。吉野の地霊に呼びかけているような作品です。

本書をお読みの方には、「ばや」なんて助詞、今まで、知らなかった、初耳だ……という方も、いらっしゃるでしょう。日常語では、絶対使いませんからね。

これから、じっくり時間をかけて、学習していきましょう。

助詞の六つの種類

助詞は、用法によって、次の六種類に分類されます。

格助詞・副助詞・係《かかり》助詞・接続助詞・終《しゅう》助詞・間投《かんとう》助詞。

今回は、各用法について、ごく簡略に説明しておきます。とりあえず、さーっと読み流しておいてください。

①格助詞

体言や体言に準じる語を受ける。その語が他の語に対して、どのような関係になるかを示す。
（例）の・が・に・を・へ・と・から・より・に
て・して

たとえば、

早春の湖眩《うみまぶ》しくて人に逢《あ》ふ　横山房子《よこやまふさこ》

という句では、「に」の上に位置する「人」が、「逢ふ」という動作が及ぶ対象であること（目的語）を表しています。

②副助詞

いろいろな語を受ける。副詞のように、下に来る用言に限定を与える。
（例）だに・すら・さへ・のみ・ばかり・など（なんど）・まで・し・しも

副助詞は、①の格助詞のように、上下の語の関係性を明確に規定することができません。たとえば、「人など見る」というときの「人」は、「人など（が）見る」という主語なのか、「人など（を）見る」という目的語なのかが、不分明ですね。

明けのゆめ空蟬《うつせみ》ばかり踏みさうな　澁谷《しぶや》道《みち》

常識的に考えれば、「空蟬」が目的語であり、「空蟬ばかり（を）踏みそうな」であることは明らかです。しかし、語法上、むりやり解釈すれば、「空蟬ばかり（が、なにかを）踏みそうな」という意味になる可能性だってある。こういうのを、副助詞と言います。

③係助詞

いろいろな語を受ける。上の語を提示する。文そのものの構成に影響を与え、結びの活用形に変化を与えたりする。
（例）は・も・ぞ・なむ・や・か・こそ
「係《かか》り結びの法則」というのは、聞いたことがありますよね。

うちなびき音こそなけれ枯芒《かれすすき》　川端茅舎《かわばたぼうしゃ》

本来は、「うちなびき音なし枯芒」となるべき表現ですが、「こそ」という強めの係助詞を挿入することにより、句の切れ目、終止形となるべき形容詞ク活用「なし」が、已然形「なけれ」に変化します。

この係助詞については、後ほど詳しく説明します。

④接続助詞

活用語を受ける。上の叙述内容と、下の叙述内容の関係づけを行う。

(例) ば・とも・ど・ども・が・に・を・て・して・つつ・で・ながら・ものの・ものを・ものから・ものゆゑ

まくなぎを払ひつつ聴く哀史かな　轡田《くつわだ》進《すすむ》

接続助詞「つつ」は、上の「払ひ」という動作と、下の「聴く」という動作が、並行して行われていることを示しています。

⑤終助詞

いろいろな語を受ける。文末につき、叙述をまとめる。断定・詠嘆《えいたん》・呼びかけ・希望などの意味を加える。

(例) な(禁止)・な(詠嘆)・ぞ・ばや・なむ・は・か・かな・が・がな・かし・ね・がね・かも・も

わらんべの溺《おぼ》るるばかり初湯《はつゆ》かな　飯田《いいだ》蛇笏《だこつ》

終助詞「かな」は文末につき、「…ダナア」という詠嘆の意味を与えています。俳句では「切《きれ》字《じ》」に用いられます。

⑥間投助詞

いろいろな語につく。意味を強めたり、調子を整える。

(例) や・よ・を

毎年よ彼岸の入《いり》に寒いのは　正岡《まさおか》子規《しき》

口語的な表現ですが、「毎年よ」の間投助詞「よ」が呼びかけの働きを表しています。

接続助詞
活用語を受ける。
格助詞
体言・体言に準じる語を受ける。
これは覚えましょう
現代語に存在しない助詞
「ばや」など
終助詞
いろいろな語を受ける。
副助詞
いろいろな語を受ける。
間投助詞
いろいろな語につく。
係助詞
いろいろな語を受ける。
助詞の種類

助詞
助詞とはなにか・格助詞・副助詞

2

格助詞①「の」「が」「つ」

格助詞とはなにか

今回から、具体的な助詞の用法について、学習していきます。まず、最初の何回かは、「格助詞」について、学んでいきます。

そもそも、「格助詞」とはなにか。「助詞とはなにか」で少しだけ触れましたが、もう一度、確認していきましょう。

格助詞とは、ある語句の「格」を決定する助詞です。

格＝ある語句の、他の語句に対する文法的関係。

こういう抽象的な表現では、難しそうですが、具体例で説明すれば簡単です。

①山□あり。

たとえば、①のような文がある。「山」は名詞。「あり」は動詞。この「山」と「あり」という語は、どのような関係になっているのか。

①山［が］あり。

空欄の中に、主語を示す格（主格）の助詞「が」を入れると、「山（主語）＋あり（述語）」の関係になっていることが、明らかになります。

露の夜は山が隣家のごとくあり　飯《いい》田《だ》龍《りゅう》太《た》

それでは、次の例はどうでしょうか。

②山□飛ぶ。

もし、①のように、主格の「が」を入れ、「山が飛ぶ」とすれば、「山（主語）＋飛ぶ（述語）」という関係になる。現実にはありえないことですが、神話とか伝説の中には、出てきそうな世界ですよね。

②山［へ］飛ぶ。

ところが、空欄に「へ」を入れると、意味が変わってきます。「へ」は、動作の方向を表す格助詞。「山」というのは、「飛ぶ」方向を示していることになります。

朧《おぼろ》夜《よ》の孕雀《はらみすずめ》が山へ飛ぶ　飯田龍太

「山」と「飛ぶ」という二つの語の文法上の関係が、「が」と「へ」では変わってくる。このように、語句と語句との関係性を決める助詞を「格助詞」というのです。

格助詞は、体言や体言に準じる語（用言の連体形など）に接続します。

格助詞「の」「が」の主な用法

格助詞「の」「が」は、現代語でも用います。ただ、用法は、古語ではいささか異なっています。「の」「が」には、「主格用法（…ガ）」「連体修飾格用法（…ノ）」のどちらもあるのです。

【主格】

主格用法とは、接続した体言・準体言が、主語であることを示す表現です。現代語なら、

○風（主語）が吹く（述語）。

という文の格助詞「が」が主格用法ですね。

主格を示すために、

×風の吹く。

と表すことはできません。

ところが、古語の場合、

○風（主語）の吹く（述語）。

○風（主語）が吹く（述語）。

「の」「が」両方とも、主格を表すことができます。訳は、どちらも「風が吹く」です。

雪（主語）の降る（述語）まへの桜の木にもたれ　長谷川《はせがわ》双魚《そうぎょ》

山鳩よみればまはりに雪（主語）が降る（述語）　高屋《たかや》窓秋《そうしゅう》

例句は、「雪の降る」「雪が降る」、いずれも「雪が降る」という現代語訳になります。

【連体修飾格】

同様のことは、連体修飾格についても言えます。連体修飾格とは、体言（名詞）を修飾する文法関係です。

私の本。

格助詞「の」が挿入されることによって、「私」は、体言「本」を修飾していることが明らかにな

ります。現代語では、
×私が本。
と言ってしまうと、連体修飾表現にはなりませんよね。
しかし、古語では、
○私の本。
○私が本。
どちらも、連体修飾格になります。「私の本」

格助詞
が
格助詞
の
古語の場合「の」「が」には、主格用法、連体修飾格用法のどちらも、ある。
主格用法
風の吹く
風が吹く
訳はどちらも「風が吹く」
連体修飾格用法
私の本
私が本
訳はどちらも「私の本」

も「私が本」も、訳は、「私の本」です。

梅の香のあとに水の香雑木山《ぞうきやま》　畠山譲二《はたやまじょうじ》
梅が香にのつと日の出る山路かな　芭蕉《ばしょう》

例句の「梅の香」「梅が香」どちらも、現代語訳は「梅の香」です。

*芭蕉の句の正しい表記は、「むめがゝにのつと日の出る山路かな」ですが、ここは、比較説明の便宜上、表記を変更しています。

主格「の」「が」の用例の比較

それでは、主格「の」も「が」も、同じように使われているのでしょうか。言葉のニュアンス・語感の上で、微妙に使い分けられているようです。さきほどの例句を、詳細に検討していきましょう。

①雪の降るまへの桜の木にもたれ
②山鳩よみればまはりに雪が降る

①は、作者が雪の降る気配を感じ取っている句です。まだ、雪は降っていない。もたれかかった桜の木は、背中に、ほんのり優しげな触感を伝えてくる。雪を待つ前の、清澄《せいちょう》な心のうちが感じ

られます。
ところが、これを、

雪が降るまへの桜の木にもたれ

とやってしまうと、意味は同じなのですが、一句を流れているなだらかな音調の魅力が、色褪《あ》せて散文的になってしまいます。

一方、②のほうですが、これは、まず、上五《かみご》が「山鳩よ」という強い呼びかけになっている。山鳩の視線に立って、周囲を眺めてみる。視点の逆転による雪景色の清新さを表現している秀句です。けれども、下五《しもご》の格助詞「が」を「の」に置き換え、

山鳩よみればまはりに雪の降る

とすると、どうも下五が尻すぼみになってしまい、一句の声調のバランスが悪い。ここは、どうしても、「雪が降る」と強く言い切りたいところです。

雪の降る　yukinohuru
雪が降る　yukigahuru

両方とも、意味は、「雪が降る」という意味ですが、語感のニュアンスを比べてみると、「の」のほうは言葉が柔らかく静かに響きます。

それに対して、「が」のほうは、「の」と比較すると、硬質で力強く響いている印象を与えるのです。

＊ポイント【主格「の」「が」の用法】
①主格の助詞「の」＝流麗・柔弱
②主格の助詞「が」＝硬質・強調

連体修飾格「の」「が」の用例の比較と「つ」

連体修飾格の「の」「が」については、どうでしょうか。

①梅の香のあとに水の香雑木山
②梅《むめ》が香にのつと日の出る山路かな

①は、雑木山、梅の香りに心惹《ひ》かれていると、今度は水の香りが漂ってきたという句。非常にリリカルな作品ですね。

これを、仮に、

梅が香のあとに水が香雑木山

としてしまうと、一句の調べは硬質になりすぎて、ゆるやかに匂《にお》いや水が流れてくる抒情《じょじょう》美が損なわれてしまいます。

一方、②の芭蕉の句は、まだ夜が明けぬ先、山路を歩いていると、梅の香りの中、いきなり太陽がのっと昇ってきたという意味。

この句のポイントは、「のつと」です。それまで、俳句（俳諧《はいかい》）に使用されることのなかった、「のつと」という卑俗でインパクトのある言葉を用いることで、芭蕉は滑稽味《こっけいみ》を出しています。

これを、

梅の香にのつと日の出る山路かな

とやってしまうとどうも、イメージが弱い。音調が緩《ゆる》んでしまいます。

mumenokani nottohinoderu yamajikana

また、上五「むめのかに」の「no」音より、中《なか》七《しち》の「のつと」の「no」音の出現が予測されてしまうため、韻律《いんりつ》上の意外性が不足してしまいます。

ところが、

梅が香にのつと日の出る山路かな

mumegakani nottohinoderu yamajikana

だと、一句の音調はにわかに引き締まってきます。上五は、「ga」音によって、緊張した調べとなります。まだ、早春の日の出前、寒さが骨身にこたえるさままで表れてきます。

＊ポイント【連体修飾格「の」「が」の用法】

①連体修飾格の助詞「の」＝流麗・緩和
②連体修飾格の助詞「が」＝硬質・緊張

なお、この連体修飾格の用法には、「つ」という格助詞もあります。

水仙のうしろ向きなる沖つ濤《なみ》　古舘曹人《ふるたちそうじん》

「沖つ濤」で、「沖の濤」という意味ですね。「の」「が」ほどではありませんが、ときどき出てきます。記憶に留めておいてください。

それ以外の「の」「が」の用例

「の」「が」には、主格・連体修飾格用法以外に、「同格用法（…デ）」「比喩《ひゆ》用法（…ノヨウナ）」「体言の代用（…ノモノ、…ノコト）」などがあります。

【同格】

陽炎《かげろう》や名もしらぬ虫の白き飛《とぶ》　蕪村《ぶそん》

同格とは、「A＝B」の関係が成立している用法のことです。「AのB」で、「AでB」と訳します。

この句では、「虫」＝「白き」の関係になります。「白き」は形容詞ク活用の連体形でしょう。したがって、白き（虫・モノ）の括弧《かっこ》部分が省略された形なんですね。「虫の白き飛」で、「虫で白いのが飛ぶ」となります。

「比喩用法」「体言の代用」は、俳句の文脈では、あまり用いられないようです。頭の隅に、「そんな用法もあったな」という程度に留めておいてください。

助詞
助詞とはなにか・格助詞・副助詞

3

格助詞②「に」「へ」「を」

格助詞「に」「へ」の意味の違い

「俳句の命は、『て・に・を・は』」という言葉を聞いたことがあるでしょうか。助詞の微妙な使い分けによって、俳句の表現効果がまったく異なってくるという意味です。

今回の講座では、格助詞「に」「へ」「を」の意味の違いを比較しながら、使い方を学んでいきましょう。

①海に
②海へ

この二つは、どのような違いがあるのでしょうか。

本来、「に」は、動作や作用の帰着点を表します。だから、「海に」の「に」は限定された場所を示します。それに対し、「へ」は、体言の「辺」から助詞へ転化したもの。移動する方向を示すのに用いられました。したがって、「海へ」の「へ」は、自分の立っている地点から、遠く離れている所へ向かっていくという心理を含んでいます。

「に」＝場所（…デ、…ニ）
「へ」＝方向（…ノ方ニ、…ニ向カッテ）

具体的な作品例を見てみましょう。

①海に降る雪美しや雛《ひな》飾る　小林康治《こばやしこうじ》
②海へ去る水はるかなり金魚玉　三橋敏雄《みつはしとしお》

①の句、「海に降る」の「に」は、海という場所に、雪が静かに降っていることを示します。

窓から、雪が降る光景が見えている。穏やかな春の雪を美しく感じながら、雛壇の飾り付けをしている。視覚的には、固定されている印象を与えます。

一方、②の句、「海へ去る」の「へ」は、作者自身の居場所から、離れた海へ流れ去る水のイメージがあります。一筋の水は、川に合流し、滔々《とうとう》とした流れとなり、最後は大海原に行き着くことになります。金魚玉を眼前にしながら、思いははるか彼方、ひろびろと拡がる夏の海へ繋《つな》がっています。

　ところが、この「に」「へ」の用法、使われている間にだんだん両方の意味が混用されてきます。「へ」のほうが、「に」の意味である「帰着点」を侵すようになってくるのです。

①海に出て木枯《こがらし》帰るところなし　山口誓子《やまぐちせいし》

②海へ出て帰る燕《つばめ》となりにけり　細川加賀《ほそかわかが》

　基本的には、「海に出て」でも、「海へ出て」でも、動作・作用の帰着点ですので、意味は変わりません。「海に出て」という内容を表します。

　それでは、「海に」「海へ」は、まったく同じなのか。ここが、いわゆる散文と、韻文《いんぶん》である俳句との違いだと思うのですが、ニュアンスは、微妙に異なっているような気がします。感覚的に、「海に出て」の「に」には固定された「場所」のイメージがあり、「海へ出て」の「へ」には、移動する「方向」のイメージがあるようです。

　①の山口誓子の句。陸から吹いている木枯は、荒涼とした海に出て行った。「出て」というのは、擬人法ですね。風を、人の動作のように喩《たと》えています。ひとたび海へ出れば、もう、もとへ戻ることはできない。帰る場所はない。「海に出て」の「に」の本意「場所」が言外に漂うため、孤絶した暗い海原のイメージが強調されます。

②の細川加賀の句。飛来して雛を育てた燕は、子とともに、秋、南の国へ戻っていきます。「海へ出て」の「へ」の本意「方向」のニュアンスを含めて鑑賞すると、陸地での営巣の営みまで彷彿《ほうふつ》とします。時空のふくらみのある作品です。「海に出て帰る燕となりにけり」と、「に」に置き換えて、鑑賞してみてください。助詞一字の持つ詩的効果の違いが、体験できると思います。

格助詞「を」の意味

それでは、格助詞「を」の意味は、どうなるのか。「を」は、ある動作が始まる、あるいは通り過ぎている地点を示しています。

「を」＝動作の起点・経過点（…ヲ、…カラ）

知床《しれとこ》の海を流るる氷かな　今井《いまい》杏《きょう》太郎《たろう》

「流氷」は、春先、北海道に見られる氷塊《ひょうかい》の群。北の海から、海流に乗って流れて来ます。知床半島の流氷は、特に有名で、汀《みぎわ》から、水平線まで、一面、びっしりと覆ってしまいます。

「知床の海を」の「を」は、経過点を示します。真っ白な氷の固まりが、知床の海をゆっくりと移動しているようすが、浮かんできます。ここは、絶対「海に」と表現してはいけない。流氷の動きがイメージされる格助詞「を」を用いなければなりません。

以上、もう一度まとめてみます。整理して覚えておいてください。

＊ポイント【格助詞「に」の用法】

①場所＝（…デ、…ニ）
②帰着点＝（…ニ）俳句では、「場所」のニュアンスを含むことがある。

＊ポイント【格助詞「へ」の用法】

①方向＝（…ノ方ニ、…ニ向カッテ）
②帰着点＝（…ニ）俳句では、「方向」のニュアンスを含むことがある。

＊ポイント【格助詞「を」の用法】

①動作の起点・経過点＝（…ヲ、…カラ）

格助詞「に」「へ」「を」の応用例

それでは、実際に応用できるか試してみましょう。

問　次の空欄に、格助詞「に」「へ」「を」のいずれかを補いなさい。

①夕空（　）新樹《しんじゅ》の色のそよぎあり

②空（　）ゆく一とかたまりの花吹雪《はなふぶき》

③一本の竹空（　）立て崩れ簗《やな》

①の俳句は、どんな情景でしょうか。夕方、日が傾きかけた大空。そこに新樹がそよいでいる。あざやかな黄緑。葉の色がはっきりと見えてきます。

夕空は、新樹がそよいでいるところです。だから、（　）に入れる格助詞は、場所を示す「に」。「夕空に」ですね。

夕空に新樹の色のそよぎあり　深見《ふかみ》けん二《じ》

②は、花吹雪が固まって、まっ青な空を通り過ぎていく景。花吹雪は、移動していきます。「ゆく」という動詞が使われているでしょう？　したがって、（　）の中には、経過点を示す格助詞「を」を入れるとよいでしょう。

空をゆく一とかたまりの花吹雪　高野《たかの》素《す》十《じゅう》

③は、どんな景色でしょうか。「簗」とは、川の一部分、竹の簀《す》の子などで仕掛けを作って、魚が獲《と》れるようにしたもの。「簗」自体は夏の季語ですが、「崩れ簗」というと、秋の終わり、風雨にさらされた簗が放置され崩れかかっている状態のことになります。崩れ簗の支柱になっているのでしょう、太々とした竹が、川の中に立ててあり、その竹は、空へ向かっています。

意味としては、「竹（を）空に立て」でもかまいません。しかし、「竹（を）空へ立て」とすると、どうなりますか。「へ」の意味は、方向。一本の竹は、川面からさびしげな晩秋の空へ向かって、立っている。空間に立体感が出てくるでしょう。

一本の竹空へ立て崩れ簗　今《いま》瀬《せ》剛一《ごういち》

わずか一字の違いがもたらす、十七音の空間の変化を味わってください。

答 ①に　②を　③へ

超高度な格助詞の使い方

「に」＝場所。「へ」＝方向。「を」＝起点・経過点。この三点を踏まえて、今からプロ級のテクニックを伝授します。

問　次の空欄に、格助詞「に」「へ」「を」のいずれかを補いなさい。

①海〔　〕鴨《かも》発砲直前かも知れず
②磯山《いそやま》を溢《あふ》れて海〔　〕百千鳥《ももちどり》
③裏富士の月夜の空〔　〕黄金虫《こがねむし》

①の光景を想像してください。鴨は動いているのか、動いていないのか。意味の上では、上五《かみご》の部分で切れるので、「海〔　〕鴨／発砲直前かも知れず」となります。

「海に鴨」とすると、鴨は海に静かに浮かんでいる景。ところが、「海へ鴨」とすると、鴨はばたばたと羽ばたいて、海の方向へ飛んでいく景となります。

この句は、中七《なかしち》以降、「発砲直前かも知れず」という部分から、鴨は、まだ飛び立っていないことが分かります。のんびりと鴨は浮かんでいるが、どこかに狙《ねら》っている銃口があるかもしれない。緊張した作者の心理を詠っています。したがって、〔　〕の中には、場所を示す「に」を入れなければいけません。

海に鴨発砲直前かも知れず　山口誓子

②は、どうなるでしょう。「百千鳥」は、春に現れるもろもろの鳥。鳥は、飛んでいるのか、いないのか。

句は「磯山を溢れて」とありますから、山から飛び立ち、海へ移動していることが分かります。方向を示す「へ」を用いることによって、鳥の群が山から海へ移動していくさまが伝わってきます。

磯山を溢れて海へ百千鳥　草間時彦《くさまときひこ》

③は、黄金虫がどういう状態かを考えましょう。

「月夜の空に」でしたら、黄金虫は、空にとどまっている、ストップモーションの状態になります。けれども「月夜の空を」でしたら、夜空を通り過ぎていったことになります。この句は、空を飛んでいった広やかな景を詠《よ》んだ作品です。裏富士の月夜ですから、大景ですよね。

裏富士の月夜の空を黄金虫　飯田龍太《いいだりゅうた》

答　①に　②へ　③を

ポイントは、いずれの句も、「鴨」「百千鳥」「黄金虫」の述語にあたる動詞が、省かれているということです。格助詞「に」「へ」「を」の一字の違いで、対象が動いたり止まったりします。助詞をマスターすることは、俳句表現の本質を理解することに、大きく繋がってくるのです。

注意すべき格助詞「に」の用法

格助詞「に」で、場所・帰着点以外で、注意しておくべき用法について、簡単に触れておきます。

①動作や作用の目的（…ノタメニ）

②強意（ドンドン、ヒタスラ）

①山椒《さんしょう》の芽を摘《つ》みに出て門灯す　西村和子《にしむらかずこ》

「摘みに出て」で、「摘むために出て」という目的の意味。「門灯す」ですので、夕餉《ゆうげ》の仕度《したく》なのでしょうね。

②臥《が》龍梅《りょうばい》磴《とう》は畳みに畳みたる　阿波野青畝《あわのせいほ》

「臥龍梅」というのは、読んで字のごとく、龍が臥《ふ》せっているような枝振りを示す梅の木。「磴」は石段のこと。「畳みに畳みたる」で「ひたすら畳み重なっている」という強調。臥龍梅と石段が対照的に描かれています。

助詞
助詞とはなにか・格助詞・副助詞
4

格助詞③「して」「にて」「と」「より」

格助詞「して」「にて」

今回は、格助詞学習の最終回。「して」「にて」「と」「より」を中心に学習します。順番に見ていきましょう。

まずは「して」。体言（名詞）に接続します。

意味は、

①動作の相手　…デ、…トトモニ
②手段・材料　…デ、…デモッテ

「して」には、「使役の対象」の用法もありますが、俳句で用いることは少ないようです。

二人してしづかに泉にごしけり　川崎展宏《かわさきてんこう》

格助詞「して」の意味は、「動作の相手」。「二人して」は、「二人で」と訳します。

「泉」は、夏の季語。地下から湧き出した清らかな水を、二人、並んで掌《てのひら》で掬《すく》って飲んだのでしょう。そのとき、澄んだ水に、少しだけ濁りが生じた。透明な水だけに、わずかな濁りが、目に留まりました。

凩《こがらし》や手して塗りたる窓の泥　村上鬼城《むらかみきじょう》

格助詞「して」は、「手段」の意味。「手して」は、「手で」と訳します。「たる」は、完了の助動詞「たり」の連体形ですから（118ページ参照）、「塗りたる」の訳は「塗った」となります。

寒々とした凩が吹いている。窓のガラスを見ると、泥のあとがついている。あきらかに、手で塗ったものだと分かる。単なるいたずらなんでしょうが、心ないことをしたもの。心の中にも隙間風《すきまかぜ》が吹いてくるようです。

格助詞「にて」は、体言、活用語の連体形に接続。意味は、

①時・場所　…デ
②手段・方法　…ニヨッテ、…デ
③原因・理由　…ノコトデ、…ニヨッテ

などがあります。

窓の雪女体にて湯をあふれしむ　桂《かつら》信子《のぶこ》

格助詞「にて」は、「手段・方法」の意味。「女体にて」の訳は、「女体で」。

「しむ」は使役の助動詞の終止形。下二段型で活用するんでしたね（129ページ参照）。

●しめ・しめ・しむ・しむる・しむれ・しめよ

したがって、「あふれしむ」の訳は、「溢《あふ》れさせる」。

お風呂に入ったら、湯が溢れ出した。自分が入浴しているさまを描いたのでしょう。

一句の眼目《がんもく》は、「女体」の一語。自身の裸身に対し、ナルシシズムに近いエロスを感じている。いやらしさを感じさせないのは、季語「雪」の詩的効果によります。窓の外に、しんしんと降る雪は、清浄な美しさと静けさを伝えてきます。

格助詞「と」＝「強調」

格助詞「と」は、体言、活用語の連体形に接続。意味は、いろいろあります。

①共同の動作の相手　…ト、…ト一緒ニ
②比較の基準　…ト、…ニ比ベテ
③変化の結果　…ト、…トナッテ
④引用　…ト
⑤並列　…ト
⑥強調　…モノハスベテ

これは、丸暗記する必要はありません。基本的に訳は、だいたい、「…と」となり、現代語と共通する部分が多いからです。

現代語になじみのないのは、⑥「強調」の意味だけです。強調の意味として、俳句では、「生きとし生ける」という用例以外、ほとんど見当たりません。

「生きとし生ける」＝「生きているものすべて」

「し」は強意の副助詞。「生ける」の「る」は、完了・存続の助動詞「り」の連体形。

●ら・り・り・る・れ・れ

とラ変型で活用するんでした（116ページ参照）。

冬日濃しなべて生きとし生けるもの　高浜虚子《たかはまきょし》

冬の太陽の光は、他の季節に比べて弱いもの。けれども、その日、陽光はあたたかく、濃く、降りそそいでいた。いや、冬日を弱々しいと感じるのは、もしかしたら、人間中心、利己的な主観なのかもしれません。恵みの光は、ありとあらゆる動植物に、平等に降りそそいでいます。

副詞「なべて」は、「全般に、すべて」の意。これは、覚えておきましょう。

「なべて生きとし生けるもの」で、「（この世に）生きているもの、全部が全部（に対して）」。太陽のエネルギーは、万物のいのちの源となっていることを、感じ取っている作品です。

格助詞「と」＝「引用」「並列」

実作上、意味を理解しておく必要があるのは、「引用」「並列」の格助詞「と」でしょう。

「引用」の「と」は、「…と言ふ」「…と呼ぶ」「…と知る」「…と聞く」というように使います。

妻病みて髪切虫《かみきりむし》が鳴くと言ふ　加倉井秋を《かくらいあきを》

格助詞「と」は引用の意。「髪切虫」は夏の季語。口先が鋭く、捕まえると「キイキイ」という威嚇《いかく》音を出します。

身体が疲れているときには、神経も鋭敏になり、ふだん気にならない音まで、こころに引っかかりますよね。

「あなた、髪切虫が鳴いているわ」

奥さんに言われて、作者は耳を澄ましてみた。しいんとした闇《やみ》。静寂の中、髪切虫の声は、まだ、聞こえない。

亡き人の湯呑《ゆのみ》と春の大空と　岩田由美《いわたゆみ》

「並列」の格助詞は、「…と…と」という形で用います。

湯呑は、亡くなった人の遺品でしょう。野辺送りの景かもしれません。ひとつの湯呑の前には、春の空が広がっている。暖かな空の彼方には、亡き人の面影が過《よ》ぎります。

格助詞「より」

格助詞「より」は、体言、活用語の連体形などに接続。意味は、

①時や動作の起点　…カラ、…ヨリ
②比較の基準　…ヨリ
③経由　…ヲ通ッテ、…ヲ
④即時　…スルヤイナヤ、…スルトスグニ

など。③「経由」、④「即時」は文語表現です。

猫の妻《つま》へついの崩れより通ひけり　芭蕉《ばしょう》

艸《くさ》の葉を落《おつ》るより飛《とぶ》蛍かな　芭蕉

いずれも、芭蕉の有名な句ですが、「崩れより」の「より」は「経由の格助詞」。「崩れより」で、「崩れを通って」という訳。

「へつい」は、「竈《かまど》」のことですね。その昔、在《あり》原業平《わらのなりひら》は、築地《ついじ》の崩れから通ったけれども、恋猫は、かまどの崩れから通って来た。『伊勢物語』を踏まえ、諧謔味《かいぎゃくみ》を表現しています。

一方、「落るより」の「より」は、「即時の格助詞」。上二段活用動詞「落つ」の連体形に、「より」がついて、「落ちるやいなや」「落ちるとすぐに」の訳になります。宝石のように、葉をこぼれた瞬間、飛び立った蛍の美しさを詠っています。

玉虫の羽のみどりは推古《すいこ》より　山口青邨《やまぐちせいそん》

格助詞「より」の起点の意味は、現代語でも用います。ただ、実作するときに注意が必要です。

「推古より」の「より」は、「推古天皇の御代から」という訳。玉虫の羽の輝きから、法隆寺《ほうりゅうじ》の玉虫厨子《ずし》に思いを馳《は》せた句です。

この句を散文に直すと、「玉虫の羽のみどり色の美しさは、推古天皇の時代から伝わっているのだなあ」となります。述語「伝わっているのだなあ」という詠嘆《えいたん》部分は、十七音の中には組み入れられていない。省かれています。「伝はりにけり」「続きにけり」などと表現しようとすると、五七五の中には収まらない。格助詞「より」で、一句を結ぶことによって、羽の色彩感が、残像のようにイメージされます。

起点の格助詞には、「から」というのもありますが、これは、現代語と同じ。訳も「から」なので、説明しなくても大丈夫でしょう。

あと、万葉時代にしか用いなかった格助詞「ゆ」というのが、現代俳句では復活して、ときどき出てきます。昭和十四年に発表された中村草田男《なかむらくさたお》の句、

月ゆ声あり汝《な》は母が子か妻が子か

が、源なのかもしれません。

これは、特殊な用例なので、「ゆ」＝「から」と覚えておくだけでいいと思います。

格助詞の応用問題

それでは、応用問題に移ります。格助詞を、どのように俳句で効果的に用いるか。その方法を考えてみてください。

問　次の俳句の空欄に、口語訳の意味になるよう、

文語で作文しなさい。

①ふくろふの孵《かえ》りしことを〔　　〕

（訳）小さな声で告げられた。

②春の山たたいてここへ〔　　〕

（訳）「坐《すわ》りなさいよ」と言われた。

ちょっと、むずかしいですよね。一緒に考えていきましょう。

①の訳、「小さな声で」の「で」は、方法・手段の意味。格助詞「にて」を用います。

動詞「告げられた」に当たる部分を、下五《しもご》に入れようとすると、音数が足りなくなります。「小声にて」と言い留めて、あとは、省いてしまうのです。

①ふくろふの孵りしことを小声にて　小澤《おざわ》實《みのる》

「小声して」でも、一応「小声で」という意味になるのですが、そのあたりは、語感の問題。「ふくろふの孵りしことを小声して」では、過去の助動詞「き」の連体形「し」と、格助詞「して」の「し」が重なり合ってしまい、音感がかさつきます。

②の「坐りなさい」は命令形ですから、四段活用動詞「坐る」の命令形「坐れ」を用いましょう。「…よ」は、口語でも用いる呼びかけの間投助詞「よ」。「…と言われた」の「と」は、引用の意味ですから、格助詞「と」を用います。

「坐れ」＋「よ」＋「と」＝「坐れよと」

以上。これでおしまい。

②春の山たたいてここへ坐れよと　石田《いしだ》郷子《きょうこ》

一句の末尾を、動詞で言い留めようとするのは、散文の習癖。

ふつうは、「言ふ」と動詞を、入れたくなりますが、そうすると、一句がごちゃごちゃしてきます。「春の山叩き坐れよと言はれけり」なんて、「坐れよと」の下五だけで、快い残響のように、十分意味は伝わってくるのです。

答　**①小声にて　②坐れよと**

助詞の働きをフルに活用して、省ける動詞は、とことん一句の中から消していくこと。それが、俳句実作のポイントです。

助詞
助詞とはなにか・格助詞・副助詞

5

副助詞① 「だに」「すら」「さへ」

副助詞とはなにか

今回の講座は「副助詞」の学習です。副助詞については、208ページで少しだけ触れました。

副助詞…いろいろな語を受ける。副詞のように、下に来る用言に限定を与える。

復習してみましょうね。

格助詞の場合は、上下の語の関係をハッキリと決めることができます。たとえば、

猫［主語］ が 見る［述語］。

猫［目的語］ を 見る［述語］。

「が」とか「を」とかが、間に配置されることによって、上の語「猫」は、下の語「見る」の「主語」になっているか、「目的語」になっているかが確定される。

ところが、

猫 など 見る。

という文の場合はどうなるのか。「猫」は、

猫 など（が）見る。

という主語かもしれないし、

猫 など（を）見る。

という目的語かもしれない。

「猫」は、文の中で、主語になるのか目的語になるのか、どちらか分かりません。「など」は「例示（タトエバ…ナド）」の意味で、用言「見る」に副詞のようにかかって意味を添える用法なんです。このような助詞を**副助詞**と呼び、「だに」「すら」「さへ」「のみ」「ばかり」「など（なんど）」「まで」「し」「しも」などがあります。

ニュアンスの異なる限定の「だに」と「すら」

限定の副助詞「だに」「すら」というのは、ちょっとやっかいです。「類推」の意味なんですが、

微妙にニュアンスが異なるんですよね。

●「だに」＝類推　…デサエ、…スラ

※ある事物・状態を取り立てて強調し、他を当然のこととして暗示、類推させる。

　体言、活用語の連体形、助詞などに接続する。

●「すら」＝類推　…デサエモ、…デモ

※ある事物や状態を特殊・極端な例として挙げ、他を強調し、程度の重さを類推させる。

　体言、活用語の連体形、助詞などに接続する。

　これだけでは、ちょっと分からないでしょう？「だに」には、「最小限の限度（セメテ…ナリトモ）」という意味もあるんですが、俳句では、ほとんど出てきませんので、ここでは触れないことにします。ここでは「類推」の意味に絞って学習しますね。

わがための一日《ひとひ》だになし寒雀《かんすずめ》　加藤《かとう》楸邨《しゅうそん》

眩暈《げんうん》や白芒《しろすすき》すら暗すぎる　齋藤《さいとう》愼爾《しんじ》

　ではまず加藤楸邨の句から。「だに」は類推の副助詞で、「一日だになし」で、「一日さえない」「一日すらない」の訳になります。「だに」は、ある事物・状態を取り立てて強調し、他を当然のこととして暗示、類推させるんでしたね。

眩暈や白芒すら暗すぎる
「すら」の意味
類推（…デサエモ。…デモ）

　ここで、強調されていることとは、「わがための一日」です。日々生活に追われ、心のゆとりがないんでしょうか。自分に使う時間さえないんです。

　暗示・類推されているのは、どんな内容でしょうか。当然のことながら、他人のために使う時間の余裕なんてないということですね。作者は忸怩《じくじ》たる思いに浸っています。

下五《しもご》の寒雀は、冬の季語。荒《すさ》んだ心を抱いていると、目の前を、無心で、ふっくらした寒雀が過《よ》ぎりました。切ない感慨が湧いてきます。

一方、齋藤愼爾の句。「眩暈」は、めまいのこと。「や」で切れて、強調しています。強いめまいが襲ったんでしょう。

「すら」は限定の副助詞。「白芒すら暗すぎる」で、「白芒でさえも暗すぎる」「白芒でも暗すぎる」という訳。「すら」は、ある事物や状態を特殊・極端な例としてあげ、他を強調し、程度の重さを類推させるのでした。

特殊・極端な例としてあげられているのは「白芒」です。秋の日を浴びた芒は、銀色に輝くように見えます。そのまばゆい芒でさえ暗すぎるように目に映った。

強調されている他のものは、芒以外、周囲に目に留まるものですよね。白芒でさえ、真っ暗に見えたのだから、他のものは、もっと暗澹《あんたん》と目に映った。めまいの状態がいかに重かったかを、「すら」の限定で、強調させています。

添加・限定の副助詞「さへ」

「だに」「すら」の他に、限定の副助詞としては「さへ」があります。ただ、この「さへ」は、語源が「添へ」であり、本来は、「添加」の意味でした。
●「さへ」＝添加　…マデモ、ソノウエ…マデ

体言、活用語の連体形、助詞などに接続する。

佐藤眉峰結婚

而《しこう》して蠅叩《はえたたき》さへ新らしき　高浜虚子《たかはまきょし》

虚子の挨拶《あいさつ》句です。前書きを見ると、結婚へのお祝いの句ですね。

「而《しこう》して」は、「而《しか》して」とも読みますが、「そうして」という意味。覚えておきましょう。「さへ」は、「添へ」に通じる添加の副助詞ですから「蠅叩さへ新らしき」で「蠅叩まで新しいことだ」という訳。句末は形容詞「新らし」が終止形ではなく、連体形「新らしき」になり、「ことだなあ」という余情を醸し出しています。

「而うして」の具体的内容は、示されていません。結婚に至るまで、お見合や結納やいろいろあって、無事新居を構えたんでしょう。その中で蠅叩に着目したのがユーモラス。もちろん簞笥《たんす》や鏡台などの家具も新しかったんでしょうが、それを言わないで、蠅叩を取り上げて祝意を表明したところに俳諧味《はいかいみ》があります。

さて、ここからがちょっとややこしくなります。もともと限定の副助詞「すら」というのは、上代の用法でした。そのあと中古に「だに」という語が出てきて、そのあと、中世に「さへ」という語が出てきました。この「さへ」は、もともと添加の意味だったのに、途中から「すら」と「だに」の意味を吸収して、類推の意味でも用いるようになってしまったんです。

●「さへ」＝類推　…デサエ、…ダッテ

※程度の軽いものや極端なものを例示し、より程度の重いものや一般的なものがあることを類推させ、強調する。

体言、活用語の連体形、助詞などに接続する。

わが家さへ逃れたきときぎりぎりす　大野林火《おおのりんか》

「さへ」は類推の副助詞。「わが家さへ」で、「自分の家でさえ」という訳になります。

ふつう職場や学校から自宅へ戻ってきたら、気持ちがくつろいで楽になりますよね。ところがそうはならない。「逃れたきとき」は、「逃れたいとき」。夫婦喧嘩《げんか》でもしてしまったんでしょうかね。

「たき」は希望の助動詞「たし」の連体形ですよね。

程度の軽いものは、ここでは「わが家」。「類推強調」されている重いものは、職場など「わが家以外の場所」。

家にいても外にいてもこころ休まらないんだから、四面楚歌《しめんそか》の状態。きりぎりすの鋭い音は、作者の疎《うと》ましいこころに、響いてきます。

ここまでよろしいでしょうか。もう一回整理してみますよ。

「類推」の副助詞には、「すら」（上代）→「だに」（中古）→「さへ」（中世以降）という時代の推移がある。「すら」「だに」のそれぞれの意味が「さへ」に流入してきた。

それでは、次の一句を見てください。


鶴凍《い》てて一羽毛すら散らさざり　能村登四郎《のむらとしろう》

冬、寒さのため、身じろぎもしない鶴のようすです。「散らさざり」は、散らさ（サ行四段活用動詞「散らす」の未然形）＋ざり（打消助動詞「ず」の連用形）。訳は「散らさない」です。

ところで、問題は副助詞「すら」の意味です。「類推」であることは確かなんですが、この「一羽毛すら」の「すら」は、「ある事物を極端な例として挙げ、程度の重さを類推させる」というよりは、「ある事物を取り立てて強調し、他を当然のこととして類推させる」という「だに」の限定の意味に近いのです。

●強調される事物＝一羽毛
●類推される事物＝たくさんの羽毛

一花だに散らざる今の時止まれ　林《はやし》翔《しょう》

同じ水原秋櫻子《みずはらしゅうおうし》門下の俳人の句ですが、上の能村登四郎の使っている「すら」は、この「だに」と同じ用法ですよね。

●強調される事物＝一花
●類推される事物＝すべての花

だから能村登四郎の句は、本当は、

鶴凍てて一羽毛だに散らさざり

とか、

鶴凍てて一羽毛さへ散らさざり

とか、言わなければならない。

このあたりの細かなニュアンスは、どうも曖昧《あいまい》になってしまっているようです。

しかしながら、あんまり細かいことを言い出すと、混乱してしまって、使えなくなってしまいます。「だに」「すら」「さへ」については、説明をひと通り理解したあとは、基本事項と例句だけ丸暗記してしまいましょう。

＊暗記事項①【意味と訳】

だに・すら（古語）→①類推　…サエ

さへ＝添へ（古語）→①添加　…マデモ

②類推　…サエ

＊暗記事項②【意味と例】

わがための一日だになし寒雀　加藤楸邨

（類推…サエ）

眩暈や白芒すら暗すぎる　齋藤愼爾

（類推…サエ）

而して蠅叩さへ新らしき　高浜虚子

（添加…マデモ）

わが家さへ逃れたきとききりぎりす　大野林火

（類推…サエ）

助詞
助詞とはなにか・格助詞・副助詞

6

副助詞② 「まで」「のみ」「ばかり」他

七つの副助詞の重要度

前回、副助詞「だに」「すら」「さへ」を取り上げましたが、今回は、残りの副助詞を学習します。「まで」「のみ」「ばかり」「し」「しも」「なんど」「など」。七つもあるので、げんなりしてしまうかもしれませんが、この中で、一般の実作において、絶対マスターしておかなければならないのは最初の三つ。重要度から言えば、

Ⓐ「まで」
Ⓑ「のみ」「ばかり」
Ⓒ「し」「しも」「なんど」「など」

の三段階くらいのレベルになるでしょう。

断っておきますが、これは、あくまで「俳句実作」における文法学習という観点から。学校での「古典」の授業とは、少々異なっていますので、注意してくださいね。

副助詞「まで」

副助詞「まで」は、現代語でも用います。

体言、活用語の連体形、副詞、助詞などに接続します。意味は、

①範囲・限界　…マデ
②添加　…マデモ、…サエ
③程度　…ホドニ、…クライニ

なのですが、基本の意味は、①の「範囲・限界」で、②「添加」と、③「程度」は、①から派生して、

②＝限界に至るまでの範囲を添加する。
③＝限界を引くことによる程度を示す。

という意味になりました。具体例で触れていきます。

郭公《かっこう》や何処《どこ》まで ゆかば人に逢《あ》はむ　臼田亜浪《うすだあろう》

「まで」は、範囲の副助詞。「何処まで」は、現

代語と同じ意味で「どこまで」。「ゆかば」は、「ゆく」の未然形「ゆか」に、助詞「ば」が接続したもので、「行ったなら」という訳。「逢はむ」の「む」は、推量の助動詞で、「逢うだろう」と訳します。

郭公の声が響いているのは、夏の山中でしょうか。人影がない道を、作者は歩いている。心の中に浮かんだ寂寥感《せきりょうかん》を、つぶやきのように詠っています。


鮟鱇《あんこう》の骨まで凍《い》ててぶちきらる　加藤楸邨《かとうしゅうそん》

「まで」は、添加の副助詞。「骨まで」は、「骨までも」の意味。「ぶちきらる」の「る」は、受身の助動詞。「ぶちきらる」で、「ぶち切られる」と訳します。

「鮟鱇」は冬の季語。口が大きくて、ちょっとグロテスクな顔をしています。この句は吊《つる》してある鮟鱇が、出刃で切られてゆくさまを詠《よ》んだのですが、鮟鱇は、中の骨までかちんかちんに凍っていた。「骨まで」と「骨」を添加することによって、当然、皮も身も凍っていたことを示しているんですが、なんだか鮟鱇がかわいそうになってきますね。

蝶の恋まぶしきまでに昇りつめ　野見山朱鳥《のみやまあすか》

「まで」は、程度の副助詞。「まぶしきまでに」で、「まぶしいくらいに」と訳します。

二匹の蝶が、もつれあいながら春の空を昇っていき、陽光に紛れてしまった。「まぶしきまで」

という程度は、明るさとしては限界状態。その眩《まぶ》しさは、すべての生き物の恋の営みの輝きとも通じ合っているのです。

副助詞「のみ」

副助詞「のみ」の用法は、現代語と同じですので、解釈上は問題ないと思います。

種々の語に接続し、意味は、

①限定・強調　…ダケ、…バカリ

です。例句をあげてみます。

むらさきになりゆく墓に詣《まい》るのみ　中村草田男《なかむらくさたお》

「詣るのみ」は、「詣るだけ」という訳になります。「墓詣《はかもうで》」は、秋の季語で、お盆の墓参のこと。墓石が長い歳月を経て、紫色に変色していったのでしょう。

この状景は、たとえば、われわれが俳句にするとき、どのように表現するでしょう。ともすれば、最後の五音を「詣りけり」としてしまいがちです。

むらさきになりゆく墓に詣りけり

「けり」は、詠嘆《えいたん》の助動詞。句としては問題ないのですが、ちょっと、平板な感じがします。一方、「のみ」と限定すれば、強調の意味も加わり、一句が緊張したイメージになります。

他の目的はなく、ただ亡き人の霊を慰めるためだけに墓に参上したという、作者の思いの強さが伝わってきます。

なきがらに雲雀《ひばり》うたふと思ふのみ　岸本尚毅《きしもとなおき》

この句も、

なきがらに雲雀うたふと思ひけり

では、なんだか哀悼《あいとう》の意が軽くなってしまいますね。このあたり、ピシッと使い分けることができれば、もうプロの水準になってしまいます。

副助詞「ばかり」

副助詞「ばかり」も、現代語で用いる言葉です。体言、副詞、活用語の終止形・連体形に接続します。意味は、

①程度　…ホド、…グライ

②限定　…ダケ

もともと、「ばかり」は、上代に、「程度」＝「ホド、グライ」だった意味が、中古以降、「ホンノ…ホド、ホンノ…グライ」というニュアンスが加わり、「限定」＝「…ダケ」という意味にまで拡がっていきました。

空蟬《うつせみ》の身の透くばかり恋着《れんちゃく》す　稲垣《いながき》きくの

「ばかり」は、程度の副助詞。「透くばかり」で、「透くほど」という訳になります。

「空蟬」は、夏、蟬の脱皮したあとの殻。幹にしがみついたり、道端に転がっているのを見かけます。

この句は、激しい恋心を詠んだもの。蟬の抜け殻が琥珀《こはく》色に透き通るように、自分の相手への思いも、一途で徹底したものであることを表現しています。

もがり笛洗ひたてなる星ばかり　上田五千石《うえだごせんごく》

「ばかり」は、限定の副助詞。「星ばかり」で、「星だけ」という訳になります。

「もがり笛」は、冬の風が竹垣などに吹きつけて、ひゅーひゅー音を立てること。厳しく張りつめた夜空に、すべての星は冴え冴えと輝いている。清新な感性が伝わってくる作品です。

副助詞「し」「しも」

さて、ここまでの副助詞をマスターしたら、あとはさらっと説明を読み流しておいてください。

というのは、残りの「し」「しも」「なんど」「など」というのは、語調を強めたり弱めたり、微妙なニュアンスを表す助詞なのです。鑑賞上では、理解しておく必要がありますが、俳句実作のうえで、下手に真似をすると、嫌味のある衒《てら》った表現に陥《おちい》ってしまいます。言葉の流露《りゅうろ》感のある短歌と、表現の簡潔性を重視する俳句とが、形式として異なっている部分です。

副助詞「し」「しも」は、体言、活用語の連用形・連体形、副詞、助詞などに接続します。意味は、

①強意　…ニ限ッテ、折モ折

です。例句をあげてみます。

今日はしも匂《にお》ふがごとき春の空　福田《ふくだ》蓼汀《りょうてい》

「しも」は、強意の副助詞。「今日はしも」は、「今日は」を強めたもの。「今日は、ことのほか」くらいの訳になります。

古語「にほふ」には、現代語の「匂いがする」という嗅覚《きゅうかく》表現だけではなく、「美しく照り映える」という視覚表現もあります。この句は、春の空の眩しさと、さまざまな花の光りが融合した感覚を表したのでしょうか。あまり理屈っぽく考えず、ふくよかで漠然としたイメージを、そのまま享受すればよいと思います。

副助詞「なんど」「など」

副助詞「なんど」「など」は、もともと、代名詞「なに」と格助詞「と」の連語＝「なにと」が、音韻《おんいん》変化して、「なんど」となり、さらには、「など」になったもの。体言、活用語の連用形・連体形、助詞、引用句などに接続します。意味は、

①例示　タトエバ…ナド
②婉曲《えんきょく》　…ナンカ
③強調　…ナンカ
④引用　…ナドト

ただし、①～④を、そのまま全部暗記する必要はないのです。「なんど・など」＝「…ナド、…ナンカ」で十分。現代語の「など」と同じですから。ただ、③の「強調」などは、いささか注意が必要ですね。

夏みかん酢《す》つぱしいまさら純潔など　鈴木《すずき》しづ子《こ》

「など」は、強調の副助詞。「純潔など」で、「純潔なんか」という訳になります。

鈴木しづ子は、戦後、米軍キャンプ近くでダンサーとして勤務。自分の人生体験をリアルに俳句に託しました。現在とは異なる時代性を背景に入れて、鑑賞することが大切です。

「夏みかん」の酸っぱさと、「いまさら純潔など」という蓮っ葉な物言い。字余りの緊張した調べからは、切なさと哀しさを跳ね返しつつ、ひたむきに生きている女性の命が、ほとばしるように感じられます。

第七章

助詞〜係助詞

助詞
係助詞

1 係助詞①「係助詞」とは

助詞の学習も、いよいよ中盤にさしかかってきました。今回から、「係《かかり》助詞」の学習に入ります。

係助詞は、「は」「も」「ぞ」「なむ」「や」「か」「こそ」の七つです。

係助詞とはなにか。その説明の前に、ちょっと格助詞の復習をしておきましょう。

格助詞と係助詞を比較してみよう

①私が蛇を食べた。

中国には、蛇を食する習慣がありますよね。現代語ですが、分かりやすいので例にあげてみます。

この格助詞「が」「を」については、すでに学習しました（２１１、２１７ページ）。

格助詞＝ある語句の「格」を決定する助詞。

格＝ある語句の他の語句に対する文法的関係。

どういうことかというと、「が」の上に接続している「私」は、述語「食べた」の主語に当たる。「を」の上に接続している「蛇」は、述語「食べた」の目的語になっている。

私《主語》 が 蛇《目的語》 を 食べた《述語》。

「私」「食べた」と、「蛇」「食べた」の関係が、「が」「を」という助詞によって、きちんと明らかにされています。

これが、

②私を蛇が食べた。

となってしまうと大変です。

私《目的語》 を 蛇《主語》 が 食べた《述語》。

巨大な蛇に、私が食べられてしまうことになる。

それでは、次の文は、どうでしょうか。

③私は蛇は食べない。

「は」は係助詞ですが、この「食べない」の主語は、いったい何なのか。前後の文脈がなければ分からないのです。

主語は、「私」であるとも、「蛇」であるとも解釈できます。つまり、係助詞「は」とは、格助詞のように、ものと動作の関係、ものとものとの関係を、決めることができないんです。

「係助詞」とはなにか

俳句を例にしてみましょう。

①寂《じゃく》として万緑《ばんりょく》の中紙魚《しみ》は食ふ　加藤《かとう》楸邨《しゅうそん》

「紙魚」は、和紙や糊《のり》を食べてしまう小さな虫。夏の季語ですが、ここは、より広く、紙魚を包み込んでいる外の景、「万緑」がメインになっているのでしょう。

この「紙魚は食ふ」の「食ふ」の主語は何か。ここでは、当然、紙魚ですよね。それじゃ、「は」という助詞は、「紙魚」が主語であることを表す働きがあるのかというと、実はそうではない。

②寂として万緑の中菓子は食ふ

句としては、つまらないのですが、比較のために、①の句の「は」の上を、「菓子」という名詞に変えてみました。

もし、「は」が主語を示す働きだったら、「食ふ」の主語は、当然「菓子」でしょう。でも、それはホラーです。こわすぎる世界です。ここは、主語は省略されていると解釈せざるを得ない。

寂として万緑の中（私は）菓子は食ふ

という意味ですよね。つまり、「菓子」は、「食ふ」の主語ではなく、目的語になっています。

この例でも、格助詞「が」と、係助詞「は」は、機能が異なることが分かります。

それでは、係助詞とはなにか。

大野《おおの》晋《すすむ》先生は、『係り結びの研究』（岩波書店）の中で、係助詞の働きを、「題目を立てること」と説明しています。でも、それだけではちょっと分かりにくいですよね。とりあえず、最初の段階では、次のように理解しておいてください。

＊係助詞の働き

①文そのものの構成に影響を与える。
②文としての判断のしかたを決定して、結びに影響を与えることがある。

②については、学生時代に勉強した「係《かか》り結び」

っていう言葉を思い出すのではないでしょうか。係助詞「ぞ」「なむ」「や」「か」「こそ」は、文中で用いられるとき、結び（文末表現）に影響を与えるのです。

「係り結びの法則」について

普通、文というのは終止形で言い切ります。ところが、係助詞「ぞ」「なむ」「や」「か」「こそ」が、文中にある場合、文末は、連体形や已然《いぜん》形で結ぶ。これを「係り結びの法則」と言います。

具体的に説明しますね。

①男あり。

「あり」は、ラ行変格活用動詞の終止形。訳は、「男がいる」です。現代語に訳すときには、主格を示す「が」を補って訳します。

②男　ぞ（係り）　ある（→結び（連体形））。

③男　なむ（係り）　ある（→結び（連体形））。

名詞「男」の下に、強めの係助詞「ぞ」「なむ」を接続すると、文末（＝結び）は、終止形「あり」ではなく、連体形「ある」に変化する。これが「係り結びの法則」です。訳は、「男がいる」。特に強意を訳出する必要はありません。

④男　や（係り）　ある（→結び（連体形））。

⑤男　か（係り）　ある（→結び（連体形））。

疑問・反語の係助詞「や」「か」も文中に用いられると、文末（＝結び）は、連体形に変化します。

疑問の訳は、「男がいるか」です。これは問題ないですね。そして、反語というのは、問いかけの形をとりながら、実際には、そうではないという気持ちを表すのです。「…カ、イヤ…ナイ」と訳す。だから、「男やある」「男かある」の反語表現の場合、「男がいるか、いや、いない」という訳になるのです。

これは現代語でも、使いますよね。

「これは、あなたの財布なのか」。

たとえば、私が持っている財布が、盗難被害に遭った品物と似ていたため、警官から職務質問を受けたとき。警官は、「あなたの財布なのか」と、問いかけながら、「いや、あんたの財布ではないだろう」というところに、真意がある。それが、反語です。あんまり、いい例じゃないですけど。
⑥男　こそ（係り）　あれ（↓結び〈已然形〉）。
それでは、これはどうなるでしょうか。

名詞「男」に、強意の係助詞「こそ」が接続して、結びがラ行変格活用の已然形「あれ」になっています。

訳してみてください。

「男よ、いなさい！」

ブー!!　間違いです。ラ変の已然形は、命令形と同じ形でしょう（ら・り・り・る・れ・れ）。
でも、ここには命令の意味は、まったく含まれていない。「男あり」の「男」を強めたのが、「男こそあれ」です。だから、訳は「男がいる」なんです。
●雨こそ降れ。
これも同じ。どんな訳になりますか。「雨よ、降れ」じゃないですよ。「雨が降る」です。

ここまでの説明、よろしいですか。「係り結びの法則」の表は、そのまま丸暗記してください。

「こそ」を知らないと大変なことに

俳句の中で、「なむ」「や」「か」の係り結びは、あんまり出てきません。理由はちょっと長くなるので、また次回説明します。

けれども、「ぞ」「こそ」は、かなり使われます。それで、この「こそ…已然形」の係り結びを知らないと、俳句を解釈するうえで、とんでもないことになってしまいます。

木曾川《きそがわ》の今こそ光れ渡り鳥

高浜虚子《たかはまきょし》

虚子の代表作です。季語は「渡り鳥」。秋、北方から渡ってくる鳥のことをいいます。この句には、中七《なかしち》と下五《しもご》の間に「切れ」がある。

木曾川の今こそ光れ／渡り鳥

という構造になっているのですが、この句を、大《おお》野林火《のりんか》という有名な俳人が、次のように鑑賞しています。

「今こそ光れ」は当然木曾川にかかる。大空を健気《けなげ》に渡る小鳥の群への礼賛がこの木曾川への呼びかけとなったのだ。木曾川よ、いまこそ光って小鳥の群を見送ってやれというのである（『虚子秀句鑑賞』昭和三十四年・角川新書・一一六ページ）。

これは間違いです。どこがおかしいか、分かりますか。

「今こそ光れ」の「こそ」は、強意の係助詞です。「今光る」の「今」を、「こそ」で強めたんです。だから四段活用動詞「光る」は、終止形でなく、已然形「光れ」になったのです。

今　こそ（係り）　光れ（→結び（已然形））

したがって、「今こそ光れ」の現代語訳は、「今こそ光る」なんです。「今こそ光れ」という表現の中に、「今こそ光って見送ってやれ」という、命令・呼びかけのニュアンスは含まれていないんです。

大野林火は、俳人としてはもちろん、研究家としても優れていた人です。ただ、事この部分に関しては、ケアレスミスをしてしまったようです。

さらに、林火先生、この箇所については、最後まで気づかなかったらしい。その後に刊行された、『新稿　高浜虚子』（昭和四十九年・明治書院）でも、「いまこそ光って…見送ってやれ」とお書きになっています。

だれか一人くらい、こそっと、「この『光れ』は、係助詞『こそ』の結びで已然形です。係り結びですよ」って、教えてあげたらよかったと思うんですけどね。だれも、気づかなかったのかな。

助詞 係助詞

2 係助詞② 「ぞ」「なむ」「や」「か」

「係り結びの法則」の復習

今回は、係《かかり》助詞の二回目。「ぞ」「なむ」「や」「か」の四つについて、詳しく学習します。その前に、最初に前回の復習をしておきましょうね。

問1 「係り結びの法則」とはなにか。

答1 ふつう、終止形で言い切る文の中に、係助詞「ぞ」「なむ」「や」「か」「こそ」が入った場合、文末を連体形や已然《いぜん》形で結ぶ法則。

答がすぐ横に書いてあるので分かっちゃいますが、まず、これが「係り結びの法則」の基本です。

もう少し、具体的なルールについて復習しますよ。

問2 「係り結びの法則」について、次の表の空欄を埋めよ。

	意味	結びの活用形
ぞ・なむ	①	④
や・か	②	
こそ	③	⑤

答2 ①強意 ②疑問・反語 ③強意
④連体形 ⑤已然形

表を見た瞬間、迷った人、いませんか。「えーっと、待ってくださいよ……。『ぞ』は、『強意』だったかな、『疑問・反語』だったかな……」。その人は、とにかく、【問2】の表を頭に叩《たた》き込みましょう。反射的に、すらすらと答が出てくるまで。

係り結びの具体例と疑問

係り結びの基本は、以上です。学校文法では、これくらいしか教えないんです。でも、本書では、文法のおもしろさも感じてもらいたいと思っています。だから、今から、少しだけ、専門的なことを説明します。ゆっくり読めば、分かりますからね。

①**温石《おんじゃく》の抱き古びてぞ**（係り）**光りける**（↓結び（連体形））　飯田蛇笏《いいだだこつ》

例句①の係り結びの法則は、いいですよね。具体的な作品鑑賞は、あとに回します。係助詞「ぞ」の強めによって、詠嘆《えいたん》の助動詞「けり」が連体形に変化している。今まで学習した知識で説明できます。

それでは、例句②は、どうでしょうか。

②**病葉《わくらば》や**（係り）**大地に何の病ある**（↓結び（連体形））　高浜虚子《たかはまきょし》

係助詞「や」の影響で、ラ行変格活用の動詞「あり」が連体形に変化している。ここまでは、いいです。でも、なんか、違和感ありませんか。

俳句雑誌など、文法に関する文章を熟読して、よく勉強している読者の方々は、「あれ？　この『や』っていうのは、本当に、疑問・反語なんだろうか。切字《きれじ》じゃなかったの？『／病葉や／大地に何の病ある／』となるんじゃなかったっけ。この句の意味は、どうなるのかな？」と、だんだん、頭の中が、ぐるぐるしてきませんか。

実は、係助詞「や」＝「疑問・反語」が発展して、現在、われわれが用いている切字になったんです。大野晋《おおのすすむ》先生が、『係り結びの研究』（岩波書店）の中でそのことをはっきり指摘しているんです。

連体形結びになるのは、なぜだろう

係助詞「ぞ」「なむ」「や」「か」の結びは、なぜ、連体形になるのか。学校では、「そういうルールになっているから」と覚えます。

それはそれでいいんですが、連体形の結びには、きちんと論理的根拠があるんです。先ほどあげた、大野晋《おおのすすむ》先生の本の中に書いてあります。ちょっと説明してみますね。

現在、われわれは、「ぞ」「なむ」が強意、「や」「か」が疑問・反語。そのまま鵜呑《うの》みにして覚えることが多いのです。

でも、大昔、『万葉集』の和歌が作られたような時代には、意味が違っていたんです。

「ぞ」＝「なむ」
「や」＝「か」
では、なかったんです。

　大野先生は、膨大《ぼうだい》な用例を調べて、「ぞ」「なむ」「や」「か」の原義を、次のように推論しています。

【原義】

Ⅰ「ぞ」＝新情報として、相手に教える。

Ⅱ「なむ」＝私は、常々、こう思っているということを表現。

Ⅲ「や」＝自分で、そう確信しているということを表し、その下に「イカニ」という言葉を補う表現。

Ⅳ「か」＝事態が判断不能だ、分からないと言い切る形。

　ちょっと漠然とした印象を受けるかもしれません。ふうん、そんな意味なのか……くらいの理解で結構です。

　その「ぞ」「なむ」「や」「か」の原型は、次のような形でした。

降る雨ぞ。
降る雨なむ。
降る雨や。
降る雨か。

もともと、文末に来る用法だったんですね。

当然のことながら、「雨」の上にある「降る」は連体形です。体言（名詞）に続く形ですからね。

　このそれぞれの文の「雨ぞ」「雨なむ」「雨や」「雨か」が、倒置法《とうちほう》によって、ひっくり返ってきます。

「倒置法」って知ってますか。文の順序を入れかえて、前に来た部分の意味を強調する用法です。

「ぼくは、あなたを好きです」

こんな恥ずかしいこと、中年男になったら、女性に、面と向かって言えませんけど、まあ、仮に、言ったとします。この文を、もっと、印象づけるためには、どうしたらいいですか。「好きです」を強調するために、前に持ってくるんです。

「好きです、ぼくは、あなたを」

なんか、とても、切羽詰《せっぱ》まった告白って感じです。まるで、メロドラマみたいです。

さて、先ほどの文を、この倒置法で、ひっくり返してみますね。すると、あらあら、ふしぎ。係り結びができあがってしまいます。

降るa 雨ぞb。（原型）→雨ぞb 降るa。
降るa 雨なむb。（原型）→雨なむb 降るa。
降るa 雨やb。（原型）→雨やb 降るa。
降るa 雨かb。（原型）→雨かb 降るa。

これだけのことなんです。句形としては。

それでは、意味のほうは、どうなるのでしょうか。

ここで、もう一度【原義】Ⅰ〜Ⅳを振り返りましょう。

Ⅰ「ぞ」は、「新情報の示唆《しさ》」ですが、これを倒置法でひっくり返すことにより、さらに強調。

雨ぞ降る。→「ぞ」＝強調

Ⅱ「なむ」は、「内面の吐露《とろ》」ですが、これを、倒置法でひっくり返すことにより、さらに強調。

雨なむ降る。→「なむ」＝強調

Ⅲ「や」は、「自己の確信の問いかけ」ですが、これを、倒置法でひっくり返すことにより、さらに、「問いかけ」の意味を強調。

雨や降る。→「や」＝疑問・反語

Ⅳ「か」は、「判断不能の言い切り」ですが、これを、倒置法でひっくり返すことにより、さらに「判断不能」の意味を強調。

雨か降る。→「か」＝疑問・反語

ね、おもしろいでしょう。

俳句の「ぞ」の原義は「発見」

前回の講義で、保留事項がありました。俳句の中では、「なむ」「や」「か」の係り結びは、あまり出てこない。理由については、説明していませんでした。今から、説明しますね。

大野先生の学説によると、「ぞ」は、「新情報の示唆」でした。「示唆」の意味は、分かりますよね。「それとなく、さし示すこと」です。あることを、発見して、そのことをダラダラと述べないで、ちょっとだけ、ほのめかす。

俳句というのは、五・七・五＝十七音の形式です。そんなに長々と説明し尽くすことはできません。どうしても、「示唆」するような表現にならざるを得ない。「ぞ」の係り結びは、俳句の形式に馴染《なじ》みやすいんです。

①温石の抱き古びてぞ光りける　飯田蛇笏

「温石」が冬の季語。今では、使わないでしょうね。私も見たことないです。石を熱くして、布などで巻いて、お腹などを温めるのに使うものだそうです。「貼るカイロ」みたいなもんですね。長年、使っていた温石が、光っている。その発見を、係助詞「ぞ」で強調した作品です。

②病葉や大地に何の病ある　高浜虚子

「病葉」が夏の季語。はやばやと色づいて、落葉してしまった葉のこと。季語「落葉」は、冬に分類されています。

この「や」の意味は、ビミョウです。形式としては、「病葉や…病ある」で、係り結びの形式に

なっています。でも、「病葉や」の「や」を、疑問・反語に解釈するのは、若干《じゃっかん》抵抗があります。

そこで、先に触れた、大野氏の【原義】Ⅲをもう一度思い出してみましょう。

「や」は、自分で、そう確信しているということを表し、その下に「イカニ」という言葉を補う表現。「大地に何の病ある病葉や（いかに）」＝「大地にどんな病気がある病葉なのか（どうか）」という表現の「いかに」が省略されています。

「大地に何の病ある病葉や」を倒置法で、ひっくり返すと、「病葉や大地に何の病ある」と、係り結びの形になります。

もともとは、「病葉なのかなあ、大地にどんな病気があるのか」という意味でした。それが、使っている間に、「疑問」のイメージが薄れてきて、「疑問の強調」の「強調」部分のイメージが強くなり、そこで、意味が切れるようになったのです。「病葉や」の部分で、詩的場面を思い出されることを読み手に要請して、以下、「何の病ある」の叙述に奥行きを与え、イメージを深くする役割を果たすようになったのです。

だから、「や」は、現在、切字として使われるようになったのです。

助詞
係助詞
3

係助詞③「こそ」

基本の確認

今回の学習は、係《かかり》助詞「こそ」です。意味は「強意」。係《かか》り結び「こそ」の結びは、已然形《いぜん》でした。

復習してみましょう。

木曾川の今こそ（係り↓）光れ（結び（已然形））渡り鳥　高浜虚子《たかはまきょし》

強めの係助詞「こそ」が、「今」を強調し、結び「光る」が、已然形「光れ」に変化しています。

木曾川の輝きの上を鳥が渡っていった景色を詠っているのですが、「今こそ光れ」の部分は、要注意。ラ行四段活用動詞「光れ」は、あくまで已然形であって、命令形ではありません。したがって、「今こそ光れ」の訳は、「今光る」となるんでしたね。

「こそ」の例句と鑑賞

それでは、係助詞「こそ」の例句を鑑賞してみましょう。

山川の奏《かな》でこそ（係り↓）すれ（結び（已然形））　囮籠《おとりかご》　阿波野青畝《あわのせいほ》

係助詞「こそ」は、名詞「奏で」を強調。結びのサ行変格活用動詞は、已然形「すれ」に変化しています。

山間の川が、清冽《せいれつ》に響きわたっています。「奏で」とは、「音楽を演奏すること」。さまざまな流れの音を擬人法で表現しています。

「囮籠」は、秋、小鳥を捕獲するため、囮の鳥を入れた籠。係り結び「奏でこそすれ」のあとには、逆接のニュアンスが加わって、「山川が奏でている。（けれども）その中から、籠の囮が鳴いている声が聞こえるなあ」という余韻《よいん》のある作品になっています。

苦瓜《にがうり》の小さき穴こそ（係り）棲《す》みたけれ（↓結び（已然形））　正木《まさき》ゆう子《こ》

係助詞「こそ」は、名詞「穴」を強調。結びの願望の助動詞「たし」は、已然形「たけれ」に変化しています。形容詞ク活用型で変化するんでしたね（185ページ参照）。「小さき穴こそ棲みたけれ」で、「小さい穴にこそ、棲みたい」という訳になります。

「苦瓜」は秋の季語で、ゴーヤーのこと。疣《いぼ》を持つ実が生《な》ります。作者は、苦瓜をじっと見つめていたのでしょう。小さな穴が空いていた。傷がついていたのか、虫がいたのか。現実の喧騒《けんそう》を逃れて、その穴の中に潜《ひそ》んでみたいという呟《つぶや》きを、一句に結実しています。

「こそ」の結びの省略

係助詞「こそ」は文末に用いられ、「強意」の意味に使われることがあります。

クリスマスとは静けさの中にこそ　稲畑汀子《いなはたていこ》

クリスマスは、十二月二十五日。イエス・キリストの誕生日。聖誕祭《せいたんさい》ともいいます。前日のクリスマス・イヴ、日本では、信者でなくても、プレゼントをしたり、ケーキを食べたり。でも、本来は敬虔《けいけん》な宗教行事のはず。クリスマスは、静かに祝うべきものだというこころを秘めています。

さて、この句、係りは、句末「こそ」ですよね。それでは、結びはどこにあるのでしょう。

いくら探してもないです。これは、

クリスマスとは静けさの中にこそ（あれ）

の「あれ」が省略された表現なのです。もちろん「あれ」は、ラ行変格活用「あり」の已然形です（34ページ参照）。

どかと解く夏帯《なつおび》に句を書けとこそ　高浜虚子

虚子の有名な句です。意味は、だいたい分かるでしょう。きっと、花街の女性でしょう。恥ずかしがるそぶりも見せず、着物の帯を解いた。「虚子先生、この夏帯に御句を書いていただけませんか」。

時代性を考えてみてください。時代物ドラマで、悪代官が若い女性の帯を解こうとするのは、かなり問題があるシーンです。大胆な女性の行為に、虚子は、思わずどきりとしてしまった。その驚きが、「書けとこそ」の「こそ」の強意に表現されています。
それでは、結びはどこにあるのか。
この場合も、結びは省略されているんです。ハ行四段活用「いふ」の已然形「いへ」が省略されているのでしょう。

どかと解く夏帯に句を書けとこそ
いへ
文末に用いられ「強意」の意味
結びが省略されている

どかと解く夏帯に句を書けとこそ（いへ）
訳は、「（この女性は）どかと解く夏帯に、『句を書け』という」でしょう。わずか十七音の中に、奔放《ほんぽう》なエロスが凝縮した見事な作品です。

手摑《てづか》みの香魚《あゆ》の素肌を嗅《か》げとこそ——西村和子《にしむらかずこ》
「香魚」と書いて、「あゆ」と読みます。「鮎」のことです。川鮎は苔《こけ》を食べている。だから、ほんのりと苔の匂いがするそうです。「嗅げとこそ」のあとには、已然形「いへ」が省略されているんですね。

手摑みの香魚の素肌を嗅げとこそ（いへ）
手づかみの鮎の素肌からは、自然の香りがただよってくる。「ほら、あなたも、嗅いでごらん」。目の前に、突き出された鮎の素肌は、光をあびて、きらきらと輝いているのです。

「こそ…已然形」の成立について
前回の講座では、「ぞ・なむ・や・か…連体形」が、どういう過程を経て成立していったかを説明しました。今回は、「こそ…已然形」という係り結びが、なぜできあがったのか、説明していきたいと思います。

なぜ「こそ」の結びだけ已然形なのか。連体形にならないのか。不思議に思いませんか？　学校文法では、ただ丸暗記するだけですが、きちんとした原因・理由があるんですね。

前回同様、大野晋《おおのすすむ》先生の『係り結びの研究』（岩波書店）の学説を平易にまとめてみます。

奈良時代、『万葉集』にはこんな和歌があります。

昔こそ難波《なにわ》ゐなかと言はれけめ
今京《みやこ》引《ひ》き都びにけり

（訳）昔こそ難波田舎と言われたろうが、今は都を移して都らしくなったことだ。

「こそ→けめ」で係り結びになっていますね。「けめ」は、過去推量の助動詞「けむ」の已然形。

●○・○・けむ・けむ・けめ・○

と活用します（157ページ参照）。

「言はれ」の「れ」は、受身の助動詞「る」の連用形。

●れ・れ・る・るる・るれ・れよ

でしたね（123ページ参照）。

奈良時代の「已然形」は、「…シタノデ」という順接条件や、「…シタケレド」という逆接条件を示すのに使われるのが目的だったんです。それが、時の進みとともに、「已然形」は、単純に、「すでに、動作や作用が成立していることを示す形」へと変わっていったのです。

したがって、

A　昔こそ難波ゐなかと言はれけめ
B　今京引き都びにけり

このAとBの部分は切れていない。文脈的には続いているんです。

具体的に口語に訳せば、

A　昔こそ難波田舎と言われたろうが、
B　今は都を移して都らしくなったことだ。

AとBの切れ目は、「…ガ」「…ケレド」という逆接条件で繫《つな》がってるんです。

ところが、平安時代になって、用法に変化が訪れます。AとBの間が繋がらず、切れる表現が増えてくる。たとえば、『古今和歌集』の選者・壬《み》生忠岑《ぶのただみね》の作品のように。

山里は秋こそことにわびしけれ
鹿の鳴く音《ね》に目をさましつつ

（訳）山里では、秋がほかの季節に比べてひときわ寂しくてならぬものだ。どこかで鳴く鹿の声にしばしば眠りを覚まされながら。

「こそ→わびしけれ」で係り結びになっています。「わびし＋けれ」ではないですよ。「わびしけれ」は、形容詞シク活用「わびし」の已然形。

●しく・しく・し・しき・しけれ・○
●しから・しかり・○・しかる・○・しかれ

奈良時代
万葉集
昔こそ難波ゐなかと言はれけめ…
「…シタケレド」という逆接条件を示す
用法の変化
平安時代
古今集
「こそ…已然形」の表現
強調表現
山里は秋こそことにわびしけれ！

と活用するんでした（72ページ参照）。このあたりは、今までの学習の復習も兼ねています。記憶があいまいな人は、前のページを読み直してください。フィードバックが確実な実力を養います。

大野晋先生によると、『古今集』の「こそ」の六割ほどは、単純な強調表現に使われているそうです。

A 山里は秋こそことに わびしけれ

B 鹿の鳴く音に目をさましつつ

このAとBは、意味的には、第三句「わびしけれ」のあとで切れることになります。

山里は秋こそことにわびしけれ／

鹿の鳴く音に目をさましつつ

『古今集』は、はじめての勅撰《ちょくせん》和歌集。延喜《えんぎ》五年（九〇五）に成立したと言われています。それ以降の歌人のお手本になりました。

ところが、ここで重大な問題が生じてきます。『古今集』を中心にして歌を学び始めると、『万葉集』時代、古い「こそ」が持っていた「…シタノデ」（順接条件）とか「…シタケレド」（逆接条件）の語法を理解するのが困難になってくるんです。ということは、「こそ…已然形」（強意）という係り結びは、平安時代以降、確立された語法です。

『古今集』っていうのは、新旧の用法が混在して、新型が優勢になる段階だったんですって。係り結びっていうのは、本当に奥深い表現ですね。

助詞
係助詞
4

係助詞④「は」「も」

係助詞「は」「も」の意味と用法

今回は係《かかり》助詞の最終回。「は」「も」について学習します。「は」と「も」を、辞書で調べたら、たくさん意味が出てきますよね。

「は」＝①主題・題目の提示、②他と区別して取り立てる、③強調、④感動・詠嘆《えいたん》

「も」＝①列挙・並列、②添加、③類推、④最小限の願望、⑤総括・強意

こんなの全部、覚える必要はありません。基本的には、古語でも現代語でも、重なる部分が多いんです。ただ、二点だけ、押さえておかなければいけない重大ポイントがあります。今から説明しますね。

第一点目としては、なぜ、「は」「も」が、係助詞になるのか。係助詞の一回目の講義で学習しましたよね（243ページ）。

＊係助詞の働き

①文そのものの構成に影響を与える。

②文としての判断のしかたを決定して、結びに影響を与えることがある（係《かか》り結び）。

「は」「も」は、この①の働きがあるんです。今までしばしば引用してきた大野《おおの》晋《すすむ》先生の『係り結びの研究』（岩波書店）では、「は」「も」の働きを、次のように説明しています。

「は」…承ける語を他と対比して、「これ一つ」と取り上げ、確定的、確実、限定的、既定と扱う。

「も」…承ける語を「これ一つではない」として不確定、不確実、非限定的、併立あるいは仮定、否定と扱う。

うーん。これじゃ、分からないですね。具体的にかみ砕いて、説明しますよ。

①これは、ベートーヴェンの曲です。

②これも、ベートーヴェンの曲です。

承ける語を他と対比して「これ一つ」として扱う
これは、ベートーヴェンの曲です。
ジャジャジャジャ〜ン
これも、ベートーヴェンの曲です。
承ける語を「これ一つではない」と扱う
運命
皇帝
第九
田園
英雄

クラシック音楽に興味がない方でも、「ジャジャジャジャ〜ン♪」というのが、ベートーヴェン作曲の『運命』だっていうくらいはご存じですよね。

①の場合、「ジャジャジャジャ〜ン♪」という音楽が耳に入ってきたとき、係助詞「は」が承けている語＝「これ」は、名作『運命』である、それ以外の曲ではないということを、確実だと限定しているわけです。

それじゃ、②の場合は、どうなるでしょう。「ジャジャジャジャ〜ン♪」という曲が聞こえてきたとき、係助詞「も」が承けている語＝「これ」は、確かにベートーヴェンの作曲であるけれども、それ以外にも彼の作品はある。ベートーヴェンの曲は、これだけに確定限定することはできない。たとえば、『英雄』『田園』『第九』『皇帝』なども、ベートーヴェンの曲ですよ……っていうことを伝えているんですね。

そこで、俳句の例に移ってみます。

①土の香は遠くの草を刈ってをり　高浜虚子《たかはまきょし》
②百合《ゆり》の香も秋に入りたるかと思ふ　石田郷子《いしだきょうこ》

違いは、どうなるでしょうか。

①の上五《かみご》「土の香は」の係助詞「は」は、「土の香」＝「遠くの草刈が原因」であることを、確定的に叙述しているわけです。暑い盛り、土の香が立ちこめている。根元から草を刈ると、土の香も混じって匂《にお》ってきます。「草刈」は夏の季語。遠くの

草刈による土の香りが、こんなところまで、匂ってきたのだという驚きを表しています。
一方、②の「百合の香も」の係助詞「も」は、秋になったのは百合だけではない、それ以外の花の香りも秋らしくなってきたと表現しています。そもそも、「百合」は夏の季語。匂いが強いですよね。その百合に、いくぶん衰えが感じられる。強烈に香りを放っていた百合でさえ、秋になってしまったのだという哀感をうまく表現している句だと思います。

係助詞「は」は、題目を示す

係助詞「は」の用法について、もう少し、詳しく説明していきます。
①私が蛇を食べた。
②私は蛇を食べた。
「私が…」「私は…」の比較例は、２４２ページで説明しました。係助詞「は」と格助詞「が」の違いは、国語学上、議論され続けてきた課題なので、ちょっと、詳しく説明してみますね。①の場合、格助詞「が」は、主語を示す用法です。

私《主語》が　蛇《目的語》を　食べた《述語》。

ところが、②の場合、係助詞「は」は、主語を示しているのではありません。「は」の前の「私」は、書き手と読み手の間において、既に明らかな情報が提示されていることを示しています。

私《既知情報》は　蛇を食べた《未知情報》。

「私」＝「既知の情報」を示しながら、以下、「未知の情報」＝「蛇を食べた」を表す役割を果たしています。

私は《既知》鶏を食べた《未知》。
私は《既知》麦を食べた《未知》。

この「は」のように、ある既知情報を、提示する語法を「題目」を示すと言います。「題目（既知情報）」のあとに、「未知情報」が表現されることを示唆する用法が、係助詞「は」なんですね。
それに対し、格助詞「が」の場合には、前に未知情報、後に既知情報が来ます。

私が《未知》蛇を食べた《既知》。
彼女が《未知》蛇を食べた《既知》。

●格助詞「が」の上は未知、下は既知の情報。
●係助詞「は」の上は既知、下は未知の情報。

ふだん、係助詞と格助詞は、意識せずに使い分けていますが、用法的には、大きな違いがあるんです。

それじゃ、例句を見てみますね。

①焚火《たきび》あと月読の香のながれけり　原　裕《はらゆたか》
②土の香は遠くの草を刈つてをり　高浜虚子

古語では、主格を示す格助詞は、「が」ではなく、「の」を用います。これは、すでに学習しましたね。

①の句、「月読」とは、「月の光」の古語。「月読の」の「の」は連体修飾格の格助詞、「香の」の「の」は主格の格助詞。訳としては、「月光の香が」という意味になります。

焚火のあと、冴えきった月の光から澄明な香りが伝わってくるような気がした。感覚的な句ですが、「月読の香」の部分に、未知の発見の驚きが含まれています。

焚火あと月読の香《未知》のながれけり《既知》

②の句は、さっき鑑賞しました。「土の香」というのは、係助詞「は」によって示された題目部分。したがって、未知情報は、「遠くの草を刈つてをり」になる。ここに作り手の発見・驚きの焦点が存在するわけです。

土の香《既知》は遠くの草を刈つてをり《未知》

助詞の応用問題

今まで学習してきた助詞について、復習を兼ねて、応用問題をやってみましょう。

問　空欄に、「は」「の」「に」を入れよ。
①人と逢《あ》ふ胸の高さ（　）遠花火《とおはなび》
②ねむりても旅の花火（　）胸にひらく
③住吉《すみよし》にすみなす空（　）花火かな

答　①に　②の　③は

全部、夏の花火の句です。意味から考えてみましょう。

①は、恋の面影を感じさせますね。「会ふ」ではなく、「逢ふ」という字を使っているところがロマンチックです。ときめく胸のあたり、遠空に

花火があがった。したがって、名詞「高さ」の下の空欄には、場所を示す格助詞「に」を入れます。

人と逢ふ胸の高さに遠花火　藤木倶子《ふじきともこ》

②は、夢の中の花火を詠《よ》んだもの。上五「ねむりても」という平仮名書きから、柔らかく眠りに堕《お》ちていく感触が伝わってきます。中七《なかしち》部分「旅の花火」は、後に続く「ひらく」の主語になっていますので、空欄には、主語を示す格助詞「の」を入れればいいのです。

ねむりても旅の花火の胸にひらく　大野林火《おおのりんか》

③は、かなり難解です。「住吉」は、大阪の住吉大社がある地名。「すみなす」は、「住み成す」。住んでいるという意味。上五「スミヨシ」と中七「スミナス」が巧みに韻《いん》を踏んでいます。

問題は、「空」の下の空欄。これ、「の」を入れても、意味が通じるんです。その場合には、連体修飾を示す格助詞「の」になります。

ところが、「すみなす空の花火かな」では、一句のひろがりが不足してしまう。係助詞「は」にしたほうが、明らかに、花火が拡がっていくイメージが伝わってきます。

住吉にすみなす空は花火かな　阿波野青畝《あわのせいほ》

（係助詞・題目「は」）

なぜ、格助詞「の」よりも、係助詞「は」のほうが効果的なのか。

ひとつは、「は」の題目としての用法があります。AはBという表現の場合、「住吉にすみなす空」までは、ずーっと、目の前に見えている「既知情報」＝「夜空」の光景になる。

係助詞「は」以下、下五《しもご》部分には、未知の情報が展開されることが予告される。この場合、未知情報とは、「花火かな」の部分です。そのことにより、花火の映像が、鮮明に読者の目に再現されるようになります。

もうひとつは、韻律的な効果があります。

「スミヨシニ／スミナススソラハ／ハナビカナ」

これを、ローマ字表記にしてみます。

sumiyosini suminasusoraha hanabikana

係助詞「は」を用いることによって、ア段音が連続しているため、あたかも開ききった花火が大空に響いているさまが聴覚的にもイメージされます。

わずか十七音ですが、俳句では、こんなにひろがりのある世界が表現できるんですね。

係助詞「も」の例句と鑑賞

真青な葉も二三枚帰り花　高野《たかの》素十《すじゅう》

季語は、「帰り花」で冬。季節外れの花が咲くことをいいます。係助詞「も」は、真っ青な葉以外に、色褪《あ》せた葉がたくさん生えていることを示している。それゆえに、そのなか、二三枚の葉の青々とした葉の色合いが目に映えて感じられます。

秋の空いまはのきはの蛾《が》の眼にも　飯田《いいだ》龍太《りゅうた》

「いまはのきは」は、命が絶えようとしている時。瀕死《ひんし》の蛾が、かすかに震えているのでしょう。係助詞「も」は、われわれ人間だけではなく、蛾の眼にも澄んだ秋空が映っているのであろうという共感を詠っています。

第八章

助詞～接続助詞・終助詞・間投助詞

助詞
接続助詞・終助詞・間投助詞

1 接続助詞① 「ば」

接続助詞の基本的意味

今回からは、接続助詞について学習します。

接続助詞とは、上に来る叙述と下に来る叙述の接続の関係を示す助詞。具体的には、「ば」「とも」「と」「ど」「ども」「が」「に」「を」「して」「で」「て」「つつ」「ながら」などがあります。

俳句文法の場合、接続助詞をきちんとマスターしているかどうかが表現力の大きな差になってきます。俳句は、わずか十七音。だから、接続助詞一語で一句の意味が根本から変わってしまいます。確実にマスターしていきましょう。

「柿くへば」とは、どんな意味なのか

柿くへば鐘が鳴るなり法隆寺 正岡子規《まさおかしき》

教科書にも、よく出てくる有名な作品です。俳句をしていない人でも、どこかで聞いたことがあるのではないでしょうか。

ただ、この句の上五《かみご》「柿くへば」の部分。作者は、実際に、柿を食べたのでしょうか、食べなかったのでしょうか。ちょっと、考えてみてくださいね。

普通、私たちが使っている現代語では、「食えば」っていう表現、どういう場合に使いますか。

毒入り饅頭《まんじゅう》を食えば、死ぬだろう。

物騒《ぶっそう》な例ですが、もちろん、この例文、現実には食べていません。「もしも、食べたら…」という順接の仮定条件を表しています。

それじゃ、正岡子規の「柿くへば」の句は、食べていないのか。もし、柿を食べたら、法隆寺の鐘が鳴る。もし、一個食べたら、一回鳴る。二個食べたら、二回鳴る。現実として、おかしいことは、誰でも分かりますよね。

ここは、「柿を食べると」という確定条件の意

味にならなければいけません。思い出してほしいのが、動詞の学習です。「柿くへば」を品詞分解してみると、

柿｜名詞　くへ｜動詞　ば｜助詞

となります。動詞「くへ」は、終止形「くふ」。ハ行四段活用で、「は・ひ・ふ・ふ・へ・へ」と活用し、「くへ」は、已然《いぜん》形です。已然形は、「已《すで》にそうなっている形」でした。したがって、古語の「くへ」は、実際に、食べているんです。「柿くへば」を現代語に直すと、「柿を食うと」という順接の確定条件の意味になります。

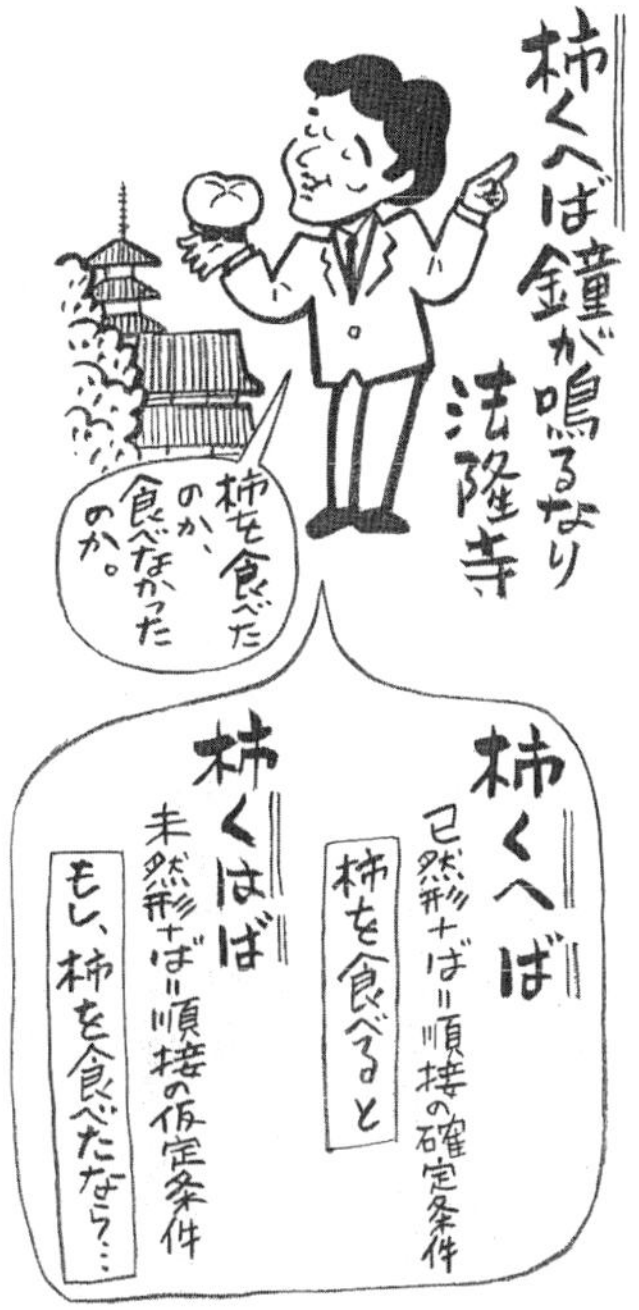
柿くへば鐘が鳴るなり法隆寺
柿を食べたのか、食べなかったのか。
柿くへば
已然形＋ば＝順接の確定条件
柿を食べると
柿くはば
未然形＋ば＝順接の仮定条件
もし、柿を食べたなら…

古典文法で、「もし、柿を食べたなら…」という意味を表したいなら、接続助詞「ば」の上には、動詞の未然形「くは」を持ってこないといけない。未然形は、「未《いま》だそうなっていない形」ですから、「柿くはば」で、順接の仮定条件を示すことになります。

それでは、なぜ、古語と現代語で意味のズレが生じるのか。

時代が下るにしたがって、当初の「未然形＋ば」の形で仮定条件を示すことが少なくなってきます。そして、そのかわりに、「已然形＋ば」の形で仮定条件を示すように変化していった。たとえば、已然形「食へ」は、次第に「すでに食べている」状態ではなく、「まだ食べていない」状態へと意味が変わってしまった。

【古語の活用形】

未然形・連用形・終止形・連体形・已然形・命令形

【現代語の活用形】

未然形・連用形・終止形・連体形・仮定形・命令形

だから、古語と現代語では、意味が異なってくるんです。

まとめてみますね。

〈未然形＋ば〉＝順接の仮定条件

雨降らば、行かず。

【訳】もし、雨が降ったら、行かない。

〈已然形＋ば〉＝順接の確定条件

雨降れば、行かず。

【訳】雨が降ったので、行かない。

「未然形＋ば」の例句と鑑賞

それでは、「未然形＋ば」の例句を、いくつか鑑賞してみましょう。

薄紅葉《うすもみじ》恋人ならば烏帽子《えぼし》で来《こ》　三橋鷹女《みつはしたかじょ》

断定の助動詞「なり」の未然形「なら」＋接続助詞「ば」で、順接の仮定条件。「恋人ならば」で、「恋人であるならば」の訳になります。

秋、薄く色づいた紅葉を見ながら、作者が心に浮かんだのが、「恋人ならば烏帽子で来」という思い。「来」は、カ行変格活用動詞。

●こ・き・く・くる・くれ・こ（こよ）

と変化するんでした。命令形です。「烏帽子で来」というのは、「烏帽子で来なさい」という訳。

この句は、あたかも能の舞台を見ているよう。雅《みやび》やかな紅葉を背景に、幻の恋人への抑制された恋心が伝わってきます。

嘴《はし》あらば銜《くわ》へむ夏の星赤し　正木《まさき》ゆう子《こ》

ラ行変格活用動詞「あり」の未然形「あら」＋接続助詞「ば」で、順接の仮定条件。「嘴あらば」で、「もし、嘴《くちばし》があるのならば」という訳になります。「銜へむ」は、「銜へ＋む」。ハ行下二段活用動詞「銜ふ＝（くわえる）」の未然形に、意志の助動詞「む」を接続したもの。「銜えよう」という訳。

人間は、鳥ではないので嘴はないけれども、もしあったなら、夜空にひときわ赤く光っているあの夏の星を銜えてみようという詩的想像。シャガールの絵画を見ているような幻想的でメルヘンチックな世界です。

「已然形＋ば」の例句と鑑賞

次は「已然形＋ば」の鑑賞をしていきます。「已然形＋ば」の順接の確定条件には、三種類の意味があります。

已然形＋ば＝順接の確定条件

①…ナノデ（原因・理由）

②…ト（単純な接続）

③…スルトイツモ（恒常条件）

③の恒常条件というのは、俳句ではあまり使われません。①の原因・理由、②の単純な接続をしっかりと覚えておいてください。

①〜③の順接の確定条件の意味判別法は、前後の文脈に頼るしかありません。具体的な作品で見てみましょう。

野遊びの隠れ木なれば伐《き》るなかれ　中村苑子《なかむらそのこ》

断定の助動詞「なり」の已然形「なれ」＋接続助詞「ば」で、順接の確定条件。「隠れ木なれば」は、「隠れ木であるので」という原因・理由の訳になります。

「野遊び」は、春、野に出て、草花を摘んだり、食事をしたりすること。その野原に、ちょうど身を隠すのにいい木があった。隠れん坊をしていたんでしょうか。

「なかれ」は、形容詞ク活用「なし」の命令形。「伐るなかれ」で、「伐るな」という禁止の訳になります。自然を愛《いとお》しむ気持ちが、一句の緊張した韻律《いんりつ》から強く伝わってきます。

街道を西へ歩けば蕪《かぶら》引き　山本洋子《やまもとようこ》

カ行四段活用動詞「歩く」の已然形「歩け」＋接続助詞「ば」で、順接の確定条件。「歩けば」で、「歩くと」という単純接続の訳になります。

冬のはじめ、街道を西へ向かって歩いていると、偶然、蕪を引いている農家の人に出会った。寒々とした冬景色の中で、蕪の白が際立って見えてきます。

鳥渡るこきこきこきと缶切れば　秋元不死男《あきもとふじお》

カ行四段活用動詞「切る」の已然形「切れ」＋接続助詞「ば」で、順接の確定条件。「缶切れば」で、「缶を切ると」という単純接続の訳になります。

一句の構造としては、「鳥渡る」のあとに切れがある倒置法。普通の文なら、「こきこきこきと缶切れば鳥渡る」という語順になりますが、冒頭に据《す》えることによって、季語「鳥渡る」を強調しています。「こきこきこき」という擬音《ぎおん》語が、缶を開けているさまをリアルに伝えてきます。

その最中、ふと、秋空を到来した渡り鳥の姿が目に入った。なんとなく物寂しい秋の季感が見事に表現されています。

応用問題をやってみよう

それでは、順接の仮定条件と、確定条件の応用問題をやってみましょう。

問　括弧《かっこ》内の動詞を適当な形に活用させ、入れよ。

①〔死ぬ〕ば入《い》る大地に罌粟《けし》を蒔《ま》きにけり

②子を〔負ふ〕ば涼しき月を負ふごとし

答　①死な　②負へ

①の句、「死ぬ」という動詞の主語は誰か考えます。第三者のことを詠《よ》んでいるならば、「＊＊死ねば入る（＊＊が死んだので入る）」という順接の確定条件になります。

しかしながら、それでは一句の切実感が足りません。単に風土的な葬送の慣習を詠んだ、他人事の作品になっています。

死なば入る大地に罌粟を蒔きにけり　野見山朱鳥《のみやまあすか》

未然形＋ば＝順接の仮定条件にすれば、「死なば入る」は、主語は作者自身になり、「もし、（自分が）死んだら入ることになる」という己《おのれ》のいのちを見据えた句になります。

罌粟は、華やかな色で咲き乱れます。その色彩の鮮烈さは、生と死の思いを非情に実感させてくれます。

一方、②のほうは、子供を背負ったか、背負わなかったのかがポイント。「子を負はば」といえば、順接の仮定条件。「子を負へば」といえば、順接の確定条件。句の中七《なかしち》以降は、「涼しき月を負ふごとし」という直喩《ちょくゆ》表現になっているので、上五は、実際に我が子を背負ってみた喩《たと》えと解釈するほうがいいですね。

子を負へば涼しき月を負ふごとし　上田日差子《うえだひざし》

助詞
接続助詞・終助詞・間投助詞
2

接続助詞②「と」「とも」「ど」「ども」「が」「ながら」

逆接の接続助詞「と」「とも」「ど」「ども」

今回は、逆接に関係する接続助詞を、まとめて学習します。

まずは、「と」「とも」「ど」「ども」の四つです。

「と・とも」＝逆接の仮定条件　…テモ
「ど・ども」＝逆接の確定条件　…ケレドモ

現代語の感覚で、なんとなく分かると思うんですが、この接続助詞は、俳句ではけっこう大切なので、丁寧に説明してみますね。

順接・逆接の違いは、文脈が前から後へ、予想されるように繋《つな》がっていくのが「順接」で、予想と反するように繋がっていくのが「逆接」です。

A ↓《そして》 **B**（順接）
A ↑《しかし》 **B**（逆接）

前回の学習では、順接の仮定条件・順接の確定条件を表す、接続助詞「ば」について、学習しました。

〔未然形＋ば〕＝順接の仮定条件
〔已然《いぜん》形＋ば〕＝順接の確定条件

この順接条件と、逆接条件には、どのような違いがあるのか。

嘴《はし》あら<u>ば</u>銜《くわ》へむ夏の星赤し　正木《まさき》ゆう子《こ》

「あら＋ば」は、〔動詞未然形＋ば＝順接の仮定条件〕でした。「嘴あらば銜へむ」の訳は、「もし、嘴《くちばし》があったなら…銜えよう」でしたね。この句を、文脈上厳密に分析すれば、

A【嘴《はし》あらば】↓《順接》B【銜《くわ》へむ】

という順接の構造になります。**A**の条件を仮定することによって、**B**の結果が順当な予想として導き出されてくる。それが順接の条件です。

それに対し、逆接の条件はどうなるのか。

振り向かずとも草笛の主わかる　森《もり》田《た》峠《とうげ》

「振り向かずとも」は、逆接の仮定条件を表します。訳は、「もし、振り向かないでも…」。この句の構造を、同様に分析すれば、

Ａ【振り向かずとも】←逆接《ぎゃくせつ》Ｂ【わかる】

となりますよね。だって、普通だったら、振り向かなかったら、分からないわけでしょう。Ａの仮定に対し、Ｂの結果は予想に反した内容になっている。それが逆接の条件なんです。

「と」「とも」「ど」「ども」の例句と鑑賞

行き〳〵てたふれ伏すとも萩の原　曾良《そら》

接続助詞「とも」は、サ行四段活用動詞「伏す」の終止形につき、逆接の仮定条件を表しています。「たふれ伏すとも」で、「もし、倒れ伏しても」の訳になります。

曾良の句は、『奥の細道』にも載っていますが、芭《ば》蕉《しょう》と同行の旅中、山中温泉で体調を崩し、師と別行動をとらざるを得なくなった時の心境を詠《よ》んだもの。

句の構造としては、

Ａ【…たふれ伏すとも】←逆接《ぎゃくせつ》Ｂ【萩の原】

となります。

なぜ、ＡとＢが、助詞「とも」によって逆接関係になっているかが、鑑賞のポイントだと思います。

前半の「行き〳〵てたふれ伏すとも」は、芭蕉と別れて行き倒れになったとしても……という悲《ひ》愴《そう》な覚悟を仮定条件に託して述べています。

それに対し、下五《しもご》のＢ「萩の原」は、Ａの沈《ちん》鬱《うつ》な内容とは逆接関係になるのだから、プラスのイメージにならなければいけない。「萩の原」は、明るいイメージで用いられているわけです。

萩というのは、秋を代表する植物です。原っぱ一面に咲き拡がった萩の花に、日が明るく当たっている。もしも、自分が孤独な旅中でのたれ死をすることがあっても、せめて、萩の花に埋もれるように風雅な最期を遂げたい――。

行き〱てたふれ伏すとも萩の原
A
B
Aの仮定に対して
逆接
Bの結果が予想に反した内容

これだけの複雑な思いが、十七音の中で表現できている。それも、「とも」という、わずか二音の作用によって、「萩の原」という末尾の季語に、イメージのふくらみを加えることに成功しています。

大海のうしほはあれど早《ひでり》かな　高浜虚子《たかはまきょし》

接続助詞「ど」は、ラ行変格活用動詞「あり」の已然形に接続し、逆接の確定条件を示しています。「あれど」で、「あるけれども」の訳になります。「うしほ」は、歴史的仮名遣いで書いてありますが、「潮」です。

A【大海のうしほはあれど】↑逆接 B【早かな】

大海に、うねるように潮が打ち寄せている。漫々とした海が目に拡がっている豊かな水の景。そのAの叙述を、B「早かな」で覆《くつがえ》します。

渇水期、いくら海水があっても、飲み水や農業用水としては、塩分を含んでいるので役に立たない。接続助詞「ど」は、前半の内容を受けとめながら、大きく舵《かじ》を切るように、文脈の流れを変化させ、一句の中に非情な自然の摂理を表しています。

蝌《か》蚪《と》飼ふやはてなき貧と思へども　小林康治《こばやしこうじ》

接続助詞「ども」は、ハ行四段活用動詞「思ふ」の已然形に接続し、逆接の確定条件を示しています。「思へども」で、「思うけれども」の訳になります。

「蝌蚪」は、おたまじゃくしのこと。春の季語です。

この句は、上五《かみご》と中七《なかしち》以降が倒置になっています。本来の語順は、「はてなき貧と思へども蝌蚪飼ふや」ですが、「蝌蚪飼ふや」を上五に据《す》えることにより、強調した形です。

A【…と思へども】↑逆接 B【蝌蚪飼ふや】

水槽《すいそう》に飼っているのでしょうか。貧しい生活で、将来ゆとりが出る希望もない。しかしながらおたまじゃくしが、日々成長し、足が生えていく様子を眺めながら、こころの慰めにしている。貧困の中にも自然のいのちを慈しむ心情が表現されています。

接続助詞「が」「ながら」の用法と例句

それでは、いま説明した「と」「とも」「ど」「ども」以外の逆接の接続助詞を見ていきましょう。

「が」＝逆接の確定条件　…ノニ

炎天に厳の如き人なりしが　高浜虚子

接続助詞「が」は、過去の助動詞「き」の連体形「し」に接続し、逆接の確定条件になっています。品詞分解すれば、

人(名詞)　なり(助動・断定)　し(助動・過去)　が(助)

となり、「人であったのに」という訳になります。

この句には、「七月三十一日　遠藤《えんどう》韮城《きゅうじょう》逝く」という但《ただ》し書きがついています。追悼句です。

A【…人なりしが】↑逆接 B【(亡くなった)】

ここでは、確定条件を受ける結果のB部分が省略されてしまっています。但し書きから推測すれば、B部分には、「亡くなってしまった」という知り合いを悼む気持ちを補うことができます。

夏の炎天下の厳のように、頑丈《がんじょう》な人であったのに、あっけなく他界してしまった。人のいのちのはかなさも感じさせる句です。

「ながら」＝①動作の継続・並行　…ナガラ
　　　　　②逆接　…ケレド

①の動作の継続・並行の「ながら」は、現代語でもよく用いるので、問題ないでしょう。

桐一《きりひと》葉《は》日当りながら落ちにけり　高浜虚子

「日が当たりながら」という訳になりますね。

問題は、逆接の意味になる②です。これは、けっこう高度なテクニックです。

雪ながら地に紅梅の花あかり　古賀《こが》まり子《こ》

接続助詞「ながら」は、名詞「雪」に接続して、逆接の意味を示しています。「雪だけれど」というような訳になります。

A【雪ながら】↑逆接 B【紅梅の花あかり】

雪が降りしきる中、紅梅が咲いているというのは、予想外の景であった。だから、「ながら」という逆接の接続助詞を用いているわけです。作者の主観が、「ながら」一語に表れていますが、そのことによって、紅梅の明るさ・色彩感もいきいきと伝わってきます。

露の世は露の世ながらさりながら　一茶《いっさ》

接続助詞「ながら」は、名詞「世」と連語「さり（然《さ》＋あり＝そうである）」に接続して、逆接の意味になっています。

「露の世は露の世であるけれども、そうであるけれども」という訳になります。

この句は、構造的にはとても複雑です。十七音の中に、逆接の言葉が二回使われています。簡潔をよしとする俳句で、このような例は、ほとんど見当たりません。

文政二年（一八一九）六月二十一日、作者の一茶は、愛する娘・さとを疱瘡《ほうそう》で亡くしています。その三十五日の墓参の折に作られた句。同じ時に詠《よ》まれた「秋風やむしりたがり赤い花」という句も有名です。

秋、一面にきらめく露は、いのちのはかなさの象徴としても、古来、日本文芸の中で詠われつづけています。一茶は、愛娘《まなむすめ》を失った現実の悲しみに向かい合い、露のようにはかない世の現実を、頭では受け入れようとしつつも、感情面では、どうしても子供の死を認めがたいのです。それが、「露の世ながら」の逆接「ながら」になっています。

この句の深みは、下五でその悲しみを、もう一度反復して、慟哭《どうこく》の思いを表現しつくしているところです。

A【露の世**ながら**】←逆接 B【(悲しい)】

＝

C【さり**ながら**】←逆接 D【(やはり悲しい)】

「さり＝さ＋あり」の「さ」が指すのは、前半の「露の世は露の世」という現実。悲傷の思いを癒《いや》そうとしても、亡き娘の愛らしい面影《おもかげ》や声はリアルに蘇ってきます。

露のきらめきは、子供と過ごしたみずみずしい時間を思い出させ、逆縁の傷みを切実に感じさせます。

助詞
接続助詞・終助詞・間投助詞

3 接続助詞③ 「で」「て」「に」「を」「して」

接続助詞「で」「て」

今回は、接続助詞学習の最終回です。
まず、「で」「て」から。濁音の有無で、意味が大きく変わることに気をつけてください。

「で」接続＝活用語の未然形
　意味＝打消接続　…ナイデ、…ズニ

「て」接続＝活用語の連用形
　意味＝文脈に応じて、順接（逆接）の確定条件に用いる（俳句で逆接の意味に用いることは少ない）。

たとえば、ラ行変格活用動詞「あり」の場合。「で」だったら、「あらで」という未然形接続。「て」だったら、「ありて」という連用形接続になります。
それでは、次の問題を考えてみてください。

問　次の傍線部を現代語訳せよ。
①うごくとも見えで畑うつ男かな
②手が見えて父が落葉の山歩く

答　①見えないで　②見えて

動詞「見え」は、終止形が「見ゆ」。ヤ行下二段活用です。
●え・え・ゆ・ゆる・ゆれ・えよ
と活用するんでした。
したがって、未然形でも、連用形でも、「見え」という同形になってしまうことに注意しなければいけません。

うごくとも見えで畑うつ男かな　去来《きょらい》

打消接続の接続助詞「で」は、ヤ行下二段活用動詞「見ゆ」の未然形に接続して、「見えないで」という訳になります。
春の畑打《はたうち》の景色。ひろびろとした田園地帯が拡がっています。遠いところに立っている人の姿は、動いているようにも見えない。ただ、鍬《くわ》を照り返す陽光が、ぴかりぴかりと輝いています。

手が見えて父が落葉の山歩く　飯田《いいだ》龍太《りゅうた》

順接の確定条件の接続助詞「て」は、ヤ行下二段活用動詞「見ゆ」の連用形に接続して、「見えて」という訳になります。

落葉の山路を、黙々と歩いてくる父親の姿を描写していますが、「手」のクローズアップから入ったアングルに意外性があります。また、作者の父は、有名な俳人の飯田蛇笏《いいだだこつ》。甲斐《かい》の旧家に住む威厳ある父の姿が、浮かんできます。

「て」の音便接続に伴う濁音化

さて、ここで、問題を解いてもらいます。

問　**次の傍線部を現代語訳せよ。**

①撫子《なでしこ》や死なで空しき人のむれ

②弱者死んで桃の袋が野に光る

答　**①死なないで**　**②死んで**

そんなに、難しい問題ではなかったと思います。

撫子や死なで空しき人のむれ　永田《ながた》耕衣《こうい》

打消接続の接続助詞「で」は、ナ行変格活用動詞「死ぬ」の未然形「死な」に接続して、「死なないで」という訳になります。

撫子は、秋の七草のひとつ。ピンク色の可憐《かれん》な花を咲かせます。花の縁が切れ込んでいて、繊細にして、たおやかなイメージです。中七《なかしち》以降は、少々屈折した表現。亡くなった人々を空しいというのは、常套《じょうとう》的な思いですが、作者は、生者たちに儚《はかな》さを感じています。考えてみれば、人間に与えられた命というのは有限であり、生死は紙一重。生に空虚さを感じることにより、あえかな人生の感触はリアルに伝わってきます。

弱者死んで桃の袋が野に光る　飴山《あめやま》實《みのる》

この「で」は、未然形接続の助詞ではありません。順接の確定条件を示す「て」が濁音変化したものです。

「死ん」は、ナ行変格活用「死ぬ」の連用形「死に」

が撥音便化《はつおんびん》したもの。本来ならば、「死んて」となるところですが、発音しにくいので、「て」が音韻変化《おんいん》して、「死んで」となりました。

音便は、第二章（86～102ページ）で学習しました。ちょっと復習してみましょうね。

問　音便の種類を四つ挙げよ。

答　イ音便・ウ音便・撥音便・促音便《そくおんびん》

大丈夫だと思うんですが、もし、すらすらと出てこなかった人は、必ず、復習しておいてください。

接続助詞「に」「を」の逆説の妙味

接続助詞「に」「を」は、もともと格助詞が発達したもの。厳密には判別が難しい場合がありますが、「に」「を」の上に「とき」「こと」「ひと」などの体言を補う必要があるときには格助詞。補う必要がないときには接続助詞とされています。

「に」　接続＝活用語の連体形

　意味＝逆接の確定条件　…ノニ、…ケレドモ

　順接の確定条件　…ノデ、…タメニ

　単純接続　…トコロ、…ト

「を」　接続＝活用語の連体形

　意味＝逆接の確定条件　…ノニ、…ケレドモ

　順接の確定条件　…ノデ、…タメニ

　単純接続　…トコロ、…ト

俳句の文脈の中では、特に「逆接の確定条件」として用いられる場合に注意してください。

犬ふぐり色なき畦《あぜ》と思ひしに　及川《おいかわ》貞《てい》

逆接の確定条件の接続助詞「に」は、直接経験過去を示す助動詞「き」の連体形「し」に接続しています。「き」の活用は、

●せ・○・き・し・しか・○

でしたね。「思ひしに」で、「思ったけれども」という訳になります。

犬ふぐりは、春の季語。瑠璃《るり》色の小さな花が固まって咲きます。土色の畦伝いに歩いていったところ、愛らしい犬ふぐりが目に飛び込んできた印象を詠《よ》んでいます。

牡丹《ぼたん》散る日ざし昨日に変らぬに　上村占魚《うえむらせんぎょ》

逆接の確定条件の接続助詞「に」は、打消の助動詞「ず」の連体形「ぬ」に接続。「変らぬに」で、「変わらないけれども」という訳になります。

牡丹は華やかな花ですが、散り際も見事。何枚か花びらが重なったまま、一度にバサッと散ります。日差しの強さは昨日と変わらないのに、散ってしまった牡丹を愛しんでいます。

御手討《おてうち》の夫婦《めおと》なりしを更衣《ころもがえ》　蕪村《ぶそん》

逆接の確定条件の接続助詞「を」は、断定の助動詞「なり」の連用形「なり」＋過去の助動詞「き」の連体形「し」に接続。「夫婦なりしを」で、「夫婦であったのだけれど」という訳になります。

この句は、蕪村の代表作。わずか十七音の中に、小説のようなドラマを感じさせます。男女は、不義密通でも働いたのでしょう。主君の手討ちになるはずであったのだが、罪を許されて、人目を避けるように、ひっそりと生きています。「更衣」は初夏の季語ですが、季感の清新さから、いのち永らえている夫婦の心情が伝わってきます。

接続助詞「して」

接続助詞の最後は「して」。サ行変格活用動詞「す」の連用形「し」に、接続助詞「て」がついて、一語化したものです。

「して」接続＝形容詞型・形容動詞型活用の語の連用形、打消の助動詞「ず」に接続。

意味＝順接・逆接両用に用いられる（俳句で逆接の意味に用いることは少ない）。

静さに耐へずして降る落葉かな　高浜虚子《たかはまきょし》

順接の接続助詞「して」は、打消の助動詞「ず」の連用形に接続。「耐へずして」で、「耐えないで」という訳になります。

「耐へずして」は、擬人法。落葉に感情移入をしていますが、冬木立の静けさが感じられますね。

助詞
接続助詞・終助詞・間投助詞

4

終助詞①「な」「そ」「ばや」「なむ」「もが」「もがな」他

助詞の学習もいよいよラストスパートに入ってきました。今回と次回は、「終助詞」の学習です。

終助詞とは、文末に加わって文全体の叙述をまとめ、断定・詠嘆《えいたん》・呼びかけ・希望などの意を相手にもちかけるもの。

まずは、禁止の意味を示す「な」「そ」について学習します。

禁止の終助詞「な」「そ」

「な」 接続＝終止形接続。ラ変型には連体形接続

意味＝禁止　…スルナ

「そ」 接続＝連用形接続。カ変型・サ変型には未然形接続

意味＝禁止　…シテクレルナ

※禁止の副詞「な」と呼応して、「な…そ」と用いられることがある。

もともと、禁止表現としては、副詞「な」と終助詞「そ」がセットで、「な…そ」となる呼応表現と、「…そ」という終助詞だけの単独表現がありました。

●な泣きそ＝泣いてくれるな

●泣きそ　＝泣くな

ニュアンスとしては、「な…そ」のほうが、「…そ」より、もの柔らかなイメージです。

ふるさとの此松《このまつ》伐《き》るな竹伐るな　高浜虚子《たかはまきょし》

禁止の終助詞「な」は、ラ行四段活用動詞「伐る」の終止形に接続。「伐るな」の訳は、現代語同様、「伐るな」でよいですね。

虚子の句は、昭和二十六年頃の作。今ほど、エコロジー問題が社会で取り上げられていなかった時代のものです。しかし、田舎へ戻ると、あちらこちらに松や竹を伐ったあとがあったんでしょうか。特定の松や竹へ呼びかけるような禁止表現になっているため、作者の気持ちの強さが、一句に

表れています。

数ならぬ身となおもひそ玉まつり　芭蕉《ばしょう》

終助詞「そ」は、副詞「な」と呼応し、ハ行四段活用動詞「おもふ」の連用形に接続。もの柔らかな禁止を表しています。「なおもひそ」で「思ってくれるな」という訳になります。

また、上五《かみご》「数ならぬ」の「ぬ」は打消の助動詞「ず」の連体形ですから、「数ならぬ」で、「ものの数ではない」といった訳になりますね。

この句には、「尼寿貞《じゅてい》が身まかりけると聞きて（尼寿貞が亡くなったと聞いて）」という前書きがついています。芭蕉は、この女性と、深い関係にあったと言われています。元禄《げんろく》七年（一六九四）、芭蕉は五十一歳。京都嵯峨《さが》の落柿舎《らくししゃ》滞在中、江戸芭蕉庵にて、尼寿貞が亡くなったという知らせを受けます。

「玉まつり」は、現在では「魂祭」と書きますが、盆の別称。秋の季語です。一句の調べはなだらかですが、女性の死を悼む優しさが、人肌のぬくもりのように感じられる良い句ですね。

禁止の助動詞の復習

ここで、復習をしてみましょう。「な…そ」と同じ禁止を、助動詞を用いて表現してください。

問　次の括弧《かっこ》の単語を適当な形に活用させ、禁止の意味になるように作文せよ。

露更けし星座ぎつしり〔死す・べし・ず〕

答　死すべからず

助動詞「べし」には、「命令」の意味がありました。打消の助動詞「ず」と組み合わせると、禁止の意味になります。「死すべからず」で、「死ぬな」「死んではいけない」の意味になります。

露更けし星座ぎつしり死すべからず　山口誓子《やまぐちせいし》

願望の終助詞「ばや」「なむ」

次は「願望」の終助詞です。

「ばや」接続＝動詞の未然形接続
　意味＝自己の願望（…タイ）
「なむ」接続＝活用語の未然形接続
　意味＝他に対する願望　…テクレ、…テホシイ

「ばや」は、自己の願望についての表現ですので、「書かばや」だったら、「書きたい」という訳になります。一方、「なむ」のほうは、他者への願望（「あつらえ」といいます）表現なので、「書かなむ」で「書いてほしい」という訳になります。

このあつらえの終助詞「なむ」ですが、俳句では、あまり用いられません。ただ、終助詞以外にも、「なむ」という表現が存在するので要注意です。

問　二つの古文を訳し分けよ。
①あらなむ　②ありなむ

答　①あってほしい　②きっとあるだろう

①の「なむ」は、ラ行変格活用動詞「あり」の未然形に接続しているので、他者に対する願望の終助詞。「あってほしい」という訳になります。

それに対し、②の「なむ」は、連用形接続。連用形に接続する「なむ」は、「な」（強意の助動詞「ぬ」の未然形）＋「む」（推量の助動詞「む」の終止形）でした。したがって、「ありなむ」の訳は、「きっとあるだろう」です。

未然形＋なむ＝あつらえの終助詞
連用形＋なむ＝強意の助動詞＋推量（意志）の助動詞

帰りなむ春夕焼を壜《びん》に詰め　櫂《かい》未知子《みちこ》

この「なむ」は、終助詞ではありません。強意

の助動詞「な」＋意志の助動詞「む」＝「なむ」のほうです。「なむ」の上には、ラ行四段活用動詞「帰る」の連用形が来ていますよね。「帰りなむ」で、「必ず、帰ろう」という訳になります。

「ばや」の例句と鑑賞

籠《こも》らばや色なき風の音聞きて　相生垣瓜人《あいおいがきかじん》

願望の終助詞「ばや」は、ラ行四段活用動詞「籠る」の未然形に接続。「籠らばや」で「籠《こ》もりたい」という訳になります。

「色なき風」とは秋風の別称。だんだん肌寒さを感じるようになりはじめた秋の終わり。外の景色も、色褪《あ》せてきましたが、風の音に厳しい冬の到来の気配を感じ取っています。

たれかれに便り書かばや年惜む　石橋秀野《いしばしひでの》

願望の終助詞「ばや」は、カ行四段活用動詞「書く」の未然形に接続。「書かばや」で「書きたい」という訳になります。

この句は、昭和二十年作。終戦の年です。作者の長女・安見が肺浸潤《はいしんじゅん》を病む中、困窮《こんきゅう》した生活を過ごしました。年末、日々の心細さを勇気づけるように、何人かの親友に対し、手紙を送ろうと思っています。

願望の終助詞「もが」「もがな」「がな」「てしが」「てしがな」「にしが」「にしがな」

願望を示す終助詞としては、「もが」「もがな」「がな」「てしが」「てしがな」「にしが」「にしがな」があります。

「もが」「もがな」「がな」「てしが」「てしがな」「にしが」「にしがな」

接続＝体言、形容詞・助動詞の連用形、副詞、助詞などにつく。

意味＝願望　…トイイナア

でも、これを覚えるのは、ちょっと、たいへん。有名な例句のほうを先に覚えてしまいましょう。

黄菊白菊其外《そのほか》の名はなくもがな　嵐雪《らんせつ》

願望の終助詞「もがな」は、形容詞「なし」の連用形「なく」に接続。「なくもがな」で、「ないといいなあ」という訳になります。

秋になると、あちらこちらで菊花展が催されます。さまざまな品種のみごとな菊を目にすることができます。しかし、作者は、凛《りん》とした菊の美しさは、黄菊と白菊がありさえすればいいとつぶやいている。上五《かみご》部分が、「キギクシラギク」という字余りになっていますが、色彩のみならず、張りつめた菊の香りも伝わってくるようです。


マント着て魔女の力を得てしがな　西村和子《にしむらかずこ》

願望の終助詞「てしがな」は、下二段活用動詞「得る」の連用形「得《え》」に接続して、「得るといいなあ」という訳になります。

マントは冬の防寒具。子供のように、無邪気な気持ちを、ポーズをつけて、古文で表現してみたところが新鮮ですね。

助詞
接続助詞・終助詞・間投助詞

5

終助詞② 「も」「かし」「か」「かも」「かな」

「も」「かし」の用法と例句

今回は、残りの終助詞を学習します。

「も」というのは、係助詞や接続助詞の用法もありましたが、文末で終助詞として用いられることもあります。

「も」　接続＝種々の語につく
　　　　意味＝詠嘆《えいたん》　…ナア、…ネ

「かし」　接続＝言い切りの形につく
　　　　意味＝詠嘆　…ナア、…ネ

例句鑑賞に移ることにします。

匙《さじ》なめて童《わらべ》たのしも夏氷　　山口誓子《やまぐちせいし》

詠嘆の終助詞「も」は、シク活用の形容詞「たのし」に接続。「たのしも」で、「楽しいことだなあ」という訳になります。

夏の掻氷《かきごおり》を食べつつ、子供がスプーンをなめている。嬉々《きき》とした様子、単純な情景描写なら「たのしむ」となるところですが、詠嘆の終助詞を用いることにより、作者の共感度を深めています。

この詠嘆の「も」は、もともとは、『万葉集』など、奈良時代に用いられていた古い表現。若き日の山口誓子は、大正末期から昭和初期にかけて、友人の水原秋櫻子《みずはらしゅうおうし》と歌集を研究し、上代の修辞を俳句に甦《よみがえ》らせました。それ以来、他の俳人も頻繁に用いるようになったようです。

野々宮の大木の花は椎《しい》ぞかし　　皿井旭川《さらいきょくせん》

詠嘆の終助詞「かし」は、強意の係助詞「ぞ」に接続。「椎ぞかし」で「椎だなあ」という訳になります。

「野々宮」は、京都嵯峨野《さがの》の神社。『源氏物語』の「賢木《さかき》」の巻や、謡曲「野宮《ののみや》」の舞台となっています。椎の花の季節は夏。光源氏の登場する秋の物語とは時季を違えていますが、作者のこころの中には、おそらく、いにしえの王朝のイメージが過《よ》ぎったのでしょう。

「か」「かも」「かな」の説明

終助詞の学習の詰めは、「か」「かも」「かな」です。特に、最後の「かな」は、切字《きれじ》として、数多くの作品で使われていますので、丁寧に読み進めていってくださいね。

「か」「かも」「かな」

接続＝体言・用言の連体形につく

意味＝詠嘆　…ナア、…ヨ

単独で用いられることもありますが、古代には、終助詞「も」を伴って、「かも」と使われることも、よくありました。奈良時代の「かも」は、平安時代になり、「かな」と変化しました。

助詞「か」は、249ページでもすこし触れましたが、大野晋《おおのすすむ》先生の説によると、もともとの意味は、事態が判断不能だ、分からないと疑うこと。上にある物事を、自分の胸の中で分からない、疑問だ（あるいは詠嘆の対象として）と表明して、文を終わるという性質を持っています（『係り結びの研究』）。

降る雨か。

降ってきた雨が予想外であり、「雨が降るのか」と訳せば、疑問になり、「雨が降るのだなあ」と、しみじみと受けとれば、詠嘆になる。これを倒置法によって、ひっくり返して、

雨か降る。

となれば、係《かか》り結びの法則が成立します。後世、文法学者が、文末に来れば終助詞として、文中に来れば係助詞として、便宜上分類したので、もともとは、どちらでもいいんです。

大切なことは、「か」に含まれているニュアンスを、理屈ではなく、感覚で捉《とら》えておくということ。なぜなら、「A＋か」「A＋かも」「A＋かな」、いずれも、上に接続したAという内容には、問いかけによる判断の曖昧《あいまい》性、揺らぎが含まれるからです。このことは、「かな」という切字が、どういう場合に使われるかという俳句表現の本質的な

問題と関わってきます。詳しくは、あとで具体的作品で論証しますね。

「か」「かも」「かな」の例句と鑑賞

木枯に浅間《あさま》の煙吹き散るか　高浜虚子《たかはまきょし》

詠嘆の終助詞「か」は、ラ行四段活用動詞「散る」の連体形に接続。「吹き散るか」で、「吹き散るのだなあ」という訳になります。

高浜虚子は、昭和十九年から二十二年まで、信州小諸《こもろ》市に疎開。自宅を出ると、目の前に浅間山が広がって見えます。活火山の浅間の噴煙は吹き散っている。自然に問いかけるような詠嘆の口調は、身体で感じ取った厳しい寒さを伝えてきます。

丘飛ぶは橘寺《たちばなでら》の燕《つばめ》かも　水原秋櫻子

詠嘆の終助詞「かも」は、体言「燕」に接続して、「燕だなあ」という訳になります。

橘寺は、奈良の飛鳥《あすか》にある有名な寺院。田の中に建っていますが、聖徳太子誕生の地に太子自身が創建したという伝承があります。

作者が眼にした燕は、離れた丘陵地を飛んでいたもの。橘寺に巣を作っている燕かどうかは推測によるもの。だから、文末表現の「かも」は、曖昧性を含んだ詠嘆になっています。万葉集的なレトリックを学んだ成果が結実した秀句です。

初富士のかなしきまでに遠きかな　山口青邨《やまぐちせいそん》

詠嘆の終助詞「かな」は、ク活用形容詞「遠し」の連体形に接続。「遠きかな」で、「遠いなあ」という訳になります。

富士は、日本を象徴する山。初富士であれば、新春を寿《ことほ》ぐ祝意もただよいます。

「かなしき」は、形容詞「かなし」の連体形ですが、現代語と意味が異なり、「悲しい」という哀れさを意味するのではありません。「愛《いと》しい」「心惹《ひ》かれる」というプラスのニュアンスを含んでいます。その感銘を、静かにこころで受けとめながら、澄明な気高さを詠い上げている。自然界に対する謙虚さも感じさせます。

「かな」「や」の比較

さて、ここで、終助詞「かな」から発展した切字へと、問題を移します。一般的に、切字を代表する語としては、「や」「かな」「けり」が挙げられます。それぞれ、どのような相違があるのでしょうか。

初富士のかなしきまでに遠きかな　山口青邨

初富士や草庵を出て十歩なる　高浜虚子

切字「や」については、係《かかり》助詞の学習のときに触れましたね（２４７～２５２ページ参照）。

●「や」本来の意味…確信を相手につきつける（『係り結びの研究』）。

「や」の本義は、「詩的場面の想起を聞き手に要請。情緒の場面を際立たせて設定し、以下の叙述に奥行きを与え、趣を深くする」ということでした。

先ほどから説明している詠嘆の終助詞「かな」は、判断の揺らぎを含んだ問いかけが本来の意味。したがって、係助詞「や」と比較すると、「かな」のほうが柔らかな印象を読者に与えます。

青邨の句は、初富士へのしみじみとした感慨でしたね。一方、虚子の句は、家を出てすぐに視界に入ってくる初富士への驚きを鮮明に表しています。虚子の句の表現を、少し変えてみますね。

ⓐ**初富士や草庵を出て十歩なる**

ⓑ**初富士の草庵を出て十歩かな**

ⓐに比べて、ⓑのほうが、初富士の姿が、ゆるやかに、まろやかに感じられるでしょう。しかし、それでは、虚子が感じたイメージとズレが生じてしまいます。切字「や」「かな」に、文法上、歴史的な用法の差があるからだと判断できるのです。

●切字の強度①

異説はありますが、「や」は「かな」よりも強い切字と考えられます。

「かな」「けり」の比較

それでは、「かな」と「けり」は、どう違うのでしょうか。

「けり」は、詠嘆の助動詞です。しかし、もともとは、ある事実に、はっと気がつく、「気づきの助動詞」でした（104〜106ページ参照）。

天地《あめつち》の間にほろと時雨《しぐれ》かな　高浜虚子

磨崖佛《まがいぶつ》おほむらさきを放ちけり　黒田杏子《くろだももこ》

終助詞「かな」の詠嘆は、「あれ？　時雨なのかな」という曖昧さを本義に秘めています。それゆえに、いかにも、はらはらと降る時雨のはかなさ、切なさを訴えてきます。

ⓐ**天地の間にほろと時雨かな**

ⓑ**天地の間にほろと時雨れけり**

ⓐ「時雨かな」の「時雨」は名詞。

ⓑの「時雨れ」は動詞。

静的な体言と、動的な用言という差もありますが、「かな」と「けり」の切れの強さの違いもあるんです。「時雨かな」のほうが、しんみりして、深みのある印象を与えます。

それに対し、助動詞「けり」の詠嘆は、オオムラサキ蝶が、突然、目に留まった感動を詠ったものです。

ⓐ**磨崖佛おほむらさきを放ちけり**

ⓑ**磨崖佛おほむらさきを放つかな**

ⓐの「放ち」は連用形。

ⓑの「放つ」は連体形。

ⓑの「放つかな」を、最初に見ると、意味としては成立しているように感じられます。けれども、「放ちけり」と「放つかな」と比べた場合、どちらのほうが、読者に鮮やかなイメージを伝えてくるか。この句では、やはり、気づきの詠嘆「けり」のほうが適切でしょう。

●切字の強度②

「けり」は「かな」よりも強い切字と考えられます。

正しい文法を学ぶことによって、十七音の言葉の世界は、大きく無限の奥行きのある時空を示してくれるように思います。

助詞
接続助詞・終助詞・間投助詞

6 間投助詞「や」「よ」

間投助詞「や」「よ」の用法と例句

助詞学習の最後は、間投助詞「や」「よ」。間投助詞とは、語の下に接続し、意味を強めたり、調子を整えたりします。

「や」接続＝種々の語につく
意味＝詠嘆《えいたん》　…ナア
「よ」接続＝種々の語につく
意味＝呼びかけ・詠嘆　…ナア、…ヨ

間投助詞「や」は、前回の講座、切字《きれじ》の説明のとき、もとの意味を振り返りました（247～252ページ参照）。本来は、「確信を相手につきつける」という原義から、疑問・反語の係助詞としての用法が生じ、さらには、切字として発展していきました。したがって、一般的に、俳句で用いられる場合には、「…だなあ」という、間投助詞の詠嘆の意味に捉えればいいです。

一方、間投助詞「よ」は、「や」に比べて、対象に対する呼びかけのニュアンスが強いようです。辞書を調べれば、「や」「よ」両方とも、詠嘆・呼びかけと書いてありますが、俳句実作では、「や」＝詠嘆、「よ」＝呼びかけ・詠嘆くらいで覚えておきましょう。

降る雪や明治は遠くなりにけり　中村草田男《なかむらくさたお》

詠嘆の間投助詞「や」は、体言「雪」に接続。「雪や」で、「雪だなあ」という訳になります。

前回の切字の比較学習を思い出してみましょう。「や」＝「確信を相手につきつける助詞」、「けり」＝「気づきの助動詞」でした。上五《かみご》「降る雪や」は、今、眼前に降っている雪を、リアルな感触で受け取っています。「明治は遠くなりにけり」のほうは、それまで、認識していなかった事実にはっと驚いた感懐です。

この草田男の作品は、昭和六年、「ホトトギス」に発表。明治時代は、それから二十年ほど前。ちょうど、平成二十三年を迎えた我々が、昭和が遠くなってしまったと感じるのと似ているように思います。一句の中に、「や」「けり」という二つの強い切字が用いられていますが、草田男は、切実な思いをこのような修辞に託さざるを得なかったのでしょう。

とび下りて弾みやまずよ寒雀《かんすずめ》　川端茅舎《かわばたぼうしゃ》

詠嘆の間投助詞「よ」は、打消の助動詞「ず」に接続。「弾みやまずよ」で、「弾みやまないなあ」という訳になります。

冬、雀は寒さから身を守るため、毬《まり》のようにふっくらとなりますよね。高いところから飛び下りて、軽くバウンドしている様子を「弾みやまずよ」と表現。呼びかけのニュアンスを含んだ「よ」の柔らかくて、親しみのある切れが、寒雀の愛らしさを彷彿《ほうふつ》させます。

助詞の応用問題　その1

それでは、今まで、学習してきた助詞に関する応用問題を解いてみてください。

問　次の俳句を、より適切な表現にせよ。

①六甲《ろっこう》を低しと凧《たこ》の遊ぶなる
②籾《もみ》かゆし大和《やまと》をとめが帯を解く
③もの問はば接穂《つぎほ》くはへてゐたりけり

ハイレベルなので、ヒントを出しておきます。

ヒント　①「低しと」の部分を強調する。
②下五《しもご》「帯を解く」の発見を強調する。
③上五「ば」の用法を考える。

それでは、解説していきますね。

①では、「低しと」の部分を強調したいのです。強意の助詞というと、係助詞「ぞ」「なむ」「こそ」が、パッと頭に浮かびましたか？

●［復習］係り結びの法則

係助詞	意味	結び
ぞ・なむ	強意	連体形
や・か	疑問・反語	
こそ	強意	已然《いぜん》形

中七《なかしち》部分に、強意の係助詞「なむ」「こそ」を用いた場合、「低しとなむ凧の…」「低しとこそ凧の…」という字余りになって、リズムが弛（し）緩（かん）してしまいます。ここは、強意の「ぞ」一音で、一句に緊張感を与えつつ、主格の格助詞「の」も省き、定型でまとめたいところです。

六甲を低しとぞ凧遊ぶなる　阿波野青畝《あわのせいほ》

「凧」は春の季語。お正月に揚《あ》げて遊んだりします。もし、この句に、係り結びを用いず、「六甲を低しと凧の遊ぶなり」（「なり」は断定の助動詞）とすれば、どうなるでしょうか。のどかな雰囲気は表現されますが、「ぞ…なる」の張りつめたイメージが消えてしまいます。くっきりと青空に浮かぶ凧の映像を表すには、係り結びの引き締まった調べが必要となってきます。

②は、格助詞「が」と、係助詞「は」の用法の違いを復習する問題です。

●格助詞「が」…主格を示す
●係助詞「は」…題目を示す

主格を示す格助詞「が」の上には未知の情報。題目を示す係助詞「は」の下には未知の情報が配置されます。

〔未知情報〕が〔既知情報〕
〔既知情報〕は〔未知情報〕

問題になっている句を見てみましょう。

籾かゆし大和をとめⓐ〔未知〕**が帯を解く**ⓑ〔既知〕

「籾」は秋の季語。稲扱《いねこ》きをして、まだ殻のついたままの玄米のこと。「かゆし」は形容詞ク活用終止形。「籾かゆし」で切れがあります。

なぜ、籾がかゆいのか。大和地方、稲扱き作業の途中、若い女性の着物の中に、籾殻が紛れ込んでしまったんですね。ちくちくして、我慢《がまん》できないので、思わず、帯を解いて、籾殻を払おうとした。神話のように、おおらかなエロティシズムを感じさせる光景です。

ただ、ⓐ「大和をとめ」と、ⓑ「帯を解く」の間を繋《つな》ぐ助詞が、格助詞「が」である場合、ⓑ「帯を解く」という情報は、文脈上、既知情報になってしまう。ⓐとⓑと比べてみた場合、より、意外性を含む発見は、もちろん、ⓐ「大和をとめ」という主語ではなく、ⓑ「帯を解く」という色っぽい動作です。したがって、

大和をとめ〔ⓐ既知〕は帯を解く〔ⓑ未知〕

と、係助詞「は」を用いたほうが、一句の斬新《ざんしん》さは強調されることになります。

籾かゆし大和をとめは帯を解く　阿波野青畝

③は、接続助詞「ば」の用法に関する問題です。

●未然形＋ば＝順接の仮定条件
●已然《いぜん》形＋ば＝順接の確定条件

でしたね（266ページ参照）。

「もの問はば」だったら、どういう意味になるでしょうか。「問は」は、ハ行四段活用「問ふ」の未然形。したがって、「問はば」は、「もし、ものをたずねたとしたら…」という順接の仮定条件になります。

しかしながら、中七下五の「接穂くはへてゐたりけり」は、「接穂をくわえていたことだなあ」という実景の詠嘆表現。上五は、文脈上、順接の確定条件、すなわち、已然形＋「ば」とならないと意味が通りません。

もの問へば接穂くはへてゐたりけり　飴山實《あめやまみのる》

春、接木の作業をしている人に、声をかけたんですね。「もの問へば」の訳は、「ものを問うたところ」。振り向いた人は、接木の枝芽をくわえていて、答えることができなかった。巧まざるユー

モアなセンスが活きている作品です。

答　①低しと凧の→低しとぞ凧
②をとめが→をとめは
③もの問はば→もの問へば

助詞の応用問題　その2

総仕上げに、もうひとつ助詞の応用問題を、やってみましょう。

問　次の俳句の下五に、現代語訳となるよう、文語作文せよ。

①明易《あけやす》の妙《みょう》心寺《しんじ》より〔　　　　〕
（訳）もどったと言う

②里神楽《さとかぐら》秋の田の額《がく》〔　　　　〕
（訳）昔から掛かっている

共通ヒント　現代語訳の中で省略できる部分を考える。

①の訳「もどったと言う」は、全部で七音。このままでは、文語訳できません。品詞分解してみると、

動詞	助動詞	助詞	動詞
もどっ	た	と	言う

となる。これを、そのまま、文語にしてみると、

動詞	助動詞	助詞	動詞
もどり	し	と	言ふ

となります。「し」は、過去の助動詞「き」の連体形。この中で、省略できる語は、末尾の「言ふ」しかありませんね。「もどりしと」で留めても、引用の格助詞「と」の働きで、意味は、読み手に伝わります。

明易の妙心寺よりもどりしと　山本洋子《やまもとようこ》

「明易」は、夏の夜が早く明けること。妙心寺は、京都臨済宗《りんざいしゅう》の名刹《めいさつ》。「もどりしと」の省略表現から、鐘のひびきのような余情がただよってきます。

②の訳「昔から掛かっている」は十一音なので、大胆な省略が必要です。ただ、①と同じように考えれば、下の部分を省くことができそうですね。

里神楽秋の田の額昔から

これで、一応意味は通りますが、なんとなく、語感が悪いでしょう？　下五の格助詞「から」が、硬質な印象を与えてしまいます。同じ時間の起点

を示す「より」のほうが、なだらかな感じがしますね。

里神楽秋の田の額昔より　阿波野青畝

「里神楽」は、一般の神社や民間で行われる神楽のこと。多くは年の瀬に行われるので、冬の季語になっています。「秋の田の額」とは、「百人一首」にもある天智《てんじ》天皇の有名な和歌「秋の田のかりほのいほの苫《とま》をあらみ　わが衣手は露に濡《ぬ》れつつ」なのでしょう。舞殿の額は古ぼけてしまい、いったい、いつの時代から掲げてあるものか分からない。悠長な神楽舞が思い浮かぶ、ゆったりとしたイメージの作品です。

答　①**もどりしと**　②**昔より**

＊　＊

以上をもちまして、「俳句文法心得帖」の全編を終了します。これからの俳句実作に、学習内容を役立てていってくださいね。

あとがき

「文法について『ＮＨＫ俳句』のテキストに連載してもらえませんか」

ＮＨＫ出版に勤務し、長年の俳句の友人である浦川聡子さんから頼まれたとき、わたしは、ちょっと戸惑ってしまいました。俳句の文法に関する本は、今まで、何冊も刊行されています。

「これまでの俳句文法書は、難しくて、読者はなかなか最後まで読み通すことができません。中岡さんには、『ＮＨＫ俳句』のテキストだけで、誰もが学べるような文章を書いて欲しいんです」

病気療養中であった私は、躊躇していましたが、結局、彼女の情熱に押されて、連載をスタートすることにしました。

執筆にあたり、こと、従来、刊行された俳句文法書は、事前に、ほとんどすべて目を通しましたが、そこであることに気づきました。

文法というのは、古典文法のルールが、現代語になって、いきなり変化したわけではありません。時代を経るに従って、少しずつ変わっていきました。ただ、現在の教育現場では、中古、すなわち『源氏物語』『枕草子』などの平安時代の文法が中心に教えられています。これは、古文読解のため、中古の文法を理解すると便利なためなのです。

これまでの俳句文法書では、平安時代の文法のルールの学習を据えながら、例句を当てはめながら、説明がなされていました。それは、問題ないんですが、古文読解のためには必要でも、俳句実作のためには、あまり重要ではない表現もある。俳句の文法が、中古時代の文法に一致しない場合もある。なにしろ、平安時代には、まだ、俳句という表現ジャンルがこの世に登場していませんでしたからね。当然のことです。

そこで本書では、思い切って、あくまで、「俳句実作」のための文法に軸を据えて、学習内容を限定しました。用言（動詞・形容詞・形容動詞）、助動詞、助詞の学習に大半が割かれているのは、そのためです。文章も、できるだけ、平易な記述を心がけるようにしました。学習に行き詰まったとき、フィードバックして復習できるようにもしてあります。おそらく、今まで書かれた俳句文法書の中では、最も分かりやすい一冊になっているはずです。

連載にあたっては、担当の浦川さんと議論をたたかわせながら、どうやったら、分かりやすく読者に通じるか、細部にわたって検討しながら執筆しました。浦川さん、本当に、ありがとう。

また、本書の内容を分かりやすいイラストにしてくださった川名京さん、例句の校合を担当してくださった井上弘美さん、単行本化に尽力してくださった内藤篤さんにも、感謝申し上げます。

この一冊が、読者の皆様の俳句文法マスターのお役に立てますことを、心より、願っています。

中岡毅雄

付録

品詞分類表

動詞活用表・形容詞活用表・形容動詞活用表・助動詞活用表

用語索引

品詞分類表

<table>
<tr><td colspan="11">単語</td></tr>
<tr><td colspan="2">付属語</td><td colspan="9">自立語</td></tr>
<tr><td rowspan="2">活用しない</td><td rowspan="2">活用する</td><td colspan="6">活用しない</td><td colspan="3">活用する</td></tr>
<tr><td colspan="4"></td><td colspan="2">体言</td><td colspan="3">用言</td></tr>
<tr><td>**助詞**</td><td>**助動詞**</td><td>**感動詞**</td><td>**接続詞**</td><td>**連体詞**</td><td>**副詞**</td><td>**代名詞**</td><td>**名詞**</td><td>**形容動詞**</td><td>**形容詞**</td><td>**動詞**</td></tr>
<tr><td>他の単語のあとにつく。形は変化しない。</td><td>他の単語（主に動詞）のあとにつく。形が変化する。</td><td>主語・述語にならず、修飾の働きもなく、一語で独立して用いられる。</td><td>主語・述語にならず、修飾の働きもなく、前と後の文・句・語の関係を示す。</td><td>主語・述語どちらにもならず、体言を修飾する。</td><td>主語・述語どちらにもならず、用言を修飾する。</td><td>主語になる。人や事物の名をいう代わりに、直接それらを指す。</td><td>主語になる。</td><td>述語になる。「なり」「たり」で言い切る。</td><td>述語になる。「し」で言い切る。</td><td>述語になる。「ウ段」で言い切る。</td></tr>
</table>

動詞活用表

行	基本形（終止形）	語幹	未然形	連用形	終止形	連体形	已然形	命令形
四段活用			活用形 ア・イ・ウ・エ段の四段で活用する。					
ハ行	思ふ	思	**は**	**ひ**	**ふ**	**ふ**	**へ**	**へ**
ナ行変格活用			死ぬ・往《い》ぬ（去《い》ぬ）					
ナ行	死ぬ	死	**な**	**に**	**ぬ**	**ぬる**	**ぬれ**	**ね**
サ行変格活用			す・おはす					
サ行	す	（す）	**せ**	**し**	**す**	**する**	**すれ**	**せよ**
カ行変格活用			来《く》					
カ行	来	（来）	**こ**	**き**	**く**	**くる**	**くれ**	**こ・こよ**
ラ行変格活用			あり・をり・侍《はべ》り・いまそがり					
ラ行	あり	あ	**ら**	**り**	**り**	**る**	**れ**	**れ**
上一段活用			きる・みる・にる・ゐる・いる・ひる					
マ行	見る	（見）	**み**	**み**	**みる**	**みる**	**みれ**	**みよ**
続く言葉			ズに続く	テ・タリに続く	言い切る	トキ・コトに続く	ドモに続く	命令の意で言い切る

動詞活用表

行	基本形（終止形）	語幹	未然形	連用形	終止形	連体形	已然形	命令形
下一段活用			蹴る					
カ行	蹴る	（蹴）	**け**	**け**	**ける**	**ける**	**けれ**	**けよ**
上二段活用			活用形 イ段とウ段の二段で活用する。					
ガ行	過ぐ	過	**ぎ**	**ぎ**	**ぐ**	**ぐる**	**ぐれ**	**ぎよ**
ヤ行上二段活用			老《お》ゆ・悔《く》ゆ・報《むく》ゆ					
ヤ行	老ゆ	老	**い**	**い**	**ゆ**	**ゆる**	**ゆれ**	**いよ**
下二段活用			活用形 ウ段とエ段の二段で活用する。					
カ行	受く	受	**け**	**け**	**く**	**くる**	**くれ**	**けよ**
ア行下二段活用			得《う》・心得《こころう》					
ア行	得	（得）	**え**	**え**	**う**	**うる**	**うれ**	**えよ**
ワ行下二段活用			植《う》う・飢《う》う・据《す》う					
ワ行	植う	植	**ゑ**	**ゑ**	**う**	**うる**	**うれ**	**ゑよ**
続く言葉			ズに続く	テ・タリに続く	言い切る	トキ・コトに続く	ドモに続く	命令の意で言い切る

形容詞活用表

	基本形（終止形）	語幹	未然形	連用形	終止形	連体形	已然形	命令形
ク活用	赤し	赤	（く）	く	し	き	けれ	○
			から	かり	○	かる	○	かれ
シク活用	楽し	楽	（しく）	しく	し	しき	しけれ	○
			しから	しかり	○	しかる	○	しかれ
続く言葉			ズに続く	テ・タリに続く	言い切る	トキ・コトに続く	ドモに続く	命令の意で言い切る

形容動詞活用表

	基本形（終止形）	語幹	未然形	連用形	終止形	連体形	已然形	命令形
ナリ活用	あはれなり	あはれ	なら	なり／に	なり	なる	なれ	なれ
タリ活用	平然たり	平然	たら	たり／と	たり	たる	たれ	たれ
続く言葉			ズに続く	テ・タリに続く	言い切る	トキ・コトに続く	ドモに続く	命令の意で言い切る

助動詞活用表

種類	語	未然形	連用形	終止形	連体形	已然形	命令形	活用型	接続
過去	き	せ	○	き	し	しか	○	特殊	連用形 *カ変・サ変動詞の場合は107ページ参照。
過去	けり	(けら)	○	けり	ける	けれ	○	(ラ変)	連用形
完了	つ	て	て	つ	つる	つれ	てよ	下二段	連用形
完了	ぬ	な	に	ぬ	ぬる	ぬれ	ね	ナ変	連用形
完了	り	ら	り	り	る	れ	れ	ラ変	サ未《さみ》四已《しい》 *116ページ参照。
完了	たり	たら	たり	たり	たる	たれ	たれ	ラ変	連用形
受身	る	れ	れ	る	るる	るれ	れよ	下二段	未然形(四段・ラ変・ナ変)
受身	らる	られ	られ	らる	らるる	らるれ	られよ	下二段	未然形(四段・ラ変・ナ変以外)
使役・尊敬	す	せ	せ	す	する	すれ	せよ	下二段	未然形(四段・ラ変・ナ変)
使役・尊敬	さす	させ	させ	さす	さする	さすれ	させよ	下二段	未然形(四段・ラ変・ナ変以外)

助動詞活用表

種類	語	未然形	連用形	終止形	連体形	已然形	命令形	活用型	接続
使役・尊敬	しむ	しめ	しめ	しむ	しむる	しむれ	しめよ	下二段	未然形
打消	ず	○	ず	ず	ぬ	ね	○	特殊	未然形
		ざら	ざり	○	ざる	ざれ	ざれ		
推量	む	○	○	む（ん）	む（ん）	め	○	四段	未然形
推量	むず	○	○	むず（んず）	むずる（んずる）	むずれ（んずれ）	○	サ変	未然形
現在推量	らむ	○	○	らむ（らん）	らむ（らん）	らめ	○	四段	終止形（ラ変は連体形）
過去推量	けむ	○	○	けむ（けん）	けむ（けん）	けめ	○	四段	連用形
推量・当然	べし	○	べく	べし	べき	べけれ	○	ク活用型	終止形（ラ変は連体形）
		べから	べかり	○	べかる	○	○		
打消推量	じ	○	○	じ	じ	じ	○	無変化	未然形

助動詞活用表

種類	語	未然形	連用形	終止形	連体形	已然形	命令形	活用型	接続
打消推量	まじ	○	まじく	まじ	まじき	まじけれ	○	シク活用型	終止形（ラ変は連体形）
		○	まじかり	○	まじかる	○	○		
推量	めり	○	めり	めり	める	めれ	○	ラ変	終止形（ラ変は連体形）
推量	なり	○	なり	なり	なる	なれ	○	ラ変	終止形（ラ変は連体形）
推量	らし	○	○	らし	らし	らし	○	無変化	終止形（ラ変は連体形）
推量	まし	ましか（ませ）	○	まし	まし	ましか	○	特殊	未然形
断定	なり	なら	なり／に	なり	なる	なれ	なれ	ナリ活用型	体言・連体形など
断定	たり	たら	たり／と	たり	たる	たれ	たれ	タリ活用型	体言
希望	たし	（たく）	たく	たし	たき	たけれ	○	ク活用型	連用形
		たから	たかり	○	たかる	○	○		

助動詞活用表

種類	語	未然形	連用形	終止形	連体形	已然形	命令形	活用型	接続
希望	まほし	（まほしく） / まほしから	まほしく / まほしかり	まほし / ○	まほしき / まほしかる	まほしけれ / ○	○ / ○	シク活用型	未然形
比況	ごとし	（ごとく）	ごとく	ごとし	ごとき	○	○	ク活用型	連体形および助詞「の」「が」など

用語索引

*太字のページが用語の説明がなされているページです。
*助動詞、助詞については、用例のページも記してあります。

【あ】

【か】

中岡毅雄

（なかおか・たけお）

俳人。「いぶき」共同代表。「藍生」会員。日本文藝家協会会員、俳人協会評議員。句集に『浮巣』『水取』『一碧』『啓示』、評論集に『高浜虚子論』『壺中の天地』がある。一九九九年『高浜虚子論』で第十三回俳人協会評論新人賞、二〇〇一年句集『一碧』で第二十四回俳人協会新人賞、二〇一〇年句集『啓示』で第十回山本健吉文学賞を受賞、二〇一二年『壺中の天地』で第二十六回俳人協会評論賞受賞。

装丁　諸藤剛司
イラスト　川名 京
ＤＴＰデザイン　㈱ノムラ
校正　青木一平／神谷陽子

NHK俳句

俳句文法心得帖

二〇一一年 三 月二十日 第一刷発行
二〇二三年 一 月十五日 第十六刷発行

著者——中岡毅雄

発行者——土井成紀
発行所——NHK出版
〒一五〇-〇〇四二
東京都渋谷区宇田川町一〇-三
電話 〇五七〇-〇〇九-三二一(問い合わせ)
〇五七〇-〇〇〇-三二一(注文)
ホームページ：https://www.nhk-book.co.jp

印刷——大熊整美堂
製本——藤田製本

Printed in Japan
ISBN978-4-14-016189-0 C0092